Ein Mechaniker zum Verlieben

AMY DAWS

Besuche Amy im Netz!
amydawsauthor.com/deutsch

Abonniere den deutschen Newsletter:
www.subscribepage.com/amydaws_deutscher_newsletter

www.facebook.com/amydawsauthor
www.instagram.com/amydaws.deutsch
www.tiktok.com/@amydaws_deutsch

Dieses Buch ist von realen Ereignissen inspiriert.
Abgesehen von den heißen und romantischen Stellen.
Mein Leben ist nicht annähernd so aufregend.

KAPITEL 1

Kate

Kate Smith. Mein Name ist buchstäblich Kate Smith. Meine Eltern konnten es nicht einmal interessanter machen und mich Katherine oder Katelyn nennen. Gott, hätten sie mich doch nur etwas Exotisches wie Katarina genannt, dann hätte mein Leben ganz anders verlaufen können.

Verdammt, ich wäre sogar mit Katie zufrieden gewesen. Sie klingt ein klein wenig lustig. Vielleicht.

Aber nein …, ich bin nur Kate.

Ich bin das älteste Kind einer lebhaften fünfköpfigen Familie aus Longmont, Colorado. Meine Eltern sind seit über vierzig Jahren verheiratet und mögen sich auf magische Weise immer noch. Meine beiden jüngeren Brüder sind ausgezogen und haben zwei Schwestern geheiratet. Die beiden perfekten Paare und ihr kostbarer Nachwuchs leben im Umkreis von zwei Häuserblocks von unserem Elternhaus. Meine Eltern babysitten jeden Freitagabend, damit meine Brüder mit ihren heißen Frauen essen und trinken können, wie die guten christlichen Ehemänner, die sie sind.

Und was macht die langweilige, fast dreißigjährige Kate? Sie schreibt Pornos.

In einer Reifenwerkstatt.

In Boulder, Colorado.

„Entschuldigen Sie, aber Sie kommen mir bekannt vor", sagt eine Frau Mitte sechzig zu mir, während sie mich mit großen Augen anschaut. Sie hat dieses wundervoll mollige Aussehen, das mich an eine altmodische gute Fee erinnert. Die, die wie eine Großmutter aussieht, nicht die, die einer Figur aus Harry Potter gleicht.

Ich hebe die Hände von der Tastatur meines Laptops, auf der ich eifrig getippt habe, und ziehe meine Kopfhörer heraus. „Tut mir leid …, was?"

Die Frau blinzelt schnell. „Arbeiten Sie in einem Krankenhaus?"

Ich schenke ihr ein freundliches Lächeln. „Nein, ich fürchte nicht."

„Arbeiten Sie in einer Zahnarztpraxis?"

„Nein."

„Einer Tierarztpraxis? Das muss es sein. Sie kommen mir so bekannt vor. Ich bin Betty und mein Pudel heißt Misty, der kleine schwarze?"

Ich lächle wieder und erbarme mich der Frau. „Nein, es tut mir leid, Betty. Ich arbeite nicht beim Tierarzt. Ich bin Schriftstellerin. Vielleicht haben Sie meine Bücher gelesen?"

Ihre Augen leuchten auf. „Oh, wie heißen Sie?"

„Ich schreibe unter dem Pseudonym Mercedes Lee Loveletter", antworte ich selbstbewusst. *Nicht urteilen! Damit kompensiere ich den lebenslangen Hass auf meinen unglaublich langweiligen Namen.*

„Sind es christliche Liebesromane?", fragt Betty, eine Hand hoffnungsvoll aufs Herz gelegt.

„Nein", antworte ich mit enttäuschter Miene.

„Oh …, vielleicht amisch? Wie ich diese Amisch-Romane liebe.“

Ich atme tief ein. „Definitiv nicht amisch.“ Betty ist so was von nicht meine Zielgruppe. Ich hätte es mir denken können, aber man wäre überrascht, wie viele Omas auf schmutzigen Schweinkram stehen.

Sie runzelt die Stirn und blickt auf meinen Laptop. „Schreiben Sie gerade?“

„Ja.“ Ich drücke meinen Laptop an meinen Körper, als sie mir über die Schulter schauen will.

„Darf ich mal sehen?“, fragt sie und streift meine Schulter, wobei sie Vanilleduft verströmt.

Ich schließe den Deckel. „Ich fürchte, ich lasse niemanden meine unfertige Arbeit sehen …, sie braucht den Blick eines Lektors.“ *Und du würdest wahrscheinlich einen Schlaganfall bekommen.*

„Sie waren doch gestern auch hier, oder?“, fragt sie neugierig.

Ich richte mich auf. „Ja, warum fragen Sie?“

„Und am Tag davor?“

Ich schaue mich nervös um. „Okay, was ist das Problem? Hat Sie die Geschäftsleitung hierhergeschickt?“

Ihre Augen werden groß. „Oh nein, nein. Ich bin nur die Bäckerin!“

Die Erkenntnis dämmert mir. Ich habe gesehen, wie sie gestern ein paar Bleche reingebracht hat. „Betty die Bäckerin!“, rufe ich aus, als wäre sie die lang vermisste Großmutter, die ich mir immer gewünscht habe. „Sie machen die Kekse!“

Sie lächelt stolz und ich möchte sie am liebsten umarmen, aber verdammt, das wäre wahrscheinlich zu viel zu früh. „Ja, ich backe die Kekse. Normalerweise komme ich nur einmal pro Woche hierher, aber in letzter Zeit schaue ich öfters vorbei, um zu sehen, wie das neue Produkt ankommt.“

„Die Scones!", erwidere ich und schüttle den Kopf, um mich zu beruhigen. „Heiliger Strohsack, diese Scones sind köstlich."

„Finden Sie wirklich?" Sie glüht förmlich vor Stolz. Mein Gott, sie sieht aus, als würde sie gleich platzen.

„Oh, ja", antworte ich. „Ich tauche sie in meinen morgendlichen Espresso und die Kombination ist lebensverändernd. Fast so gut wie die Kekse mit weißer Schokolade, die ich nachmittags in meinen Karamell-Mandel-Latte tunke."

Sie kichert vergnügt. „Haben Sie die Plunderstücke probiert?"

„Ich habe noch keine Plunderstücke gesehen!", kreische ich fast vor Aufregung und versuche dann, mich zu beherrschen. *Verdammt, es gibt Plunderstücke? Wer zum Teufel isst die denn alle?* „Normalerweise komme ich gegen zehn hierher. Bis dahin sind sie wohl schon weg."

„Nun, das ist ein gutes Zeichen", gluckst die Frau, dann runzelt sie die Stirn. „Wie viele Tage kommen Sie schon hierher? Ist etwas mit Ihrem Auto nicht in Ordnung? Ich wette, man kann Ihnen einen Mietwagen besorgen."

Das reizt mich sofort. *Deshalb redest du nicht mit den Kunden, Kate! Du sollst dich unauffällig verhalten und nicht mit der magischen Backgroßmutter plaudern!* Ich atme tief durch und lüge wie gedruckt. „Eigentlich bin ich gar keine Schriftstellerin, Betty. Können Sie ein Geheimnis für sich behalten?" Ihre Augen werden groß, als sie meinen ernsten Gesichtsausdruck sieht, und sie schaut sich um, um sicherzugehen, dass uns niemand hört, bevor sie eifrig nickt.

Das ist der Moment, auf den du dich seit Wochen vorbereitet hast, Kate. Halt dich jetzt nicht zurück. „Ich bin von der Firma. Wir haben uns Sorgen um den Service in dieser Filiale gemacht, also haben sie mich hierhergeschickt, um die Dinge ein paar Wochen lang zu überprüfen."

„Oh, aber ich habe noch nie irgendwelche Beschwerden gehört! Und ich mag die Herren an der Rezeption sehr. Sie sind immer so freundlich und lieben meine Schokokekse."

„Ich glaube, alle lieben Ihre Schokoladenkekse", antworte ich mit einem wissenden Augenzwinkern. „Aber ich muss Sie bitten, meine Anwesenheit hier geheim zu halten. Wir wollen uns den täglichen Kundenservice in dieser Filiale genau ansehen, damit wir alle notwendigen Verbesserungen vornehmen können."

Sie nickt langsam, sichtlich erfreut, dass sie in meine geheime Mission eingeweiht ist. „Ich verstehe." *Mögliche Petze, sichergestellt.*

„Danke für Ihre Diskretion." Ich strecke die Hand aus, um ihre auf sehr geschäftliche Weise zu schütteln, und sie fühlt sich an wie eine klebrige, schlaffe Nudel. „Es war schön, Sie kennenzulernen, Betty. Machen Sie weiter so mit Ihrer guten Arbeit. Wir machen uns überhaupt keine Sorgen um Sie."

Als ich ihr zuzwinkere, schlurft sie mit ernstem Gesichtsausdruck davon und ich atme schwer aus. Das war knapp. Zu knapp. Ich muss dieses Buch zu Ende bringen, bevor noch jemand merkt, dass ich oft hier bin.

Ich klappe meinen Laptop wieder auf und mache dort weiter, wo ich in Buch fünf meiner erotischen *Bed 'n Breakfast*-Serie aufgehört habe. Dieses Buch ist der Abschluss eines internationalen Bestsellers, der über Nacht zu einer Sensation und kürzlich von Passionflix für eine mögliche Verfilmung ausgewählt wurde. Meine Fans sind heiß auf dieses Buch, und ich kann nicht anders, als mich an die großen Anstrengungen zu erinnern, die ich unternommen habe, um abzuliefern.

Sicher, manche mögen sagen, dass es ungewöhnlich ist, im Warteraum einer Reifenwerkstatt eine schmutzige Romanze zu schreiben. Aber wenn man New-York-Times-Bestsellerautorin ist und plötzlich alle Wörter und Figuren aus dem Kopf verschwinden – dann greift man zu extremen Maßnahmen.

Deshalb war ich an dem Tag, als ich in den Warteraum von Tire Depot ging, darauf vorbereitet, während meines Reifenwechsels mit leerem Blick auf meinen Computer zu starren, wurde jedoch verblüfft, als die Worte wieder zu fließen begannen. Und zwar so richtig. Das war kein Rinnsal, sondern eine Sturzflut von epischem Ausmaß.

Nach einer solchen Durststrecke habe ich es nicht gewagt, das Schicksal herauszufordern, indem ich diesen Scheiß hinter mir lasse! Ich war wie eine Spitzensportlerin mit Siegessträhne, die auf das Meisterschaftsspiel zusteuert. Ich würde weder meine Socken waschen, noch meine Beine rasieren. Ich würde denselben Mist essen, die gleichen Schritte gehen und jeden Tag wie bei *Und täglich grüßt das Murmeltier* wiederholen, bis ich dieses Buch fertig hatte!

Deshalb bin ich jetzt in meiner dritten Arbeitswoche im guten alten Tire Depot. Und ich habe in meiner Zeit hier viel gelernt. Zum Beispiel, dass Tire Depot so viel mehr ist als ein Reifengeschäft. Zunächst einmal verkaufen sie nicht nur Reifen. Sie führen Ölwechsel durch und kümmern sich um Wartung und mechanische Reparaturen. Neulich hörte ich zufällig, wie der Geschäftsführer sagte, dass sie alles außer Lack und Glas machen. *Wie toll ist das denn?*

Aber wenn ich ehrlich bin, muss ich zugeben, dass ich nur aus einem einzigen Grund hierherkomme:

Das Customer Comfort Center.

Das CCC von Tire Depot, auch bekannt als mein neues Mutterschiff.

Als ich mein Fahrzeug ursprünglich vor drei Wochen in die Werkstatt brachte und der Mitarbeiter am Schalter auf einen Warteraum um die Ecke deutete, dachte ich, ich würde ich eine schäbige Kaffeemaschine und abgestandenen Kaffee vorfinden. Mit etwas Glück vielleicht sogar Kaffeesahne aus diesem Jahr.

Als ich um die Ecke bog und das knapp hundert Quadratmeter große Customer Comfort Center betrat, ausgestattet mit einem gemauerten Kamin, Ledersesseln und einer Kaffeemaschine mit einer unglaublichen Auswahl an Gourmet-Kaffees, fiel ich fast auf die Knie und weinte.

Innerhalb weniger Minuten hatte ich einen Mandel-Karamell-Latte, einen warmen Haferflocken-Rosinen-Keks und einen fantastischen Platz an einem der hohen Tische direkt neben einer praktischen Steckdose. Es war Schicksal.

Ich fühlte mich so gut wie seit Monaten nicht mehr, klappte meinen Laptop auf und nach ein paar Schlucken Kaffee sprudelten plötzlich die Worte, nach denen ich in meiner neuesten schmutzigen Geschichte so lange gesucht hatte, aus meinen Fingerspitzen. Ich hatte meinen Weg aus der gefürchteten Schreibblockade gefunden! Es war ein verfluchtes Weihnachtswunder!

Ich blinzelte, und schon waren drei Stunden vergangen. Der Kundendienstmitarbeiter teilte mir mit, mein Auto sei fertig, aber als sie sagten, es mache ihnen nichts aus, wenn ich noch eine Weile bliebe, hörte ich nur: *Jackpot!* Ehe ich mich versah, hatte ich in fünf Stunden fünftausend Wörter geschaffen.

So schnell hatte ich in meiner Karriere als Autorin noch nie geschrieben! Und es waren auch noch gute Worte! Das war der eigentliche Triumpf.

Also beschloss ich, wie ein Hund, der den besten Müllcontainer mit Resten gefunden hatte, für einen Nachschlag wiederzukommen. Zuerst brachte ich ein paar Fahrzeuge zum Ölwechsel ... die meiner Nachbarn, die meiner Freunde. Sogar meine beiden Brüder ließen mich ihre Fahrzeuge bringen, aber sie schauten mich die ganze Zeit schräg an, weil ich dreißig Minuten fahren musste, nur um ihre Autos zu holen – verurteilende Arschlöcher.

Aber dann hatte ich das Gefühl, dass ein Typ am Schalter mich langsam erkannte. Bei Tire Depot herrscht reger Betrieb, und leider tauche ich nicht gerade in der Menge unter. Ich bin ein kurvenreicher Rotschopf mit einer Haut, die nicht so sehr unter der Sonne leidet wie die vieler meiner rothaarigen Mitmenschen. Aber ich glaube, was den Kerl aufhorchen ließ, war, dass ich mein siebtes Auto zur Wartung brachte. Zu diesem Zeitpunkt brachte ich das Fahrzeug eines Kollegen eines Freundes zur Inspektion, ich war also verdammt verzweifelt und vielleicht ein bisschen manisch. Aber ich wusste, dass ich alles tun musste, um meine Worte zu bekommen!

Dann bemerkte ich, dass das Comfort Center einen eigenen Eingang hat. Einen Eingang, der an den Typen am Schalter vorbeiführte. Sie waren ja schließlich die Pförtner. Die einzigen, mit denen ich je gesprochen habe. Warum konnte ich also nicht einfach jeden Tag durch die Seitentür hineingehen, in aller Ruhe meine Arbeit erledigen, mein Eigengewicht an Gratis-Kaffee trinken und mich hinausschleichen, ohne dass es jemand mitbekommt?

Ich meine …, sicher, gelegentlich hat mich mein schlechtes Gewissen geplagt, aber je öfter ich ging, desto leichter wurde es. Amerikas größte Serienmörder leben wahrscheinlich nach demselben Mantra. Aber so sei es.

Gebt mir einen kostenlosen Kaffee oder den Tod.

Das CCC war mein Luke's Diner geworden. Ich war Lorelai Gilmore, die dort jeden Tag eintrat, und dieser kleine, nonverbale Kaffeeautomat war der mürrische Diner-Besitzer, in den ich mich langsam verliebte. Und jetzt habe ich Betty kennengelernt, die Bäckerin der Waren und direkte Ursache für meine schlechte Ernährung in den letzten Wochen.

Aber die Liebe ist ein wildes Geschöpf. Man kann sie

nicht eindämmen oder kontrollieren. Man kann sie nicht bremsen und ihr Nein sagen. Sie ist ein angreifendes Tier, das man als sein Schicksal akzeptieren muss.

Das ist es, was ich für das Tire Depot CCC empfinde: wahre, unverfälschte Liebe.

Also mische ich mich zurzeit unter die Menge. Bei Tire Depot herrscht reges Treiben, und da es vier Sitzbereiche gibt, kann ich meine Identität leicht verbergen. Vorbei sind die Tage, an denen ich meine Brüder anflehte, ihre Freunde zu fragen, ob ihre Autos einen Ölwechsel brauchen. Vorbei sind auch die Momente, in denen ich versuche, einen Roadtrip zu planen, nur um mein Auto näher an die nächste Wartung zu bringen.

Im Moment bin ich inkognito und Mercedes Lee Loveletter schreibt ein Buch, das ihre Leser umhauen wird.

KAPITEL 2

Miles

Ich lehne mich an die Außenseite des Gebäudes in der Gasse hinter der Werkstatt, hebe das rote Stück Lakritz an meine Lippen und sauge durch die Öffnung, von der ich gerade abgebissen habe, Luft ein. Ich beiße tatsächlich ab und puste aus, stelle mir den Rausch vor, den ich bekommen würde, wenn es eine echte Zigarette wäre.

Wenn ich doch nur noch rauchen würde.

Mein Kopf schnellt nach links, als sich die Hintertür des Comfort Centers öffnet und eine rote Lockenpracht zum Vorschein kommt. Die gleiche Rothaarige ist wieder da. Diejenige, die ich schon seit einigen Tagen durch diese Gasse gehen sehe. Immer wieder erhasche ich einen Blick auf ihre rote Mähne durch das dunstige Werkstattfenster, wo sich meine Station befindet. Ich frage mich immer wieder, woher sie kommt und wohin genau sie geht.

Heute habe ich einen viel besseren Aussichtspunkt. Sie trägt schlichte schwarze Leggings und ein lockeres, wallendes T-Shirt, auf dessen Vorderseite PIZZA gekritzelt ist. Durch den Faltenwurf des Oberteils ist klar, dass sie gut ausgestattet ist, und selbst in Flip-Flops kann ich die Definition ihrer Beine deutlich sehen. Kurvig und schmal an den richtigen Stellen. Sie ist auf die einfache Art und Weise heiß, nicht der Typ Frau, der sich vor dem Lebensmitteleinkauf herausputzen muss.

Der Rotschopf steuert direkt auf mich zu, schaut aber zurück, als würde jemand hinter ihr herauskommen, um sie zu verfolgen. Ich versuche, die Lakritze schnell genug aus meinem Mund zu bekommen, um ihr zu sagen, dass sie stehenbleiben soll, aber es ist zu spät. Sie prallt gegen mich wie ein Hase gegen eine Backsteinmauer. In dem Durcheinander bleibt ihr Flip-Flop unter meinem Arbeitsstiefel hängen, und mit einer unangenehmen Drehung ihres Knöchels stürzt sie zu Boden, wobei ihre graue Umhängetasche einen Meter weit in die Gasse fliegt.

„Scheiße, alles okay mit Ihnen?", frage ich, während ich ihr eine Hand entgegenstrecke.

Ihre blauen Augen weiten sich. „Oh mein Gott. Mein Computer!"

Sie sieht mich nicht einmal an, als sie über den heißen Asphalt zu ihrer Laptoptasche kriecht, die ein Stück neben ihr gelandet ist. Auf den Knien hockend holt sie das MacBook aus der Tasche und öffnet es schnell. Begleitet von einem scharfen Einatmen sagt die Rothaarige schließlich: „Der Bildschirm ist nicht gesprungen, aber lässt es sich starten?"

Nachdem sie auf die Leertaste getippt hat, erscheint auf dem Bildschirm ein Anmeldefenster. Sie lässt sich seitlich auf die Hüfte fallen und atmet erleichtert aus. „Das hätte so schlimm sein können", murmelt sie vor sich hin. „Ach, deshalb schicke ich mir die Datei nach jeder Sitzung per E-Mail. Anfängerfehler!"

„Alles in Ordnung?", frage ich und nähere mich ihr

vorsichtig, während sie den Laptop zurück in ihre Tasche schiebt. Es kommt mir wirklich verdammt seltsam vor, das Gespräch zu unterbrechen, das sie mit sich selbst führt, aber zu schweigen erscheint mir noch seltsamer.

Sie richtet den Blick auf mich und ihre Augen weiten sich, als sie mich voll und ganz beäugt. Als würde sie erst jetzt bemerken, dass die ganze Zeit ein weiterer Mensch direkt neben ihr stand.

Ihre Augen gleiten an meinem Körper hinauf, betrachten meine rauen Stahlkappenstiefel und den ölverschmierten, anthrazitfarbenen Overall, der gerade meine jeansbedeckten Beine schützt. Ich habe meine Arme aus dem Oberteil des Overalls herausgezogen, wodurch das schwarze Tanktop zum Vorschein kommt, das ich immer darunter trage. Meine Arme sind mit einer dünnen Schweißschicht bedeckt – immerhin ist es Sommer und die Werkstatt nicht klimatisiert. Und seien wir ehrlich, ein Teil kommt auch vom Nikotinentzug.

Ihr Blick erreicht schließlich mein Gesicht und ich beschließe, meine vorherige Frage zu wiederholen. „Alles in Ordnung?"

Sie zieht die Augenbrauen zusammen und nickt, die Lippen noch immer geschürzt und mit verwirrtem Ausdruck im Gesicht.

„Sind Sie verletzt?", frage ich in dem Versuch, mich zu vergewissern, dass sie bei unserem Zusammenstoß keine Kopfverletzung erlitten hat, nachdem sie sich verdammt seltsam verhält.

Sie schüttelt den Kopf, weshalb ich ihr anbiete, ihr aufzuhelfen. Meine heiße, raue Hand ergreift ihre kalten, weichen Finger, als ich sie in eine stehende Position hochziehe. Sie ist einen guten Kopf kleiner als ich, aber bei einem Meter neunzig wirken alle Frauen neben mir klein.

Sie räuspert sich. „Sie … Sie … arbeiten hier?" Sie schließt die Augen, als würde sie sich im Geiste selbst kasteien.

Ich verschränke die Arme und kann nicht umhin zu bemerken, wie sie interessiert meinen Bizeps beobachtet. „Das tue ich. Ich bin Kfz-Mechaniker. Haben Sie Ihr Auto zur Inspektion hergebracht?"

Sie kichert. Sie kichert so heftig, dass es in ein Lachen übergeht, und dann schlägt sie sich die Hand vor den Mund, um es zu unterdrücken. Sie murmelt gegen ihre Handfläche: „Ja."

Stirnrunzelnd frage ich: „Was führt Sie dann hier in die Gasse? Die fertigen Fahrzeuge sind vorne geparkt. Diese Hintertüren sind die Eingänge für die Angestellten."

Ihr Blick fällt wieder auf die Tür und sie beginnt, auf ihrer Lippe zu kauen. „Richtig. Ich, ähm …, wollte nur …" Sie mustert das Stück Lakritz, das ich hinter mein Ohr gesteckt habe. „Ich wollte nur zum Rauchen rauskommen!"

Ich ziehe die Augenbrauen hoch. Raucher gibt es in allen Formen und Größen, aber irgendetwas sagt mir, dass diese strahlende, rothaarige Granate nicht raucht.

„Klasse, kann ich mir eine schnorren?", frage ich, um sie auf die Probe zu stellen.

„Haben Sie gerade mit Lakritze so getan, als würden Sie rauchen?", fragt sie und zeigt auf das halb gegessene Stück, das während unseres Zusammenstoßes auf den Boden gefallen ist.

Mein Gesicht wird heiß. „Das haben Sie gesehen?"

Sie lacht leise. „Vor meinem triumphalen Sturz, ja, da habe ich etwas gesehen, das aussah wie eine Wolke von Fantasie-Lakritzrauch, die um Sie herum schwebte."

Ich rolle mit den Augen und fahre mir mit der Hand durch mein kurzes, schwarzes Haar. „Das habe ich angefangen, als ich vor drei Monaten mit dem Rauchen aufgehört habe."

„Hilft es?"

Ich zucke mit den Schultern. „Es schadet nicht."

„Vielleicht schadet es dem Ego." An ihrer rechten Wange blitzt ein Grübchen auf, als es ihr nicht gelingt, ein Grinsen zu verbergen. „Wie machohaft ist es, so zu tun, als würde man mit Süßigkeiten rauchen?"

Flirtet sie mit mir? Oder zieht sie mich auf? Ich kann es nicht sagen, aber ich kann mich auf jeden Fall revanchieren und muss zugeben, dass ihr Grübchen hinreißend ist. Ich hebe meine Hand, um nach dem Lakritz hinter meinem Ohr zu greifen, wobei ich meinen Bizeps an- und wieder entspanne, was ihn zu beeindruckender Größe wachsen lässt. „Mein Ego ist nie in Gefahr, Schätzchen." Ich ziehe die Süßigkeit herunter und beiße ein Stück ab, während ich ihr zuzwinkere.

Das entlockt ihr ein aufrichtiges Lachen. Es ist ein satter, kräftiger Klang, der ihren ganzen Körper umfasst. „Bei solchen Buch-Boyfriend-Armen ist das auch kein Wunder."

„Buch-Boyfriend?", frage ich neugierig.

„Buch-Boyfriend", wiederholt sie. „Der männliche Hauptdarsteller in einem Liebesroman, den die Leser für sich beanspruchen, weil es ihn in der realen Welt wahrscheinlich nicht gibt. Im Grunde genommen der ideale Mann."

„Ich habe diesen Begriff noch nie gehört", gebe ich zu, lehne mich an die Wand und mustere sie neugierig. „Ich nehme an, Sie stehen auf Bücher oder so?"

„Oder so." Sie lächelt und fährt sich mit der Hand durch ihre wilden roten Wellen. Sie müssen natürlich sein, denn kein Mädchen würde so schönes Haar anfassen, wenn es gestylt wäre. „Und es überrascht mich nicht, dass Sie noch nie davon gehört haben." Sie beugt sich vor und flüstert laut: „Sie sind nicht meine Zielgruppe."

Neugierig runzle ich die Stirn, und mit einem

verabschiedenden Wackeln ihrer Augenbrauen dreht sie sich um und setzt ihren Weg durch die Gasse fort, dorthin, wohin auch immer sie gehen wollte. Nachdem ich ihren prallen Hintern viel länger angestarrt habe, als es angemessen wäre, dämmert mir, dass ich nicht einmal ihren Namen bekommen habe.

Ich lege eine Hand an meinen Mund und rufe ihr hinterher: „Was, wenn Sie meine Zielgruppe sind?"

Sie wirbelt auf dem Absatz herum, um mich anzusehen, wobei sie wesentlich anmutiger aussieht als zuvor. „Das werden wir erst am *Ende* wissen!"

KAPITEL 3

Kate

„Raus damit. Wo bist du gewesen?", ertönt Lynseys Stimme – meine Nachbarin und beste Freundin seit dem Studium – woraufhin ich fast gegen meine Haustür laufe und überrascht meine Schlüssel fallen lasse.

„Mein Gott!", rufe ich und drehe mich zu meiner zierlichen brünetten Freundin um, die die furchterregendste kleine Person ist, die ich kenne. „Du bist wie einer dieser lästigen, hüpfenden Zwergpinscher, die in die Luft springen, nur um auf Augenhöhe mit den Menschen zu sein."

„Ha ha, ein Witz über Kleine, was für ein Schocker aus deinem Mund. Ich meine es ernst, sag mir, wo du gewesen bist."

„In der Bibliothek! Das habe ich dir in meiner SMS geschrieben", antworte ich und drehe ihr den Rücken zu, um mich wieder meinem Ziel zu widmen. Ich drücke die Tür meines Reihenhauses auf und lege meine Post, meine Laptoptasche und meine Schlüssel auf den Tisch neben der Treppe direkt hinter der Tür.

„Blödsinn", blafft Lynsey, die mir wie ein kleines Hündchen folgt. Sie streckt die Hand aus, um den Saum meines Shirts zu fassen. Sie zieht es an ihr Gesicht und atmet tief ein. „Du riechst nach Kaffee und Gummi."

„Auch bekannt als Freiheit." Ich seufze wehmütig und sehne mich danach, wieder dort zu sein. Ich wäre länger geblieben, wenn ich den ganzen Tag von Kaffee und Keksen leben könnte. Aber verflucht, ich brauche Eiweiß, sonst könnte ich sterben.

„Warst du tatsächlich wieder bei Tire Depot?", zischt Lynsey. „Kate! Sie werden dir die Polizei auf den Hals hetzen."

„Warum?", protestiere ich über meine Schulter, während ich durch mein Wohnzimmer in die Küche gehe, um eine Wasserflasche aus dem Kühlschrank zu holen. „Für das Stehlen von Gratis-Kaffee und Keksen? Ich bitte dich. Das ist kein Verbrechen."

„Aber Herumlungern schon."

Mein Gesicht gefriert um die Öffnung meiner Wasserflasche. „Meinst du, die würden das wirklich tun?"

Lynsey wirkt leicht verunsichert. „Ich weiß nicht, aber willst du die Unannehmlichkeit, es herauszufinden?"

„Es ist mir egal, Lynsey!", rufe ich verärgert aus. „Bei TD habe ich meine Worte gefunden und werde nicht loslassen, bis ich fertig bin."

„TD?", wiederholt sie zweifelnd.

„Tire Depot ist so blöd zu sagen."

„Weißt du, was blöd ist? Der Knast." Ich rolle mit den Augen, aber sie fährt mit ihrer Standpauke fort. „Das ist eine Hilfskrücke, Kate. Das musst du einsehen."

„Es ist keine Hilfskrücke."

„Du denkst, du brauchst es, aber du brauchst es nicht."

„Ich brauche es wohl!", schnauze ich, gehe zurück zum Eingangstisch und greife nach meiner Post. „Bevor ich dorthin ging, konnte ich gar nichts schreiben. Und das Schreiben ist es, was mich in diesem schicken Reihenhaus am Rande des schönen Boulder hält. Wenn ich weiterhin dieses umwerfende Geschöpf sein will, das in den Ausläufern des Gebirges das schöne Leben lebt, muss ich dem Vibe folgen. Und bei Tire Depot ist der Vibe stark."

Ich gehe in meinen Sitzbereich, lasse mich in einen gepolsterten Ledersessel fallen und beginne, die Umschläge in meiner Hand zu sichten.

Lynsey setzt sich vor mich auf die Kante meines Couchtisches. „Können wir aufhören, darum herumzutanzen, was hier wirklich los ist?"

„Pass auf, wo du deinen Hintern platzierst, Lyns, das ist luxuriöses, aufgearbeitetes Holz, das mir Mercedes Lee Loveletter beschert hat."

„Hör auf, das Thema zu wechseln. Es geht um deinen Ex, der zufällig noch bei dir wohnt." Sie deutet die Treppe hinauf zu der großen Suite, die ich in den letzten zwei Jahren mit Dryston Roberts geteilt habe, bevor alles den Bach runterging.

Ich schnaube spöttisch. „Wir spielen gerade eine Runde ‚Wer zuerst kneift…' und ich werde auf keinen Fall zulassen, dass dieser kleinkarierte Scheißer dieses Haus bekommt."

„Auch wenn du nicht einmal darin schreiben kannst? Willst du um das Haus ohne ‚Vibe' kämpfen?", scherzt sie.

„Das ist irrelevant", rufe ich, die Hände zu Fäusten geballt. Jedes Mal, wenn ich über Dryston spreche, sehen meine Hände so aus.

Wir haben uns vor zwei Jahren auf einer Poolparty kennengelernt und ich habe mich in seine charmante Art verliebt. Ich habe viel zu lange gebraucht, um zu erkennen, dass ihm das Peter-Pan-Syndrom ins Gesicht geschrieben stand.

Leider war das Mieten dieses Reihenhauses für drei Jahre die einzige erwachsene Sache, die wir zusammen gemacht haben, und jetzt ist es eine Katastrophe. Drei Monate lang im selben Haus zu leben wie der Ex-Freund, der praktisch nie erwachsen werden wird, ist genau so schlimm, wie man es sich vorstellt.

Der einzige Lichtblick in dieser Situation ist, dass er den Sommer über weg ist. *Gott sei Dank.*

„Ich ziehe auf keinen Fall aus", presse ich zwischen zusammengebissenen Zähnen hervor, während ich Lynsey anklagend anschaue. „Ich wohne direkt neben meiner besten Freundin! Du willst doch nicht, dass ich umziehe, oder?"

Sie rollt mit den Augen. „Nein."

„Also. Damit wäre das geklärt. Er ist ein verwöhnter Idiot, der immer bekam, was er wollte, aber nicht dieses Mal. Er verbringt den Sommer in den Hamptons, um Himmels willen, also kann er sich seine eigene Wohnung leisten. Ich bleibe hier."

„Es ist eine Pattsituation mit euch beiden …, unglaublich!", knurrt Lynsey und fährt sich mit den Händen durch die Haare. „Genieß du nur, das nächste Jahr mit deinem Ex zusammenzuwohnen. Mal sehen, wie das klappt."

„Ich bin mehr als zufrieden damit, hier unten zu wohnen. Dieses Schlafzimmer ist sogar größer." Es spielt keine Rolle, dass das obere Zimmer den besten Blick auf die Berge hat. Das Zimmer ist sowieso beschmutzt. Es riecht nach billigem Rasierwasser und Idiotie.

Meine Gedanken werden abgelenkt, als mein Blick auf ein vertrautes Logo fällt, dass ich besser kenne als mein eigenes für die Marke Mercedes Lee Loveletter.

Ich schaue Lynsey mit ernsten Augen an. „Es ist ein Brief von Tire Depot."

„Sie haben es herausgefunden." Sie schnappt nach Luft und hält sich den Mund zu, als hätten wir gerade erfahren, dass einer unserer Freunde ein Mörder ist.

„Sei nicht so dramatisch!", kreische ich abwehrend, den Umschlag fest umklammert. „Du weißt nicht, ob sie es herausgefunden haben. Das könnte einfach nur … Werbepost oder so sein. Vielleicht bieten sie nächste Woche einen Sonderpreis für einen Ölwechsel an?"

„Haben sie dir etwas dieser Art schon mal geschickt?"

„Nein!", brülle ich, als mir die Erkenntnis dämmert und mich das Grauen überkommt. Ich sehe Lynsey mit großen, ängstlichen Augen an. „Was, wenn es das ist?"

„Was meinst du?", fragt sie.

„Was, wenn das der Moment ist, vor dem ich mich die ganze Zeit gefürchtet habe? Sie könnten mir meinen Glücksbringer wegnehmen!"

„Das weißt du nicht", gibt Lynsey zurück. Offensichtlich verarbeiten wir beide unsere Gefühle auf unterschiedliche Weise, denn jetzt haben wir eine Kehrtwende gemacht und sie denkt sich Ausreden aus, während ich in Verzweiflung zerfließe.

„Sie hätten keinen anderen Grund, mir einen Brief zu schicken!", schreie ich und atme zittrig ein. „Scheiß drauf", knurre ich, während ich den Umschlag aufreiße, um meinen Tod möglichst schnell zu gestalten.

Ich falte den Brief mit dem Logo des Tire Depot auf und lese ihn laut vor. „Sehr geehrte Ms. Smith, wir haben mitbekommen, wie gut Ihnen unser Wartebereich gefällt. Wir freuen uns sehr, dass Sie es genießen, Ihre Zeit bei uns verbringen. Sie haben jedoch das Limit für kostenlose Erfrischungen überschritten. Gemäß der Firmenpolitik finden Sie anbei eine Rechnung für die Erfrischungen, die Sie über das Limit hinaus konsumiert haben."

„Was?", kreischt Lynsey. Mein Gott, wir sind beide ein verdammtes Chaos.

„Das muss ein Scherz sein." Ich stoße ein falsches Lachen

hervor und schaue auf die zweite Seite, auf der die Produkte aufgelistet sind, die ich konsumiert habe. Ich springe abrupt auf, wobei der Brief von meinem Schoß auf den Boden fällt. „Heilige Scheiße! Woher wissen die das?"

„Was wissen?"

„Ich meine …, diese Rechnung ist sicher Quatsch, aber diese Auflistung ist erschreckend genau."

„Was meinst du?"

Ich streckte ihr das Papier entgegen und zeige auf jeden einzelnen Posten. „Ich habe wahrscheinlich fünfzehn Espressi und dreißig Karamell-Mandel-Latte getrunken. Das ist … genau mein Ding. Ich beginne meinen Tag mit einem Espresso und trinke nachmittags zwei Milchkaffees."

„Oh, Kate!", keucht Lynsey. „Die Kalorien."

„Aber ich esse nicht zu Mittag!", gebe ich zurück.

Sie nickt, scheinbar beruhigt von dieser Antwort. „Also ist das hier echt?"

„Das kann nicht sein", sage ich, aber das wachsende Grauen in meinem Bauch zeigt mir, dass ich nicht ganz überzeugt bin.

Die Sache ist die: Ich bin nicht sauer wegen der Rechnung über einhundertachtzig Dollar. Vier Dollar für ein Getränk zu verlangen ist billiger als Starbucks. Aber ich bin wütend über die Unverschämtheit von Tire Depot! Welches seriöse Unternehmen würde einer Person den übermäßigen Konsum von kostenlosem Kaffee in Rechnung stellen?

„Das kann doch nicht wahr sein."

„Oh, Kate! Du hast eine Seite übersehen", sagt Lynsey, während sie ein Blatt vom Boden aufhebt. „Die ist für die Kekse. Ehrlich gesagt, bist du irgendwie abartig. Wer isst schon so viele Kekse?"

„Halt die Klappe!" Ich reiße ihr das Blatt aus der Hand und bin beschämt über die Liste. *Mein Gott, ich sehe wirklich wie ein Schwein aus, wenn man alles so aufzählt.* „Moment mal …, hier stehen Plunderstücke drauf. Ich habe noch nie in meinem Leben Plunderstücke dort gegessen! Ich werde verarscht!"

Ich werfe Lynsey einen anklagenden Blick zu, aber sie scheint viel zu sehr in diese Szene vertieft zu sein, als dass sie die Täterin sein könnte. Ich zerbreche mir den Kopf, wer mir sonst noch eine gefälschte Rechnung schicken könnte. Es könnte jede der Personen sein, die ich angefleht habe, mir ihre Autos zur Inspektion zu überlassen …, was eine peinliche Anzahl war. Oder es könnten meine Brüder sein, aber ganz ehrlich, das Logo auf dem Briefkopf ist viel zu perfekt, als dass es irgendein Freund oder Familienmitglied sein könnte.

Meine blauen Augen treffen auf Lynseys braune, und wir beide sagen gleichzeitig: „Dean."

Minuten später sitzen Lynsey und ich in meinem Auto und fahren zum Haus unseres Freundes Dean, das nicht ganz zwei Kilometer die Straße rauf liegt. Dieser kleine Komplex von Reihenhäusern ist ein verstecktes Juwel am Rande von Boulder. Voller Zwanzig- und Dreißigjähriger mit verfügbarem Einkommen, die aber nicht mehr vom Nachtleben in Boulder angezogen werden und in dessen Mitte leben wollen. Und da Immobilien in dieser Gegend überall teuer sind, scheint dieser Ort die Kosten ein wenig mehr wert zu sein. Hier draußen hat man mehr Platz, die Wildnis, die Aussicht und trotzdem ein gutes Gemeinschaftsgefühl.

Nach dem Studium wohnte ich in der Innenstadt, aber als ich älter wurde und anfing, hauptberuflich zu schreiben, wurde es mir dort zu eng. Ich hasste es, dass ich ständig Hunderten von Joggern ausweichen musste, wenn ich mit dem Fahrrad auf den Wanderwegen unterwegs war. Mein Gott, in Boulder gibt es unzählige Jogger.

Aber der Gedanke, wieder nach Longmont zu ziehen,

in dieselbe Gegend wie meine Eltern, meine beiden Brüder und deren wachsende Familien, war ein sehr deprimierender Gedanke. Ich konnte mir nur allzu gut vorstellen, wie meine Eltern mich freitagabends zum Babysitten einladen und mich zusammen mit meinen Nichten und Neffen mit Hotdogs und Käsemakkaroni füttern. Das ist nicht falsch zu verstehen, ich liebe diese kleinen Racker, aber es ist wirklich nervig, die älteste Schwester zu sein und trotzdem als das Baby der Familie angesehen zu werden, nur weil ich einen Job habe, bei dem ich jeden Tag Jogginghosen tragen kann.

Ganz zu schweigen davon, dass keine Familie eine Erotika-Schriftstellerin zur Nachbarin haben möchte. *Welche perversen Postsendungen werden wohl vor ihrer Haustür landen?*

Lynsey war vor etwa drei Jahren hierhergezogen und ich folgte mit Dryston ein Jahr später. Als wir uns hier niederließen, flossen die Worte wie Manna vom Himmel. Die ruhigen Straßen waren eine Wohltat, und die Aussicht nährte meine Seele ebenso wie meine tippenden Finger. Ich hatte meine beste Freundin gleich nebenan, und die Worte waren im Überfluss vorhanden.

Dann kam die Trennung und meine Kreativität trocknete aus wie das selbstgemachte Müsli, das wir jedes Jahr zu Weihnachten von unserem Hausverwalter bekommen.

Da wirklich nur ein einziger anderer Idiot auf diesem Planeten von meinen Wortfindungsschwierigkeiten und meiner kürzlich gefundenen Lösung für dieses Problem weiß, bedeutet das, dass er an diesem schönen Freitagabend eine Faust in die Eier bekommt.

„Okay", flüstere ich Lynsey zu, als wir vor Deans Haustür stehen. Aus seinen Fenstern scheint Licht auf uns, während die Sonne hinter den Hügeln untergeht. „Hier ist der Plan. Ich knie mich hier hin …, du klopfst an die Tür, und wenn er sie öffnet, werden seine Augen auf dir landen und ich verpasse ihm einen rechten Haken in die Eier."

„Kate!", schimpft Lynsey, die kräftigen Augenbrauen zusammengezogen. „Das ist so extrem. Was, wenn er es nicht getan hat?"

„Sicherlich hat er für irgendetwas einen Schlag in die Eier verdient. Er ist ein Hurenbock. Die haben es immer verdient."

Ich schaue meine Freundin an und sie sieht so jung aus mit diesen großen braunen, unschuldigen Augen. Kein Wunder, dass sich Dean bei ihrem Kennenlernen zu ihr hingezogen fühlte.

Kurz nachdem ich hierhergezogen war, begegneten Lynsey und ich Dean bei seinem täglichen Lauf, als wir einen Spaziergang machten. Ich merkte sofort, dass es zwischen den beiden funkte. Sie hatten ein paar Verabredungen, beschlossen aber schließlich, nur Freunde zu bleiben. Aber ich glaube, Lynsey hat immer noch eine Schwäche für den kleinen Mistkerl.

Augenrollend gebe ich ihrem Wunsch nach und stehe auf, um an die Tür zu klopfen. „Warum bist du so erwachsen?"

Eine Minute später reißt Dean die Tür auf und stützt sich mit seinem Arm auf dem Rahmen ab, auf diese beeindruckende, maskuline Art, die er an sich hat. Dean ist das Abbild eines Geschäftsmannes aus Boulder – groß, dunkelhaarig, gutaussehend und bärtig. Außerdem trägt er diese Brille mit dunklem Gestell, die ihn verdammt schlau aussehen lässt, was er auch ist.

Aber im Großen und Ganzen ist er teils Nerd, teils Mountain Man und teils reicher Hipster. Er trägt diese karierten Hosen und engen Hemden mit pfirsichfarbenen Jacken und schafft es, dabei maskulin und stilvoll auszusehen. Er ist der einzige Typ, den ich kenne, der so aussehen kann, ohne dass andere Leute glauben, er käme vom anderen Ufer.

Manchmal trägt er keine Socken in seinen Slippern, und ich weiß nicht, warum das gut aussieht, aber das tut es. Dryston hat versucht, den Stil zu imitieren, aber es war furchtbar. Er hat es einfach zu angestrengt versucht.

Dean hingegen hat schlicht diese unbestreitbare Ausstrahlung.

Außerdem hat er die coolste Vorgeschichte. Dean erbte von seinen Großeltern einen Haufen Geld, als er achtzehn Jahre alt war. Anstatt auf die Uni zu gehen und teure Bildung zu genießen, wie seine Eltern ihn angefleht hatten, beschloss er, sich an der Börse weiterzubilden.

Offensichtlich hatte er die Gabe des Midas. Lynsey hat mir erzählt, er hätte sein Erbe im ersten Jahr verdoppelt. Jetzt ist er tagsüber eine Art Börsenmakler. Ich weiß nicht viel darüber, was er macht, aber er hat ein Büro in der Innenstadt, das er jeden Tag in seinen schicken Hipster-Anzügen aufsucht.

Ohne Vorwarnung stoße ich meine Faust in seinen fleischigen Bauch. Okay, in seinen steinharten, muskulösen Bauch, aber egal. So sehe ich Dean nicht. Die ganze Luft entweicht aus seinem Mund, während er sich krümmt und sich den Bauch hält.

„Du bist ein Arschloch und ich weiß, dass die gefälschte Rechnung von dir stammt.“

Er knurrt vor Schmerz, aber ich weiß, dass er nur dramatisch ist, damit ich ihm nicht noch eine verpasse. „Auch schön, dich zu sehen, Kate“, krächzt er.

„Sei froh, dass sie dir keinen Schlag in die Eier versetzt hat“, trällert Lynsey hinter mir. „Davor habe ich dich bewahrt.“

„Danke, Lyns“, stöhnt er und tritt zurück, um uns schweigend reinzulassen.

Deans Reihenhaus ist genauso gestaltet wie das von Lynsey und mir, aber er hat es wie eine minimalistische

Junggesellenbude ausgestattet. Was seltsam ist, weil er reich ist. Vielleicht gibt er sein ganzes Geld für Kleidung aus, denn die einzigen Möbel hier sind Sitzsäcke und unbequeme Barhocker. Es ist kein Esszimmertisch in Sicht, obwohl dort, wo einer sein sollte, eine Leuchte hängt.

Ich schreite an ihm vorbei, gehe direkt zu seinem Kühlschrank und nehme mir ein Bier. Auch für die beiden hole ich eins, während ich sage: „Du bist so offensichtlich."

„Woher wusstest du, dass ich es war?", fragt Dean, der sich den Bauch reibt und immer noch vor Schmerzen das Gesicht verzieht, als ich ihm ein Bier reiche, das er an Lynsey weitergibt.

Ich gebe ihm ein weiteres, und der Idiot zieht tatsächlich sein Hemd aus, um das kalte Glas auf seine wohlgeformten Bauchmuskeln zu drücken. Er sieht zu mir auf und wackelt anzüglich mit den Augenbrauen.

Ich ignoriere seine dämliche Idee und antworte: „Der Briefkopf war zu perfekt, und ich weiß, dass du mit Photoshop umgehen kannst. Nächstes Mal sollte es nicht so geleckt sein."

Er lächelt halb und rückt seine schwarze Brille zurecht. „Das höre ich zum ersten Mal."

Ich verdrehe die Augen und ziehe mich auf den Tresen hoch. „Du bist so ein Schwein."

„Du bist so eine Spinnerin", gibt er zurück und dreht den Deckel seiner Flasche ab. „Ich habe heute deine Instagram-Story gesehen. Wie glaubst du, dass du immer wieder zu Tire Depot zurückkehren kannst, wenn du täglich in den sozialen Medien darüber postest?"

„Weil meine Beiträge in den sozialen Medien meine Rettung sind. Es hilft mir, mich weniger schuldig zu fühlen, wenn ich dorthin gehe, ohne eine echte Kundin zu sein."

Er lehnt sich an die Wand, die ins Gästezimmer führt, und nimmt einen Schluck von seinem Bier, bevor er antwortet. „Du glaubst also, wenn du erwischt wirst und sie alle Facebook-Posts sehen, werden sie den roten Teppich ausrollen?!"

„Gott, man darf ja noch träumen!", singe ich dramatisch und nehme einen Schluck.

Lynsey kichert von ihrem Platz auf dem Barhocker neben mir. „Du hättest sie sehen sollen, Dean. Ich dachte, sie würde anfangen zu weinen, als sie die Rechnung gesehen hat."

Ich nicke ernst. „Ohne Scheiß! Das Ding hat mich fast in eine Depression gestürzt. Ich habe schon überlegt, in eine andere Stadt zu ziehen, in der es ein Tire Depot gibt, weil ich weiß, dass es ein Franchise-Unternehmen ist."

„Du bist so basic." Er schüttelt den Kopf und trinkt erneut. „Ich habe versucht, dich dazu zu bringen, meinen Co-Working-Space auszuprobieren. Dort gibt es auch tollen Kaffee, ohne dass man Angst haben muss, auf frischer Tat mit gestohlenen Milchkaffees erwischt zu werden."

„Das ist ein Ort für Möchtegern-Geschäftsmogule. Das sind nicht meine Leute."

Er verschränkt die Arme vor der Brust, wobei er noch immer sein Bier in der Hand hat. „Und die Kunden im Wartebereich einer Reifenwerkstatt sind es? Wie großartig können die wirklich sein?"

„Du musst es sehen, um es zu glauben, Mann", sage ich und sehe zu Lynsey hinüber. „Aber vielleicht hat es auf euch nicht die gleiche Wirkung wie auf mich. Es dreht sich allein um den *Vibe* und ob es euer inneres Chi tröstet. Erzähl Dean von der Krankenhaus-Cafeteria neulich, Lynsey."

Ihr Gesicht wird heiß und sie schüttelt den Kopf, wobei ihr das braune Haar ins Gesicht fällt. „Das war eine einmalige Sache."

„Eine einmalige Sache, die du wiederholen solltest, wenn du deine verdammte Abschlussarbeit fertigstellen willst", sage ich mit hochgezogenen Augenbrauen. „Ich sag's euch, Leute. Wir drei haben das beste Leben. Wir können von überall aus arbeiten, wo wir wollen. Alles, was wir brauchen, sind ein Laptop, WLAN und eine Steckdose, und wir sind glücklich. Aber unsere Produktivität ist eng mit unserem Gemütszustand verbunden. Wenn man irgendwo den richtigen Vibe findet, muss man darum kämpfen. Ein cooler Vibe ist wie eine moderne Muse. Tire Depot ist für mich das, was Fanny Brawne für John Keats war! Das ist Poesie in Bewegung, vor der man nicht weglaufen kann! Darüber wird man wahrscheinlich in der Geschichte schreiben, wenn ich tot bin."

„Du klingst wie eine Verrückte!", verkündet Dean und fährt sich mit der Hand durch sein dunkles Haar, das ihm ständig in die Augen fällt. „Ich habe dieses Haus hier draußen gekauft, um die Tage, an denen ich von zu Hause aus arbeite, friedlich und ruhig zu gestalten. Wenn du dich dem Lärm der Öffentlichkeit aussetzen willst, nur zu. Tu dir keinen Zwang an."

„Das ist kein Lärm, es ist ein Vibe", argumentiere ich und schleudere ihm meinen Flip-Flop an die Brust. Er bückt sich, um ihn aufzuheben, und statt ihn mir zurückzugeben, wirft er ihn zur Hintertür der Küche raus. *Arschloch.* „Was wäre, wenn du anderswo noch besser arbeiten könntest? Was wäre, wenn du einen Ort fändest, an dem du dein Arbeitspensum in der Hälfte der Zeit erledigen könntest? Dann hättest du mehr Zeit zum Wandern, zum Vögeln, zum Veräppeln deiner Freunde, zum Kauf weiterer karierter Hosen."

Das entlockt ihm ein träges Grinsen. „Sind dir meine Hosen aufgefallen, Kate?"

„Nein", schnaube ich abwehrend. „Und wechsle nicht das Thema. Wartebereiche haben etwas für sich. Orte, an denen Menschen ziellos warten, sind mentale Goldminen. Ich fühle mich wie ein verdammter Champion, wenn ich Worte hinausschmettere und neben einem Mädchen sitze, das sein Leben mit Facebook vergeudet. Das ist moralischer Auftrieb für Mercedes Lee Loveletter!"

Lynsey kichert. „Ich kann immer noch nicht glauben, dass du mit diesem Pseudonym einen Bestseller gelandet hast."

Ich gluckse wissend. „Meine Leser verstehen mich."

„Das müssten sie wohl", murmelt Dean, schenkt mir aber ein stolzes Lächeln.

„Ich bleibe mir eben gern treu." Ich lehne mich lässig zurück und entspanne mich auf meinem Platz am Tresen. „Aber ich muss sagen, wenn es dort, wo man sich wohlfühlt, kostenlosen Kaffee gibt, hat man das Gefühl, die Gesellschaft über den Tisch gezogen zu haben. Wir leben in einer Welt, die für fast alles Geld verlangt. Das Parken. Becher mit Eiswürfeln. Büroräume. Wenn man also in den Genuss der kleinen Dinge des Lebens kommt, wie zum Beispiel kostenlosen Kaffee, stellt das den Glauben an die Menschheit wieder her. Und kostenlos schmeckt verdammt noch mal besser, das ist eine Tatsache."

„Du fährst also morgen wieder hin", sagt Dean, der eindeutig nicht so euphorisch ist wie ich.

„Scheiße, ja! Dieser Schweinkram schreibt sich nicht von selbst." Ich hebe mein Bier und beschließe, einen spontanen Toast auszusprechen. „Wartet mit mir, meine Freunde. Das ist die Revolution der modernen Millennials. Ihr werdet schon sehen."

KAPITEL 4

Kate

Eines habe ich nach drei Wochen bei Tire Depot gelernt: Selbstvertrauen ist alles. Wenn man reinkommt, als gehöre einem der Laden, wird niemand mit der Wimper zucken. Das Customer Comfort Center ist ohnehin meist voller Kunden und die sind jeden Tag, ja sogar jede Stunde, neu. Diese Jungs sind schnell mit ihrer Arbeit.

Es gibt jedoch Angestellte, die das CCC besuchen. Normalerweise kommen sie rein, um einen Keks zu stehlen oder ihre Gläser am Limonadenautomaten aufzufüllen. *Ja, ich weiß! Ein Getränkespender voller Cola und Limos!* Die einzige Möglichkeit, wie das CCC noch perfekter sein könnte, wäre, wenn im Fernsehen anstelle kitschiger Seifenopern *Gilmore Girls* in Dauerschleife liefe. Aber ehrlich gesagt, könnte ich dieser Art von Ablenkung nicht widerstehen, also sind beschissene Seifenopern definitiv das Beste.

Da ich aber regelmäßig vertraute Mitarbeiter sehe, trage ich ein Kostüm, um meine Identität zu schützen – meine bewährte Baseballkappe. Ich weiß, dass ich auffallend rote Haare habe, aber die meisten Leute werden einen nicht mit etwas so Lächerlichem wie der Nutzung ihres Wartebereiches konfrontieren, ohne ein Auto abgegeben zu haben. Zumindest hoffe ich das.

Heute befinde ich mich tief in der Wortzone, die Baseballkappe tief ins Gesicht gezogen, die geräuschunterdrückenden Ohrstöpsel fest im Ohr und ein paar groovige Synthesizer-Beats, die sich hervorragend für Anal-Szenen eignen, als sich mir die Nackenhaare aufstellen.

Meine Finger halten über der Tastatur inne und ich schaue von meinem Platz in den Sesseln, die den Fernseher umgeben, auf. Alle schauen sich neugierig, ja sogar anklagend um. Stirnrunzelnd lasse ich den Blick durch den Raum schweifen und mir gefriert das Blut in den Adern, als ich einen Pizzaboten in dem riesigen Wartebereich stehen sehe, der den etwa fünfunddreißig Anwesenden etwas zuruft.

Mit zitternden Händen ziehe ich meine Ohrstöpsel heraus und höre glasklar: „Mercedes Lee Loveletter, ich habe zwei große Pizzen, Parmesan-Brotstangen und eine Portion Hähnchenflügel ohne Knochen. Mit …“ Er hält inne, um auf die Quittung zu schauen. „Drei Dip-Saucen.“

Warum brüllt er die Lieferung laut heraus? Macht man das? Ich glaube nicht, dass man das macht.

Er fügt hinzu: „Nehmen Sie es jetzt oder es wandert in den Müll.“

Mein innerer Sparfuchs erwacht zum Leben und mein Gesicht wird knallrot, als ich krächze: „Ich bin Mercedes.“

Der Achtzehnjährige mit fettigen Haaren und Aknenarben sieht mich mit leblosen Augen an. „Ich rufe Ihren Namen schon seit fünf Minuten.“

Schimpft er ernsthaft mit mir vor all diesen Leuten? Und OMG …, fünf Minuten?

„Nun, ich habe die Pizza nicht bestellt“, verteidige ich

mich, rutsche unbehaglich hin und her und klappe meinen Laptop zu, während alle Augen auf mich gerichtet sind, als würde ich gleich einen verdammten Flashmob starten oder so. „Wissen Sie, von wem sie ist?"

„Nein", sagt der Junge und geht auf mich zu, während er genug Essen herausholt, um zehn Leute zu ernähren.

„Das ist ein Streich." Ich lache nervös und schiebe meinen Laptop neben mich. Seine leblosen Augen treffen wieder auf meine. „Ich könnte das alles niemals essen."

„Das … ist … mir … egal", erwidert er, lässt mir das heiße Essen auf den Schoß fallen, dreht sich mit seiner Pizzatasche in der Hand auf dem Absatz um und verlässt den Raum.

Ich sitze buchstäblich mit einem Berg von heißem Essen auf meinem Schoß da, und alle starren mich an, verdammt. Keiner lächelt. Keiner sieht so aus, als würde er den Witz verstehen. Sie starren mich alle an und denken: Was für eine fette Verliererin lässt sich Pizza liefern, während sie auf einen Ölwechsel wartet?

Unbeholfen stehe ich mit meinen Boxen voller Essen auf und gehe zu einem hohen Tisch, der nicht im Mittelpunkt steht, aber ich spüre, dass mich immer noch alle beobachten. Mein Magen wogt vor lauter Demütigung so sehr, dass ich nicht einmal mehr hungrig bin.

Ich sehe die Quittung, die oben auf den Hähnchenflügeln klebt und reiße sie ab, um sie mir genauer anzusehen. Am Ende der Kreditkartentransaktion finde ich einen Namen, den ich nur zu gut kenne:

Hannah Martin.

Hannah ist die Königin der Liebeskomödien und war die allererste Autorenfreundin, die ich in der unabhängigen Verlagswelt gefunden habe. Wir hatten beide etwa zur gleichen Zeit den Durchbruch und waren so neu in der Branche, dass wir uns aneinanderklammerten, um zu überleben. Sie lebt mit ihrem Mann und ihren drei Kindern in Florida, aber ich sehe sie ein paarmal im Jahr bei Signierstunden. Wir reden fast jeden Tag über Buchkram und alles, was uns amüsiert. Hannah war diejenige, die mich dazu gebracht hat, immer wieder zu Tire Depot zu gehen, also habe ich das nicht kommen sehen.

Ich hole zittrig mein Handy aus der Gesäßtasche und tippe eine SMS an sie.

Ich: Du verdammte Hure.

Hannah: Was?

Ich: Du weißt, was. Diese Pizza!

Hannah: Ich weiß nicht, wovon du sprichst.

Ich: Dein Name steht auf der Quittung.

Hannah: SCHEIßE! Ich dachte, du würdest mindestens zehn Minuten brauchen, um herauszufinden, dass ich es war.

Ich: Ja, scheiße. Das ist mir verdammt peinlich, du Idiotin. Ich versuche, mich unauffällig zu verhalten, aber der Lieferjunge musste wahrscheinlich mit den Jungs an der Theke reden, um herauszufinden, wo ich bin. Ich fühle mich gedemütigt, und du bist die Schlimmste! Hast du nicht dein eigenes Buch zu schreiben? Woher nimmst du die Zeit für so was?

Hannah: Ich schüttle mich so sehr vor Lachen, dass es schwer ist, zu tippen.

Ich: Ich hatte meine Kopfhörer drin, also habe ich nicht gehört, wie er meinen Namen rief. Er hat das Essen aufgezählt, das du für eine ganze Footballmannschaft gekauft hast, und es mir überreicht – dem pummeligen Rotschopf, der in der Ecke hockt. Verdammt noch mal!

Hannah: Aber ist es gut? Ich habe dir sogar Dip-Saucen für die Parmesan-Brotstangen besorgt. Das kostet extra, weißt du. Ich bin nicht geizig.

Ich: Ich kann es nicht essen, weil mir die Demütigung den Appetit verdorben hat! Aber … das gibt mir eine Ausrede, um den Getränkespender auszuprobieren, also … ein Silberstreif.

Hannah: Ich weine schon vor lauter Lachen.

Ich: Sehr witzig. Gott, ich war gerade dabei, eine Anal-Szene zu schreiben, also war ich gedanklich völlig woanders …, kein Wunder, dass ich ihn nicht gehört habe.

Hannah: HÖR AUF. MEIN BAUCH BRINGT MICH UM … WEGEN ALL DES LACHENS.

Ich: Gut gespielt, Schlampe. Gut gespielt. Und das Schöne ist, mein innerer Sparfuchs wird es NICHT erlauben, dieses Essen wegzuwerfen. Also werde ich es hier raustragen müssen.

Hannah: Oh, damit habe ich gerechnet. Willst du etwas Schreckliches hören?

Ich: Was?

Hannah: Ich wollte eigentlich ein Sandwich liefern lassen, aber dann habe ich beschlossen, dass die Pizzakartons peinlicher sind.

Ich: Du bist für mich gestorben.

Fünfzehn Minuten später.

Hannah: Also ich stelle mir seit fünfzehn Minuten vor, wie du schmollst und dich weigerst zu essen, und dann endlich aufgibst und es trotzdem isst. Bin ich nah dran?

Ich: OMG, es ist, als wärst du hier bei mir. Das

ist genau das, was ich getan habe. Das Essen ist übrigens köstlich. Aber ich bin immer noch nicht dankbar.

Hannah: Aber es ist immer gern geschehen. ;) Die besten 53 Dollar, die ich je ausgegeben habe.

Nachdem ich mein Mittagessen beendet habe, verstaue ich die Pizza unter dem Stuhl in der Ecke, in der ich nachmittags gerne sitze, weil sie in der Nähe der Steckdosen liegt, und versuche, mich wieder ans Schreiben zu machen. Um ehrlich zu sein, habe ich ein komplettes Mittagessen zu mir genommen, also sollte mir das hier heute drei weitere Stunden bescheren.

Meine Hauptfigur holt gerade das Gleitmittel heraus, als ich eine große Gestalt bemerke, die äußerst nahe bei mir steht. Ich schaue auf und kreische fast vor Schreck, als mich derselbe attraktive aussehende Mechaniker anstarrt.

Wie konnte er mich hier hinten sehen? Dieser Platz ist sehr abgelegen, und niemand sitzt jemals hier.

„Kann ich Ihnen helfen?", frage ich, ziehe meine Kopfhörer heraus und betrachte die Breite seiner Schultern. Heute trägt Mr. Buch-Boyfriend blaue Jeans und ein schwarzes, enges Tire Depot-T-Shirt. Er ist viel sauberer als gestern in seinem schmutzigen Overall, der mich dazu brachte, den Beruf meiner derzeitigen Romanhauptfigur zu überdenken.

„Sie sind wieder da", sagt er wissend. Seine atemberaubenden blauen Augen mustern meine Yogahose, mein T-Shirt und meine Baseballkappe.

„Ich, ähm …, hatte ein Problem mit einem meiner Reifen. Die Jungs sind dabei, es zu reparieren."

„Welche Jungs?", fragt er und verschränkt seine gebräunten, wohlgeformten Arme vor der Brust. Ich muss den Kopf ganz nach hinten legen, um überhaupt sein Gesicht zu sehen, so groß ist er.

„Ich bin mir nicht sicher."

„Okay, welches Auto?", hakt er nach, während er sich mit einer Hand durch sein kurzes schwarzes Haar fährt. Verdammt, die Sache mit groß, dunkelhaarig und gutaussehend hat er echt drauf. Er sieht fast südländisch aus. Seufz!

Ich schlucke langsam. „Ähm …, ich fahre einen Cadillac SRX."

„Einen Cadillac?" Er stößt ein leises Lachen aus. „Ist das nicht eher ein Altdamen-Auto?"

Ich runzle die Stirn. „Es ist kein Altdamen-Auto. Es ist ein Luxus-Geländewagen. Es ist wunderbar. Ich habe beheizbare und kühlbare Sitze."

„Nun, wenn Sie so viel Geld für ein Fahrzeug ausgeben können, sollten Sie sich einen Lexus oder einen BMW ansehen. Die Karosserie hat um einiges mehr Sex-Appeal. Sie würden in einem Lexus LX verdammt heiß aussehen."

„Vielleicht versuche ich nicht, heiß auszusehen. Vielleicht mag ich es ja, wie eine alte Dame auszusehen." Das war wirklich eine alles andere als heiße Antwort, aber Buch-Boyfriend brüllt vor Lachen und hockt sich neben mich.

„Wie heißt du? Darf ich dich duzen?", fragt er, und jetzt, wo er auf Augenhöhe mit mir ist, wird mir erst richtig bewusst, wie gut er wirklich aussieht.

Gestern war ich so durcheinander, dass ich gar keine Zeit hatte, mich mit ihm zu beschäftigen. Jetzt kann ich nicht anders, als sein ganzes Gesicht zu bestaunen. Seine Haut ist gebräunt und fast makellos. Sein Kiefer ist kantig und ausgeprägt, sogar unter dem sexy dunklen Bartschatten. Seine blauen Augen sind wie Saphire und werden von den dichtesten, schwärzesten und faszinierendsten Wimpern umrahmt, die ich je gesehen habe. Seine vollen, rötlichen Lippen scheinen von Natur aus in einer Art Schmollmund zu verharren.

Als wäre sein Standardgesicht ein schwelender Blick.

Ich wurde mit dem Resting Bitch Face gesegnet.

„Mein Name ist Mercedes", antworte ich, dann runzle ich die Stirn. Warum habe ich ihm mein Pseudonym gegeben und nicht meinen richtigen Namen? Na ja, so kann er wenigstens nicht in meiner Akte nachsehen, wie viele Autos ich in den letzten Wochen hergebracht habe. Außerdem macht es manchmal mehr Spaß, mein Alter Ego zu sein als die langweilige Kate Smith, die oft vergisst, Deodorant aufzutragen.

„Das ist perfekt. Du würdest in einem Mercedes verdammt gut aussehen", murmelt er, wobei mich sein tiefer Tonfall erschaudern lässt.

„Und was fährst du?", frage ich, obwohl ich die Antwort schon kenne.

„Ein Indian-Motorrad."

Ich schüttle den Kopf. „Warum bin ich nicht überrascht?"

Er lächelt, seine Zähne sind strahlend weiß, und es gefällt mir irgendwie, dass einer ein bisschen weiter herausragt als die anderen. „Bin ich so berechenbar?"

„Berechenbarer als mein Altdamen-Auto", antworte ich mit einem Augenzwinkern.

Er lächelt wieder und ich bekomme diese Schmetterlinge im Bauch, die ich mit jedem Buch, das ich schreibe, mühsam auf andere Weise zu beschreiben versuche. Mein Bauch schlägt einen Salto. Einen Purzelbaum. Feuerwerk in meinem Bauch. Moment, der letzte Begriff ist schrecklich, das klingt nach Durchfall.

„Nun, es ist schön, dich offiziell kennenzulernen,

Mercedes. Ich bin Miles Hudson", sagt er, nimmt meine Hand und schüttelt sie sanft. Seine Handfläche ist warm, trocken und so verdammt groß, dass ich meine Schenkel zusammenpressen muss, weil ich das Gefühl habe, ich könnte einen Fruchtbarkeits-Moschusduft ausstoßen wie ein Tier. „Und jetzt sag mir, warum du wirklich hier bist."

Mein Kopf sinkt zurück auf den Stuhl. Das kann nicht das Ende sein. Ich bin mit meinem Buch noch nicht fertig! Ich werfe einen Blick auf die lauwarme Pizza unter meinem Stuhl. „Würden Pizzareste dich ruhigstellen?"

Er schürzt diese schönen Lippen und schaut auf meinen Vorrat an kaum angerührtem Essen hinunter. „Sie verschaffen dir vielleicht etwas Zeit."

Ich lächle aufgeregt und springe fast von meinem Stuhl auf, um die Sachen hervorzuholen. „Großartig, Zeit ist alles, was ich brauche." Ich drücke ihm die Kartons an die Brust und er umklammert sie lachend.

„Du meinst es ernst", sagt er mit ungläubiger Miene, und seine blauen Augen überfliegen jedes einzelne Merkmal meines übereifrigen Gesichts, während ich mich auf meinen Stuhl zurückfallen lasse.

„Super ernst", antworte ich mit flehenden Augen.

Er betrachtet mich einen Moment lang und ich bereue es fast, heute Morgen nur Wimperntusche aufgetragen zu haben. „Also gut, Mercedes. Ich lasse dich in Ruhe, für den Moment."

Er richtet sich zu seiner vollen Größe auf und ich kann nicht umhin, die Ausbeulung in seiner Jeans zu bemerken, weil sie sich buchstäblich auf Augenhöhe mit mir befindet. Keine Ständer-Ausbeulung, sondern die Art von Beule, mit der ein gut bestückter Mann jeden Tag herumläuft. Bei diesen großen Händen und riesigen Füßen ist das auch kein Wunder.

„Wir sehen uns an der Kaffeemaschine, Miles", sage ich frech, während ich mir meine Kopfhörer wieder in die Ohren stecke.

Er schaut mich neugierig an, nimmt aber glücklicherweise sein Pizzageschenk und geht weg. Ich nutze die Gelegenheit, um seinen Hintern zu bewundern, und werde nicht enttäuscht. Was ich nicht alles zu Forschungszwecken tue.

KAPITEL 5

Miles

„Ist dir schon mal eine heiße Rothaarige im Comfort Center aufgefallen?", frage ich meinen Kollegen Sam, der in unserem Lieblingslokal in der Innenstadt, dem Pearl Street Pub, neben mir sitzt.

„Nö. Noch nie gesehen. War sie heute da?", fragt er, während er sich über den roten Bart streicht.

„Ja", antworte ich und trinke einen Schluck meines Biers. „Und gestern."

„Was hat sie gemacht?"

Ich zucke mit den Schultern. „Sie war nur an einem Laptop."

„Wo liegt dann das Problem?"

„Ich glaube nicht, dass sie ein Auto hatte, das in der Werkstatt repariert wurde."

„Sie nutzt also kostenloses WLAN aus? Ruft die Polizei, wir haben es mit einer Schnorrerin zu tun", sagt er sarkastisch, bevor er den Barkeeper mit einer Geste um eine neue Runde bittet.

Ich schüttle abwehrend den Kopf. „Ich habe nicht das Gefühl, dass sie schnorrt. Es fühlt sich eher an wie … Verzweiflung?“

Sam lehnt sich zurück und schüttelt den Kopf. „Jetzt ergibt das alles Sinn. Du hast einen Fetisch für verzweifelte Mädchen, Bruder.“

„Habe ich nicht.“

„Oh doch. Du magst es, sie zu retten. Der furchtlose Beschützer, der vorbeikommt und auf sie aufpasst.“

„Dieses Mädchen fährt einen großen Caddy. Sie muss nicht gerettet werden.“

„Sie ist also nicht wie Jocelyn?“, fragt er, wobei er mich mit ernst zusammengekniffenen Augen ansieht.

„Kumpel, ich bin fertig mit Joce. Können wir bitte aufhören, über sie zu reden?“

„Miles, du wurdest von deiner langjährigen Freundin wegen eines reichen, hässlichen Arschlochs abserviert. Diese Scheiße bleibt für immer an dir haften.“

Ich knurre und nehme einen Schluck von meinem Bier, wobei ich mich bemühe, das Pilsglas nicht zu drücken, bis es in meinem Griff zerbricht. Jocelyn Vanbeek hat schon zu viel von meinem Leben vergeudet. Die meisten Jungs in ihren Zwanzigern schlafen mit so vielen Mädchen wie möglich, während ich die besten Jahre meines Lebens damit verbracht habe, von einem Mädchen besessen zu sein. Fast ein Jahrzehnt lang war ich mit ihr in einem ständigen Zustand einer Zusammen-nicht zusammen-Hölle.

Jetzt bin ich dreißig Jahre alt und habe dieses Drama endlich hinter mir gelassen. Ganz zu schweigen von der Tatsache, dass sie jetzt verheiratet und Mutter ist.

Mürrisch nehme ich einen Schluck von meinem Bier und drehe mich auf meinem Barhocker, um die Handvoll weiblicher Optionen für diesen Abend zu betrachten. „Gott, ich hasse es, dass Boulder so eine Würstchenparty ist. Warum genau wohnen wir hier?"

„Äh, weil mein Onkel der Geschäftsführer ist und sich kein anderer Chef unseren Mist gefallen lassen würde."

Ich lächle und zeige auf eine heiße Brünette in der Ecke. „Und vielleicht deshalb?"

Sam schüttelt den Kopf. „Verlorene Zeit aufholen – schon klar. Mach, was du willst, Bruder." Er klopft mir auf die Schulter, und ich mache mich auf den Weg.

Am nächsten Tag klebe ich wie eine Art Stalker mit dem Gesicht am Fenster, von dem aus man die Gasse hinter der Werkstatt sieht. Ich bin den ganzen Tag für Reifenwechsel eingeteilt, was in gewisser Weise schön ist, da es eine stumpfsinnige Arbeit ist. Es ist zwar etwas zeitaufwändig, weil ich die Radkästen säubern und die Reifen auswuchten muss, aber ich beschwere mich nicht. Das macht es mir leicht, nach der herumschleichenden Mercedes Ausschau zu halten.

Der Tag neigt sich dem Ende zu und ich fange an, mich darüber zu ärgern, wie oft ich aus diesem verdammten Fenster geschaut habe. Anstatt meinen Arbeitsplatz für den morgigen Tag aufzuräumen, beschließe ich, früher Feierabend zu machen, mich frisch zu machen und im ruhigen Customer Comfort Center noch einen Kaffee zu trinken, bevor ich mich auf den Weg mache.

Ohne Overall, in Jeans und T-Shirt betrete ich den leeren Wartebereich und kann mir ein Lächeln nicht verkneifen, als die einzige Person in Sichtweite eine Rothaarige ist, die vor dem Kaffeeautomaten steht. Die Werkstatt wird in fünfzehn Minuten schließen, aber sie zieht sich immer noch Koffein rein.

Sie wendet mir den Rücken zu, während sie darauf wartet, dass der Automat ihr Getränk ausgibt, also nutze ich die Gelegenheit, um den freizügigen Schnitt ihrer Jeansshorts zu betrachten. Sie sind an den Enden ausgefranst, echt blaue Hotpants, die die muskulösen Umrisse ihrer Beine zur Geltung bringen. Ein Streifen cremefarbene Haut lugt unter ihrem grauen T-Shirt hervor, als sie nach einer Serviette greift, und ich kann nicht anders, als bei der perfekten Kurve ihrer Taille ein wenig zu sabbern.

Die Brünette in der Kneipe gestern Abend hatte einen Freund, also bin ich vielleicht besonders begierig darauf, die Geschichte der Rothaarigen herauszufinden. Ich hebe die Schultern und schreite zielstrebig zu Mercedes hinüber. Unsere Arme streifen sich, als ich mich neben sie stelle und beiläufig nach einem Keks in der Backwarenauslage greife.

Sie dreht den Kopf und ich schaue zu ihr hinüber, um ihr ein Lächeln zu schenken. Sie starrt zuerst auf meinen Körper hinunter und bewegt dann langsam ihren Blick zu meinem Gesicht hinauf.

Ich zwinkere ihr zu und wundere mich darüber, dass sie etwas blass aussieht. „Hallo, Red.“

Sie sieht aus, als wolle sie etwas erwidern, als plötzlich ihr Gesicht fällt und ihre Augen in den Hinterkopf rollen. Sie beginnt zu schwanken, und mit einem lauten Fluch falle ich auf die Knie, um sie aufzufangen, bevor sie zu Boden stürzt.

„Mercedes!“, rufe ich, lege ihren Kopf in meinen Schoß und streiche die roten Haarsträhnen aus ihrem Gesicht. „Mercedes, geht es dir gut?“

Sie blinzelt schnell, ihre Augen sind ein wenig glasig, dann öffnet sie sie vollständig. Sie schaut erst an die Decke und dann zu mir hinüber. „Miles, nicht wahr?“

Ich muss ein wenig darüber lachen, wie normal sie klingt. „Ja, Miles.“

„Was ist hier los?", fragt sie, während ihr Blick mit jeder Sekunde schärfer wird.

„Ich glaube, du bist ohnmächtig geworden. Bist du schon mal ohnmächtig geworden?"

Sie stöhnt und hebt eine Hand, um sich in den Nasenrücken zu kneifen. „Nur, wenn ich nichts esse."

„Du hast heute noch nichts gegessen?", frage ich kopfschüttelnd und werfe einen Blick auf die volle Keksauslage neben der Kaffeemaschine. „Wie lange bist du schon hier?"

„Erst seit neun."

„Mein Gott", knurre ich fast. „Warum hast du nicht wenigstens einen Keks gegessen?"

„Ich möchte nicht alle Kekse aufessen", jammert sie fast, noch deutlich benebelt von ihrer Ohnmacht. „Betty arbeitet so hart dafür. Es ist schon schlimm genug, dass ich so viel Kaffee trinke." Ihr Kinn bebt und mir fällt die Kinnlade herunter, als ich sehe, dass ihr die Tränen in die Augen steigen.

„Was ist los?", frage ich in dem Versuch, nicht zu lachen, als ich eine Tränenspur auf ihrer Wange wegwische. Sie sieht so verdammt süß aus, dass ich glaube, ich könnte mich verlieben.

„Ich … ich habe einfach nur Mitleid mit Betty. Niemand sagt ihr jemals, wie gut diese Kekse sind. Ich kam extra früher her, um ihre Plunderstücke zu probieren, und sie waren schon weg. Wie verrückt ist das denn? Betty muss so früh aufstehen, um sie jeden Tag frisch zu backen, und die Leute verschlingen sie in Sekunden. Ich frage mich, ob jemand sie in ihrem Leben zu schätzen weiß? Weißt du, ob sie verheiratet ist?"

Meine Bauchmuskeln vibrieren, während ich mir auf die Lippe beiße und versuche, mir das Lachen zu verkneifen, das in mir aufsteigt. Ich weiß nicht, wie viel Kaffee sie heute getrunken hat, aber ich bin sicher, es war viel zu viel.

„Betty bekommt jedes Mal eine Umarmung von mir, wenn ich sie sehe. Sie weiß, dass die Jungs im Laden ihre Backwaren lieben."

„Wirklich?", krächzt Mercedes, während sich ihre Augen mit Hoffnung füllen.

„Wirklich."

„Das ist echt süß." Ihr Kinn zittert wieder. „Tut mir leid, ich werde emotional, wenn ich hungrig bin. Weißt du, wie manche Leute hangry werden? Die Mischung aus hungry und angry? Ich werde emongrig. Emotional und hungrig. Das Wort gibt es. Ich habe das Urban Dictionary dazu gebracht, es einzutragen."

Wenn sie nicht so erbärmlich aussähe, würde ich mich kaputtlachen. „Na, dann lass uns dir was zu essen besorgen. Richtiges Essen, keine Kekse."

„Das kann ich selbst machen", sagt sie und macht Anstalten, sich aufzusetzen.

Ich ziehe sie auf die Beine und lege meine Hände um ihre schmale Taille, um sie zu stützen, als sie leicht schwankt. „Auf keinen Fall, Red. So fährst du nicht. Mein Motorrad steht gleich da hinten."

„Ich bin gerade ohnmächtig geworden und du willst, dass ich hinten auf dein Motorrad steige? Wie kann das eine bessere Option sein?"

Sie hat ein gutes Argument, also schwenke ich schnell um. „Dann gib mir deine Schlüssel und ich fahre dein Auto. Du bist gerade von Kaffee und Hunger im Rausch und ich lasse dich nicht aus den Augen, bevor du nicht etwas Pizza gegessen hast."

„Ich liebe Pizza", antwortet sie unter Tränen.

„Ich weiß."

„Woher weißt du das?" Sie fixiert mich mit ernstem Blick, ihre blauen Augen leuchten hell und hoffnungsvoll.

„Nun, die meisten Leute lieben Pizza." Ich zucke mit den Schultern. „Und du hattest neulich ein Pizzashirt an und gestern wurde Pizza hierher geliefert."

„Oh, ja." Sie streicht sich die Haare hinter die Ohren und geht hinüber zu ihrem Computer, der auf einem Beistelltisch steht. Sie klappt den Laptop zu und lässt ihn in ihre Tasche gleiten. „Ein kleiner Happen und ich höre auf, dich zu nerven."

„Nein, du nervst mich nicht", antworte ich, die Hände in die Hosentaschen gesteckt. *Vielleicht hat Sam recht – ich habe eine Vorliebe für sprichwörtliche Jungfrauen in Nöten.*

„Bitte", erwidert sie mit einem Augenrollen. „Ich bin praktisch in deinen Armen ohnmächtig geworden. Wir könnten nicht buchwürdiger werden, selbst wenn wir es versuchten."

Sie schreitet zu mir herüber und schaut verlegen zu mir hoch, wobei die Farbe bereits wieder in ihre Wangen zurückkehrt. Sanft ergreife ich ihre Hand und fixiere sie mit ernstem Blick. „Mercedes, das muss dir nicht peinlich sein. Das ist nicht das erste Mal, dass ein Mädchen bei meinem Anblick in Ohnmacht gefallen ist."

Sie lacht schallend und reißt ihre Hand aus meiner, um mir einen Klaps auf den Bauch zu verpassen. „Füttere mich einfach, bevor du noch mehr kitschige Sprüche aus Liebesromanen loslässt."

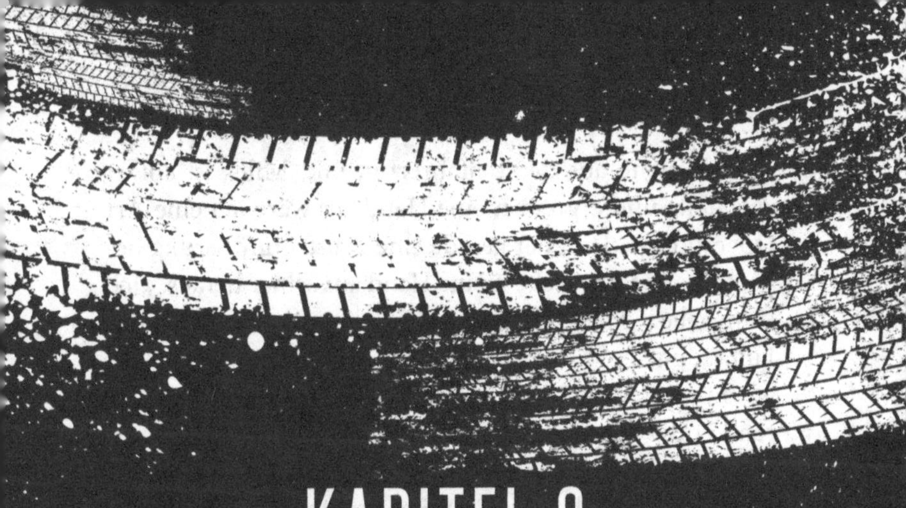

KAPITEL 6

Kate

Es ist seltsam, dass Miles mich Mercedes nennt, aber eigentlich nicht, wenn ich darüber nachdenke. Ich gehe zu Lesereisen auf der ganzen Welt, wo mich Leser und Autorenfreunde gleichermaßen Mercedes nennen. Ein paar Leute in der Buchwelt kennen meinen richtigen Namen, aber sie benutzen ihn nie, weil sie nicht den Fehler machen wollen, den Lesern meinen wahren Namen zu verraten. In der Buchwelt bin ich also Mercedes, durch und durch.

Aber meine Freunde in Boulder kennen mich als Kate.

Und jetzt kennt Miles mich als Mercedes.

Das könnte knifflig werden.

Andererseits holen wir uns nur Pizza. Es ist ja nicht so, dass wir Facebook-Freunde werden oder so. Ich mache eine große Sache aus einer Kleinigkeit.

Miles parkt das Auto vor Audrey Janes Pizza Garage. Es ist ein angesagter Ort in Boulder, wo es leckere Pizza nach New Yorker Art gibt. Mir läuft schon das Wasser im Mund zusammen, bevor wir überhaupt aus dem Wagen gestiegen sind.

Ich gleite aus der Beifahrertür, und Miles ist sofort zur Stelle und ergreift meine Hand, als wäre ich eine Art Operationspatient, der gerade eine Brustvergrößerung bekommen hat. Ich ziehe meine Hand aus seiner heraus. „Ich kann gehen, Miles. Ich fühle mich schon besser. Die frische Luft tut gut."

Er nickt und lässt mir respektvoll meinen Freiraum, während er die Tür für mich schließt. „Warum nimmst du dir nicht einen der freien Terrassentische und ich bestelle uns eine Pizza. Irgendwelche Einwände bezüglich des Belags?"

„Keine Zwiebeln", sage ich ernst. „Die Dinger sind eklig und haben auf einer Pizza nichts zu suchen."

„Was ist mit roten Zwiebeln?"

Ich kneife die Augen zusammen.

Er hebt die Hände und lächelt. „Okay, okay, keine Zwiebeln."

Er dreht sich um und nimmt die Stufen zum Eingang des Restaurants, zwei auf einmal, wobei er aussieht wie eine Art riesiger Gladiator in einer Welt, die für Normalsterbliche gebaut wurde. Mein Gott, er ist so groß, dass die Stufen fast zu klein für ihn sind. Und ich schwöre, jedes Mal, wenn ich ihn sehe, wird er heißer. Die Jeans schmiegt sich perfekt an seinen Hintern, und ich muss sagen, ich hätte nie gedacht, dass Kampfstiefel mein Ding sind, aber an Miles, gepaart mit dieser abgewetzten Jeans, dem engen schwarzen T-Shirt und seiner gebräunten Haut? Der ganze Mechaniker-Biker-Look funktioniert wirklich.

Ich suche mir einen Tisch weit weg von dem Akustikgitarristen, der in der Ecke trällert. Boulder ist im Sommer ein Paradies für Happy Hours auf Restaurantterrassen mit Live-Musik, wohin das Auge reicht. Die Stadt platzt geradezu vor aufstrebenden Musikern auf der Suche nach einem Mikrofon und Verstärker.

Ein paar Minuten später ist Miles zurück und hat ein paar Flaschen Wasser, einen Eimer voller Bierflaschen, eine Bestellnummer auf einem Ständer und einen Korb mit dampfenden Brotstangen dabei.

Er stellt sie vor mir ab und erklärt: „Dafür musste ich einen Mann umbringen."

„Ich hoffe, er hat kein Blut darauf gespritzt", knurre ich fast, als ich mir eine der langen, gedrehten goldenen Stangen schnappe und sie mir sofort wie eine Wilde in den Mund stecke. Ich bin zu ungeduldig, um sie jetzt noch in die Marinarasauce zu tunken. „Mmmm", stöhne ich mit geschlossenen Augen, als ich ein weiteres Stück abbeiße und bei dem Geschmack fast einen Orgasmus bekomme. „Du bist mein mörderischer Held."

Ich stopfe mir einen weiteren buttrigen Bissen in den Mund, während ich weiter anerkennend stöhne. Als ich eine ganze Brotstange aufgegessen habe, öffne ich schließlich die Augen und sehe Miles, der mich anstarrt. Der Mund steht ihm offen und seine Hände sind auf den Armlehnen des Stuhls erstarrt. Er hat sich kein Bier aus dem Eiskübel geholt und isst auch nichts. Er hat nicht einmal eine Flasche Wasser geöffnet. Er … starrt einfach nur.

„Mein Gott, was jetzt?", frage ich und fahre mir mit der Zunge über die Unterlippe, um den Tropfen Knoblauchbutter aufzufangen.

„Du bist ein wandelndes verdammtes Luder, weißt du das?", sagt er kopfschüttelnd. Er schnappt sich ein Bier, dreht den Deckel ab und trinkt die halbe Flasche in einem Zug aus.

„Wie das?", frage ich lachend, den Mund noch immer voll mit teigiger Köstlichkeit. „Ich habe mich gerade mit einer Brotstange vollgestopft wie ein vorpubertäres Kind auf der Flucht aus dem Übergewichts-Camp."

„Dann melde mich für das Übergewichts-Camp an", antwortet er und nimmt noch einen Schluck.

Spöttisch schnaubend schaue ich an seinem harten Körper hinunter, denn es sieht nicht so aus, als hätte er auch nur eine einzige weiche Stelle. Mit einem wehmütigen Seufzer greife ich nach einem Bier, woraufhin er den Eimer schnell außerhalb meiner Reichweite zieht.

Er sieht mich fest an, seine saphirblauen Augen werden zu Schlitzen. „Trink die ganze Flasche Wasser aus, dann kannst du ein Bier haben."

Ich neige den Kopf und bedenke ihn mit meinem eigenen vernichtenden Blick. „Ich bin siebenundzwanzig Jahre alt, Miles. Ich glaube, ich weiß, wann ich ein Bier trinken kann."

„Tja, ich bin dreißig, und an einem Tag, an dem du nicht in meinen Armen ohnmächtig geworden wärst, würde ich dir zustimmen. Aber bitte, für meine eigene psychische Gesundheit, trinkst du zuerst etwas hiervon?" Er hält mir die kalte Wasserflasche hin und seine Augen werden so sanft, dass mir klar wird, dass er wahrscheinlich daran gewöhnt ist, von den Frauen zu bekommen, was er will. Vielleicht ist er sogar ein größerer Hurenbock als Dean.

Schwer ausatmend nehme ich die Flasche und trinke die Hälfte des Inhalts in mehreren übertriebenen Schlucken. Ich setze die Flasche ab und er schenkt mir ein zufriedenes Grinsen, das ihn sogar noch attraktiver aussehen lässt. Er holt eine braune Flasche aus dem Eiskübel, dreht den Deckel ab und bietet sie mir an.

„Danke", singe ich, nehme einen Schluck und genieße den Geschmack des Alkohols nach einem langen Tag des Schreibens. Na ja, des Schreibens und des in Ohnmacht Fallens.

„Komm schon, lass hören", sagt er, stellt sein Bier ab und stützt die Ellbogen auf den Tisch.

„Was hören?", frage ich mit einem unschuldigen Klimpern meiner Wimpern.

„Was machst du jeden Tag im Tire Depot Customer Comfort Center, dass du dich in einen Ohnmachtsanfall hineinhungerst?"

Ich schnappe mir eine weitere Brotstange, stecke sie mir in den Mund und kaue mit einem überheblichen Grinsen auf den Lippen. „Ich kann nur sagen, dass ich ,in meinem Element' war."

Er grinst zurück. Verdammt, ich wünschte, mein Grinsen sähe nur halb so sexy aus wie seines in diesem Moment.

„Du musst mir mehr geben als das." Er deutet auf die Luft zwischen uns. „Nennen wir dies einen sicheren Raum. Du kannst offen reden, und nichts wird dir zur Last gelegt."

Ich atme schwer aus, denn ich weiß, dass ich auf keinen Fall mit diesem Kerl plaudern könnte, ohne etwas zu gestehen. Also erzähle ich ihm meine ganze Geschichte, bis hin zu meinem Lieblingskaffee, den Streichen und den Seitenblicken.

Er lacht weniger, als dass er sich auf die Unterlippe beißt, um sich eine Reaktion zu verkneifen. Ich schwärme weiter von der Atmosphäre, den Leuten und dem Kaffee. Ich rede sogar gute fünf Minuten lang über Betty. Ich kotze alles aus, was ich Lynsey und Dean sowie meinen Fans in den sozialen Medien gepredigt habe. Dass Tire Depot wie ein unprätentiöses Café ist, in dem jeder willkommen ist. Nun, jeder, der ein Fahrzeug besitzt, schätze ich.

Als ich fertig bin, bin ich fast außer Atem.

Miles schüttelt langsam und ungläubig den Kopf. „Und das machst du jetzt schon seit über drei Wochen?"

„Mehr oder weniger." Ich zucke mit den Schultern.

„Und du schreibst ein Buch? Worum geht es?"

Bei dieser Frage verziehe ich das Gesicht. „Das spielt keine Rolle. Ich erledige Arbeit."

„Warum willst du mir nicht sagen, was du schreibst?", fragt er. Sein Kopf ist angesichts meiner knappen Antwort zurückgezuckt.

„Weil es die Leute befremdet."

„Wie das?"

„Wenn ich dir das sage, beantworte ich deine Frage, und ich will deine Frage nicht beantworten."

„Ich werde nicht urteilen!", argumentiert er, greift nach seinem Bier und nimmt einen Schluck.

Ich rolle mit den Augen. „Du wirst urteilen."

Das lässt ihn ungläubig lachen. „Ich meine, das ist doch jetzt ziemlich offensichtlich." Ich schürze die Lippen und er gibt schließlich auf. „Okay, gut, wir müssen nicht darüber reden, was du schreibst." Ich sacke vor Erleichterung zusammen. „Obwohl ich dir sagen muss, dass ich gewissermaßen Geschichtsfan bin, also wenn du mir sagst, dass du das nächste *Game of Thrones* schreibst, müssen wir im Grunde heiraten und glücklich bis ans Ende unserer Tage leben."

Das bringt mich so zum Kichern, dass ich fast das Bier in meinem Mund ausspucke. Wir werden vom Kellner mit der Pizza unterbrochen, und da ich immer noch keine Proteine zu mir genommen habe, unterbrechen wir unser Gesprächsthema und konzentrieren uns auf das Essen. Die Stücke sind größer als mein Gesicht, und wir falten beide vorsichtig jeweils eins in der Mitte und stürzen uns darauf wie ausgehungerte Tiere.

Selbst nach drei Brotstangen bin ich noch hungrig genug, um ein ganzes großes Stück zu essen, was nichts im Vergleich zu Miles' dreien ist. Er hat die letzten beiden einfach zu einem Pizzasandwich gestapelt. Ein Pizzasandwich! Ich frage mich, wo zum Teufel das alles hinkommt, denn sein Körper sieht unter dem T-Shirt steinhart aus.

Ein weiteres Bier später stelle ich schließlich die Frage,

die mir im Hinterkopf herumgeistert. „Also, wirst du es jemandem erzählen?"

Er zieht die Brauen hoch. „Anderen erzählen, dass sich eine heiße Rothaarige im Wartezimmer herumtreibt und wir sie bitte loswerden könnten? Ähm, ich passe."

Ich kichere wieder. Verdammt, dieser Kerl macht aus mir ein verdammtes stereotypisches Mädchen. „Glaubst du, dass noch jemand von mir weiß?"

Er schüttelt den Kopf. „Nein, ich habe meinen Kumpel Sam gefragt, der an der Rezeption arbeitet, und er wusste nicht, wovon ich rede."

„Wird er etwas sagen?"

„Nein, wir sind Freunde."

Das entspannt mich. „Du bist also Mechaniker?", frage ich, da ich merke, dass ich nichts anderes getan habe, als über mich zu reden.

„Ja", antwortet er, wischt sich den Mund ab und lehnt sich in seinem Stuhl zurück, die langen Beine weit gespreizt, sodass seine großen Füße den ganzen Platz zwischen unseren Stühlen einnehmen. „Ich habe mit Karosseriearbeiten, Lackierung und etwas Design angefangen, aber ich war es leid, die Ausrüstung zu tragen, also habe ich eine Ausbildung zum Mechaniker gemacht. Das ist ein guter Job. Anständige Bezahlung. Feste Arbeitszeiten. Keine Wochenenden."

„Ich weiß", stöhne ich übertrieben. „Ich hasse es, dass ihr an den Wochenenden geschlossen habt."

Das entlockt ihm ein Lachen. „Machst du denn nie eine Pause?"

Ich schüttle den Kopf. „Ich bin ein Workaholic. Es ist das Buchgeschäft. Je schneller man etwas veröffentlicht, desto mehr bleibt man in den Köpfen der Leute. Ich hatte das Glück, dass mein erstes Buch der Durchbruch war, und ich möchte diesen Schwung nicht verlieren."

Er nickt nachdenklich. „Deshalb arbeitest du in der Mittagspause."

Ich zucke mit den Schultern. „Das und manchmal vergesse ich zu essen."

Er lacht höflich und fügt hinzu: „Nun, ich finde es unglaublich, dass du schreibst; mir fallen nicht einmal genug Worte für meine wöchentliche E-Mail an meine Eltern ein."

„Wo wohnen deine Eltern?"

„Utah. Ich bin dort geboren und aufgewachsen. Nach Boulder bin ich wegen des Studiums gekommen. Na ja, eigentlich der Berufsschule."

„Das ist ein weiter Weg für die Berufsschule. So etwas gibt es doch sicher auch in Utah?", frage ich.

Ein unbehaglicher Ausdruck tritt in seine Augen. „Ich bin einem Mädchen gefolgt."

„Oh, du meine Güte. Bin ich gerade über ein heikles Thema gestolpert? Du musst mir sagen, wenn ich zu weit gehe. Ich bin Schriftstellerin, also bin ich von Natur aus neugierig auf Beziehungen. Mein Instinkt drängt mich gerade, dich mit Fragen über diese Frau und das, was zwischen euch passiert ist, zu bombardieren, aber nur ein Wort von dir und ich werde es nicht tun."

„Bitte nicht", erwidert er sofort, während sein Gesicht jeglichen Humor verliert.

Ich schlucke langsam. „Verstanden. Keine Gespräche über die Ex-Freundin." Das ist auch gut für mich, denn wer will schon hören, dass ich praktisch noch mit meinem Ex zusammenlebe?

„Ich meine, ich bin über sie hinweg", erklärt er, „aber ich denke nicht gern an sie."

Ich nicke wissend. „Das Gefühl kenne ich."

Unsere Blicke treffen sich für einen angespannten Moment und es ist, als hätten unsere Körper ein instinktives

Verständnis, das unser Geist noch nicht nachvollziehen kann. Man kann die sexuelle Spannung fast knistern hören, wie trockenes Holz in einem Feuer.

Miles räuspert sich und sagt: „Nun, Red, mach dir keine Sorgen, dein Geheimnis ist bei mir sicher." Er macht die alberne Geste eines großen Indianerehrenworts und fügt hinzu: „Wenn du fertig bist, sollten wir zurück zu Tire Depot gehen und mein Motorrad holen."

„Das stimmt!", rufe ich aus und stehe schnell von meinem Stuhl auf. „Ja, ich bringe dich auf jeden Fall zurück." Mein Blick schweift kurz ab, bevor ich hinzufüge: „Du hast nicht zufällig einen Schlüssel für das Customer Comfort Center, oder?"

„Mercedes!", schimpft er, stellt sich vor mich und packt mich mit seinen großen, männlichen Pranken an den Schultern. „Du brauchst eine verdammte Pause, Mädchen. Derart harte Arbeit kann nicht gut für deinen ‚Vibe' sein, oder wie auch immer du es nennst."

Ich starre hinunter auf seine warmen Hände auf mir. Sie sind rau und hart, aber nicht ölig, wie man es von einem Mechaniker erwarten könnte. Und die Art und Weise, wie sich sein Mund bewegt hat, als er „Vibe" sagte, hat es geschafft, einen sofortigen Schock des Bewusstseins durch meinen ganzen Körper zu schicken. Ich spüre, wie sich mein Becken zu ihm neigt, als hätte es einen eigenen Willen entwickelt.

„Was machst du, wenn du nicht arbeitest?", frage ich heiser, bevor ich eine Hand hochreiße, um meinen Mund zu bedecken. *Habe ich das wirklich laut gesagt? Mein Gott, Kate. Nimm dich zusammen. Das ist keins von deinen Büchern!*

Miles scheint über meine Verlegenheit amüsiert zu sein, aber dann legt sich eine Mauer über seine Gesichtszüge, die ich so noch nie gesehen habe. „Ich … fahre gerne Motorrad. Wandere. Lese. Gelegentlich gehe ich an den See."

Ich schürze die Lippen und nicke. „Cool, ich werde am Wochenende eine Harley kaufen gehen."

„Mach du das." Er lächelt und legt mir freundschaftlich den Arm um die Schultern, wie ein Bruder. „Komm, lass uns von hier verschwinden, bevor ich dich damit langweile, warum du dir eine Indian statt einer Harley zulegen solltest."

Das entlockt mir ein Kichern. „Oh, Mechaniker-Gerede, das klingt heiß."

KAPITEL 7

Kate

Wer kennt den Moment in dem Film „*Herkules und die Sandlot-Kids*", als Squints die Rettungsschwimmerin Wendy Peffercorn auf dem Bürgersteig laufen sieht? Er putzt schnell seine Aschenbecherbrille mit seinem Hemd, romantische Musik schwillt an und das Video wechselt zur Zeitlupe der kurvenreichen Blondine?

Nun, in der nächsten Woche bin ich bei Tire Depot der Widerling Squints und Miles ist Wendy Peffercorn.

Am ersten Tag nach dem gemeinsamen Pizzaessen mit Miles, als ich zurückkam, um zu schreiben, blieb ich vor dem offenen Werkstatttor in der Seitengasse stehen. Ich hatte einen perfekten Blick auf Miles bei der Arbeit und stand einfach nur da, die Laptoptasche auf der Schulter, mit heruntergefallener Kinnlade und rasendem Herzen.

Er hat einen Haufen Reifen gestapelt. *So viele Reifen.* Sie mussten gerade eine neue Lieferung bekommen haben, denn er schwitzte heftig. Irgendwann hielt er inne, öffnete den Reißverschluss seines anthrazitfarbenen Overalls und zog ihn sich von den Schultern, um sich abzukühlen. Er trug wieder eines dieser heißen, engen Sporttops. Marke Nike. Schwarz. Aber ich konnte sehen, dass es von Schweiß durchtränkt war. Seine Arme glitzerten im Licht, als er sich die Stirn an seinem fettverschmierten Unterarm abwischte. Er griff nach einer Wasserflasche, nahm mehrere große Schlucke, wobei sich sein dicker Hals bei jedem Schluck zusammenzog, und schüttete sich den restlichen Inhalt ins Gesicht.

So etwas kann man sich einfach nicht ausdenken!

Im nächsten Moment dreht er sich um, um über die Schulter zu einem Kollegen zu blicken, und seine blauen Augen leuchteten so hell gegen seinen gebräunten Teint, dass er nicht echt wirkte. Ich spürte ernsthaft, wie meine Knie wackelten, und das lag nicht daran, dass ich an diesem Tag das Mittagessen ausgelassen hatte.

Plötzlich erschien mir der Milliardär, über den ich in meinem Roman schrieb, völlig falsch. Sein Sixpack war zu künstlich. Sexappeal wurde nicht in einem Fitnessstudio mit Gewichten und Laufbändern erzeugt. Nein, er wurde in kraftvollen, schmutzigen Werkstätten geboren, wo Männer, echte Männer, mit ihren Händen arbeiteten. Wo sie sich so schmutzig machten, dass sie eine spezielle Männerseife benutzen mussten, um sich zu reinigen. Diesen Scheiß findet man nicht bei Bath & Body. Reines verdammtes Testosteron.

Ich fühle mich so inspiriert wie nie zuvor und eile ins Comfort Center, um zwei Seiten Notizen für eine neue Buchreihe zu machen. Mein Gott, warum hatte ich noch nie an einen Mechaniker gedacht? Meine Leser würden sich darauf stürzen! Ich kann mir nicht helfen, als ich anfange, das erste Kapitel zu schreiben, die Stimmen der Figuren sind so klar, dass ich sie rauslassen muss. Jetzt sofort, verdammt.

Es ist Stunden später, als ich durch eine starke, überwältigende Präsenz im Raum aus meiner fiktiven Welt gerissen werde. Ich sehe von meinem Laptop auf und entdecke Miles, der mich von der Tür aus beobachtet, sein Mund ist zu einem trägen Lächeln verzogen. In seinen Augen glüht etwas, das ich noch nie zuvor gesehen habe.

Ich ziehe meine Kopfhörer heraus, als er zu mir herüberkommt. „Du siehst hyperkonzentriert aus", sagt er, während er sich auf den Ledersessel neben mir fallen lässt.

Meine Augen weiten sich, als ich schnell den Stift aus meinem Haar nehme und nervös an meinem Haarknoten herumfummle. „Ja …, ich, ähm …, hatte heute eine neue Buchidee."

„Ach, wirklich?", fragt er, während er mit den Händen über seine Jeans reibt. Der Geruch seiner männlichen Seife dringt in meine Nasenlöcher. Er hat geduscht. Der Schweiß und Schmutz, die ihn noch vor Stunden bedeckten, sind längst verschwunden, und er riecht wie ein verdammter Berg nach frischem Regen.

„Gibt es hier Duschen?", frage ich neugierig, damit ich mir eine Notiz für meine Arbeit machen kann.

Er lacht über diese merkwürdige Frage. „Ja, warum?"

Meine Wangen laufen rot an. „Du riechst gut und frisch. Dein Haar ist sogar noch feucht, stimmt's?" Ich strecke die Hand aus und kämme mit den Fingern durch seine kurzen, schwarzen Strähnen, wobei alle fünf mit Feuchtigkeit benetzt werden. Bei der Intimität dieser Berührung zieht sich mein Inneres zusammen.

Seine Augen gehen flatternd zu, als würde er meine Liebkosung genauso genießen wie ich, also nutze ich die Gelegenheit, um meinen Weg von seinem Kopf hinunter zum Ansatz seines straffen, starken Halses fortzusetzen. Mein Gott, dieser Typ ist ganz Mann.

Plötzlich merke ich, dass wir nicht allein sind und zwinge mich, den heißen Mechaniker nicht weiter zu streicheln.

Miles' blaue Augen flattern auf. „Heißt das, du hast deine andere Story-Idee aufgegeben?“

Ich lache über diese Vorstellung. „Gott, nein. Ich muss Dinge einfach aufschreiben, wenn sie mir einfallen, sonst sind sie für immer verloren. Das sind nur Notizen und das erste Kapitel, damit ich leichter eintauchen kann, wenn ich wieder dazu komme. Ich arbeite noch sehr an meiner ursprünglichen Geschichte.“

„Nun, ich bin froh, dass das Comfort Center dir immer noch gute Vibes beschert.“ Er schaut auf meinen Computer hinunter. „Bist du bald fertig für heute?“

Ich beiße mir auf die Lippe. „Vielleicht?“

„Willst du etwas essen gehen?“

„Wie bei einem Date?“, frage ich, weil ich – meine Güte – eine große Klappe ohne Filter habe und nicht anders kann.

Er runzelt die Stirn. „Nein, nur Essen.“ Er zuckt mit den Schultern.

„Ich mag Essen“, antworte ich in dem Versuch, seine Antwort nicht als völlige Ablehnung zu verstehen, während ich beginne, meinen Laptop zu schließen.

Plötzlich bricht die Realität über mich herein. „Mist, tut mir leid …, ich kann nicht. Ich habe meiner Freundin versprochen, mit ihr spazieren zu gehen, und zwar …“ Ich schaue schnell auf meinem Handy nach der Uhrzeit. „Jetzt. Scheiße, ich muss los.“

Er nickt und lächelt, wobei er leicht enttäuscht aussieht. „Ich verstehe.“

„Ein andermal?“, frage ich, während ich beginne, meine Sachen zu packen.

„Auf jeden Fall.“ Und damit winkt er mir zum Abschied freundlich zu und verlässt den Raum wie der umwerfende Hengst, der er ist.

KAPITEL 8

Miles

Ich habe mich noch nie so sehr darauf gefreut, jeden Tag zur Arbeit zu kommen. Ich habe das Customer Comfort Center sicher noch nie so oft in einer Woche betreten. Ich erzähle den Jungs an der Rezeption immer, dass ich mein Mittagessen vergessen habe und mich mit Bettys Backwaren eindecke, aber ehrlich gesagt ist es nur, um Mercedes zu sehen.

Sie ist so verdammt süß, wenn sie schreibt. Immer wieder tue ich an der Tür so, als wäre ich an meinem Handy, damit ich ihr eine Weile bei der Arbeit zusehen kann. Ihr Blick schweift oft ins Leere, und gelegentlich macht sie seltsame Bewegungen, als wolle sie herausfinden, wie man eine bestimmte Handlung in ein Buch schreibt. Einmal musste ich mir auf die Faust beißen, um nicht laut loszulachen, als sie verträumt die Augen schloss, sich verführerisch über die Lippen leckte und einen Luftkuss in den Raum gab. Sie schreibt auf jeden Fall schmutzige Bücher.

Ich liebe es, wie sie in ihrer eigenen kleinen Blase lebt, ganz sie selbst und sich der Welt um sie herum gar nicht bewusst. Und das in einem Warteraum einer Reifenwerkstatt. Ich habe noch nie ein Mädchen wie sie getroffen.

Ich fühle mich jeden Tag zu ihr hingezogen. Bevor ich gehe, schaue ich gerne bei ihr vorbei, um zu sehen, wie ihr Tag war. Manchmal erzählt sie mir, wie viele Wörter sie geschrieben hat, was mir nichts sagt, weil ich keine Ahnung habe, wie viele Wörter es braucht, um ein Buch zu verfassen. Aber sie scheint von ihren Fortschritten begeistert zu sein, und ich liebe den Ausdruck auf ihrem Gesicht. Dann fragt sie mich normalerweise, wie mein Tag war, und ich beobachte, wie ihre Augen glänzen, wenn ich anfange, ihr von Autos und Werkzeugen zu erzählen. Es ist ein Spiel, das wir spielen, durchtränkt von Flirten, aber es kommt nie etwas dabei heraus.

Ich habe sie nicht wieder gefragt, ob wir uns nach der Arbeit treffen wollen, wie ich es Anfang der Woche getan habe. Ich habe das Gefühl, dass das erste Mal ein Fehler war, und je mehr ich mit ihr spreche, desto mehr merke ich, dass sie nicht nur irgendeine Braut ist, mit der ich ins Bett steigen kann. Sie ist … cool. Es ist das Beste, wenn unsere Beziehung „Tire Depot exklusiv" bleibt. Gott weiß, dass man mir in der Nähe von jemandem, der schön, lustig und nicht verrückt ist, nicht trauen kann.

„Eine weitere Woche der Arbeit erledigt", stelle ich fest, lasse mich auf den Sitz neben ihr fallen und schaue mich im leeren Comfort Center um. Es ist Feierabend und Freitag, also kommt niemand mehr zu einer späten Inspektion.

„Große Pläne für das Wochenende?", fragt Mercedes, während sie den Laptop auf ihren Beinen zusammenklappt und ihre Hände darauf ruhen lässt. Sie ist heute bezaubernd in einem kurzen roten Sommerkleidchen, ganz anders als die typische Sportkleidung, in der ich sie sonst sehe.

„Mein Kumpel und ich gehen morgen vielleicht in den

Golden Gate Park. Wir versuchen jeden Sommer, diesen großartigen Wanderweg dort zu wandern."

„Das klingt lustig und suuuper männlich", sagt sie, während sie sich zu mir umdreht. Ihre blauen Augen fallen auf meine Lippen, dann schaut sie schnell weg.

Ich runzle die Stirn und drehe mich ebenfalls zu ihr um. „Was ist mit dir?"

Sie atmet schwer aus. „Oh, ich werde wahrscheinlich noch etwas schreiben. Vielleicht gehe ich in ein richtiges Café."

Ich schnappe dramatisch nach Luft. „Aber da müsstest du deinen Kaffee tatsächlich bezahlen."

Sie gibt trocken zurück: „Ich weiß, aber bei Tire Depot gibt es keine Vorschlagsbox, in der ich fragen könnte, ob sie auch am Wochenende öffnen würden."

„Diesen Vorschlag würde ich sofort zerreißen", erwidere ich mit ernstem Ton. „Ich mag meine Wochenenden. Ermutige sie nicht, meine Wochenenden zu stören."

Sie lächelt, und ich sehe das Grübchen auf ihrer Wange. „Gut, geh. Sei ein Mann. Fang ein paar Fische. Schmier dich mit Dreck ein."

Ihr Blick wandert an meinem Körper hinunter und sie zieht ihre Unterlippe in den Mund. Ihre Augenbrauen ziehen sich auf eine hinreißend intensive Weise zusammen. Verdammt, sie ist süß. Und wenn ich ihre Gedanken lesen könnte, würde ich schwören, dass sie sich mich nackt vorstellt. Ich habe sie mir mit Sicherheit mindestens achtmal am Tag nackt vorgestellt, seit sie in der Gasse mit mir zusammengestoßen ist. Aber ich bin ein Kerl, wir machen solche Sachen. Mädchen sind normalerweise wesentlich weniger offensichtlich.

Deshalb bin ich mir zu neunzig Prozent sicher, dass sie erotische Bücher schreibt. Ich habe das Gefühl, dass sie einen schmutzigen Verstand hat, und das gefällt mir verdammt gut.

Ich habe versucht, den Autorennamen Mercedes zu googeln, und mit nur einem Vornamen habe ich niemanden gefunden, der ihr ähnelt. Und wenn ich jetzt nach ihrem Nachnamen fragen würde, wäre das zu offensichtlich. Also werde ich ihren Wunsch respektieren und nicht nach Informationen über den schriftstellerischen Teil ihres Lebens fragen. Vor allem, weil sie mich gebeten hat, es bleibenzulassen.

„Nun, dann ein schönes Wochenende", sage ich. Ich beuge mich über die Armlehne, um sie auf die Wange zu küssen. Dann ziehe ich mich zurück und erstarre, während ich in ihre großen und eindeutig überraschten Augen blicke. Sie riecht nach verdammten Blumen, aber das tut nichts zur Sache. „Ich habe keine Ahnung, warum ich dich gerade auf die Wange geküsst habe."

„Ich auch nicht!" Sie kichert, und ihre Wangen und ihr Hals färben sich vor meinen Augen rosig. „Weißt du, da wir im Grunde genommen Kollegen sind, könnte das ein Grund für eine Beschwerde wegen sexueller Belästigung sein."

Ich stöhne, stehe auf und fahre mir verlegen mit der Hand durch die Haare. „Das solltest du tun. Ich bin erbärmlich. Und furchtbar unangemessen."

„Du bist nicht erbärmlich, und es ist zu früh für mich, um zu sagen, wie unangemessen du *wirklich* bist." Sie lächelt und wackelt verschmitzt mit den Augenbrauen. „Wenn du wüsstest, welche schmutzigen Gedanken mir jeden Tag durch den Kopf gehen, würdest du wissen, dass ich ganz sicher kein Opfer bin."

„Ich wusste es!" Ich lache, schnippe triumphierend mit den Fingern und habe die Arme weit ausgestreckt. „Du hast etwas an dir, das nach … schmutziger Fantasie schreit. Ich glaube, es sind deine roten Haare."

Sie beißt sich auf die Lippe und mustert meinen Oberkörper, bevor ihr Blick langsam zu meiner Leistengegend wandert. Mein Schwanz macht einen Sprung. Eher ein Zucken, wenn man bedenkt, dass der Scheißer gerade seinen eigenen Puls hat.

Mit einem einfachen Achselzucken antwortet sie: „Ich schiebe viele meiner Probleme auf meine Haarfarbe. Rothaarige haben es als Kinder schwer.“

„Dein Haar ist verdammt schön, und kleine Kinder sind Arschlöcher.“ Ich schließe die Augen und kneife mir in den Nasenrücken, dankbar, dass niemand in der Nähe und hört, wie ich mich gerade zum Narren mache. „In diesem Sinne werde ich jetzt gehen, und ich schwöre dir, dass ich normalerweise viel mehr drauf habe als das hier. Ich hoffe, dass sich diese Interaktion nicht negativ auf meinen Status als Buch-Boyfriend auswirkt.“

Sie lacht herzhaft. „Mach dir keine Sorgen, Miles. Dein Status als Buch-Boyfriend ist immer noch sehr sicher.“

Mit einem breiten Lächeln drehe ich mich um und gehe hinaus, wobei ich über meine Schulter rufe: „Bis Montag, Mercedes.“

„Wir sehen uns an der Kaffeemaschine, Miles.“

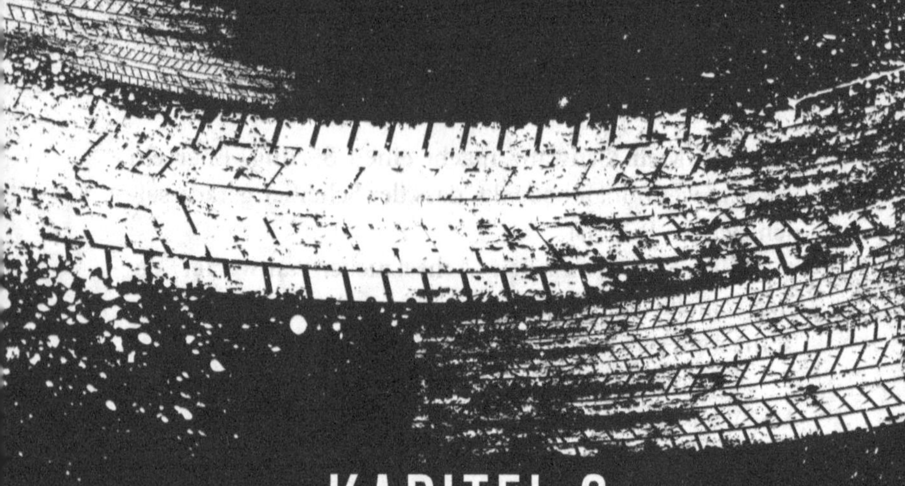

KAPITEL 9

Miles

„Worauf wartest du verdammt noch mal, Bruder? Sie erzählt dir, dass sie schmutzige Gedanken hat und du denkst nicht … ‚Jup, die werde ich vögeln‘?", schreit Sam, knallt sein Bier auf die Theke und fährt sich mit der Hand über seinen blonden Kurzhaarschnitt.

„Nein." Hartnäckig schüttle ich den Kopf und werfe dem Typen, der sich an mich drängt, um einen Drink zu bestellen, einen bösen Blick zu. Es ist Freitagabend, also ist der Pearl Street Pub voll, aber das bedeutet nicht, dass ich das Deo dieses Typen riechen muss. Der Kerl versteht den Wink mit dem Zaunpfahl und macht mir etwas Platz. Ich wende mich wieder an Sam. „Ich kann sie nicht vögeln, sie ist zu cool. Dann müsste ich sie jeden Tag im Comfort Center sehen. Das wäre verdammt peinlich."

„Du müsstest sie nicht sehen. Geh einfach nicht mehr da rein, nachdem du sie gevögelt hast. Problem gelöst."

„Ich sehe sie aber gerne", antworte ich und runzle die

Stirn über die Tatsache, dass sie zu sehen einer der schönsten Momente meines Tages ist.

„Du bist so lahm“, sagt Sam, holt sein Handy aus der Tasche und schaut auf die Uhr. „Scheiße, wir sollten besser losgehen. Mein Kumpel ist um elf dran und ich will nicht in der Schlange stehen.“

Wir bezahlen unsere Rechnungen und gehen die zwei Blocks die Pearl Street hinunter zum Walrus Saloon. Der ist eine Spelunke, die teilweise unterirdisch liegt und in der es normalerweise vor Studenten wimmelt, aber da es Sommer ist, sollte es nicht allzu schlimm sein. Außerdem bin ich Single. Es tut mir gut, ab und zu in den entsprechenden Etablissements vorbeizuschauen.

Ich stehe nicht unbedingt auf jüngere Frauen, aber ich habe letztes Jahr einmal eine Studentin mit nach Hause genommen. Ich konnte sehen, dass sie viel jünger war als ich, und ich war so verdammt paranoid, dass ich ihren Ausweis sehen wollte, bevor wir die Bar verließen. Ich bin nicht stolz darauf, aber ich brauchte jemanden, der mir half, über die wirklich allerletzte Trennung von Jocelyn hinwegzukommen.

Dieses Mädchen hat mich fertig gemacht.

Zehn Jahre des „Werden sie oder werden sie nicht?“ Wir waren schlimmer als Ross und Rachel. Und die Psychospielchen, die sie gespielt hat, werden mir für immer anhaften, da bin ich mir sicher. Immer wenn wir getrennt waren, was oft der Fall war, fand sie heraus, in welcher Bar ich abends war, und tauchte auf, nur um vor meinen Augen mit einem beliebigen Kerl rumzumachen. Sie war total verrückt. Ich würde wahrscheinlich immer noch in dieser süßen Hölle leben, wenn sie nicht während unserer letzten „Beziehungspause“ von einem reichen Arschloch geschwängert worden wäre.

Nach einigen dunklen Tagen befinde ich mich in einer

Phase, die ich gerne als „Vögeln und Abhauen" bezeichne. Eine Nacht. Keine Wiederholungen. Keine Bindungen. Zeit, ein paar lang vernachlässigte Kerben an meinem Bettpfosten anzubringen.

Heute Abend freue ich mich darauf, ein Mädchen zu finden, das mich von der Rothaarigen ablenkt, die ich ganz sicher nicht vögeln sollte.

Die Musik ist laut, als wir die Treppe zum Walrus Saloon hinuntergehen. Er hat eine dunkle, schäbige Atmosphäre, aber es ist der einzige Ort in Boulder, der eine echte Tanzfläche bietet. Meine Stiefel lassen die überall auf dem Boden verstreut liegenden Erdnussschalen knacken, als Sam und ich uns zu den beiden gerade frei gewordenen Hockern am Ende der Bar begeben.

Sam versucht, einen Barkeeper herbeizuwinken, während ich hinter meinem Hocker stehe und die Bar betrachte. Es sind hauptsächlich Kerle anwesend, bis auf eine große Gruppe von Mädchen, die bereits den größten Teil der Tanzfläche besetzt haben. Sie alle umringen ein Mädchen in einem kurzen weißen Kleid mit einem Schleier im Haar. Junggesellinnenabschiede sind in der Regel eine großartige Sache, und ich recke mein Kinn zu ein paar Mädchen, die mich anstarren und miteinander tuscheln. Groß und muskulös zu sein, ist für die Damen immer ein Anziehungspunkt. Und die Tatsache, dass ich nicht hässlich bin, macht es ziemlich einfach, mir eine Gruppe wie diese auszusuchen.

Ich gehe an einer anderen Mädchengruppe vorbei, die gemeinsam eine blaue Flüssigkeit aus einem riesigen, fischglasgroßen Getränk schlürfen und meine, eine zu sehen, die mich interessieren könnte, als mir ein vertrauter roter Haarschopf ins Auge fällt.

Ich drehe meinen Blick und sehe Mercedes die Eingangstreppe hinuntergehen. Sie lacht heftig über etwas, das jemand hinter ihr gesagt hat, aber um ehrlich zu sein, schaue ich ihr nicht lange ins Gesicht.

Sie trägt einen knappen, schwarz-weiß gestreiften Rock, der ihre wohlgeformten Beine noch besser zur Geltung bringt als in den Hotpants. Sie trägt ein tief ausgeschnittenes schwarzes Tanktop mit einer langen Halskette mit Anhänger, der genau zwischen ihren vollen Brüsten hängt. Ich würde mir Sorgen machen, dass sie nicht genug Kleidung trägt, wäre da nicht die sexy, enge schwarze Lederjacke, die sie offen über dem Ensemble trägt. Wenigstens verdeckt die einen Teil ihres Körpers.

Ihr rotes Haar liegt glatt und glänzend über ihren Schultern, wie ein farbiger Vorhang, und ist auf eine Weise gestylt, die ich noch nie gesehen habe. Es ist viel weniger natürlich als sonst, aber definitiv immer noch sexy. Das ist ein ganz anderer Look als der, den ich bei Tire Depot sehe.

Sie ist ein verdammter Knaller.

Mein Schwanz erwacht zwischen meinen Beinen zum Leben und ich muss die Augen schließen und mich konzentrieren, damit er nicht einen eigenen Willen bekommt und der Menge Hallo sagt. Schwänze können solche … Arschlöcher sein.

Sie dreht den Kopf und lächelt den Mann an, der ihr die Treppe hinunter folgt. Er hat seinen Arm um ihre Schultern gelegt, trägt eine Brille und ist so gekleidet, als würde er zu einer verdammten Hochzeit gehen statt in eine Spelunke in der Pearl Street. Eine kleine Brünette flankiert sie auf der anderen Seite und kramt in ihrer Handtasche, um den Türstehern das Eintrittsgeld zu bezahlen.

Mercedes lacht wieder über etwas, das der Brillenträger sagt. Ihre lächelnden Augen beginnen, die Bar zu mustern und landen schließlich auf mir. Ich überrage so ziemlich jeden hier, also ist es keine Überraschung, dass sie mich entdeckt hat. Aber ihr Gesichtsausdruck ist nicht das einfache Lächeln, das ich in der letzten Woche zu sehen gewohnt war.

Sie zieht ihre Lippe in den Mund und dreht den Kopf zu dem Mann, der plötzlich seinen Griff um ihre Schultern gefestigt hat. Er beugt sich herunter, damit sie ihm ins Ohr flüstern kann, und mein Blick folgt seiner anderen Hand, die ihre Hüfte umfasst. Sein Daumen ist gefährlich nahe an der Unterseite ihrer Brust, und die Vertrautheit ihrer Umarmung heizt mein Blut auf.

Was. Zum. Teufel?

„Mein Gott, Mann, was ist los? Du siehst aus, als würdest du gleich jemandem den Kopf abreißen!", sagt Sam neben mir, während er mir ein Bier an die Brust drückt.

„Was?", knurre ich fast und schließe meine Finger fest um die kalte Flasche.

„Was ist los? Du siehst aus, als ..." Er verstummt, als er sieht, worauf mein stählerner Blick gerichtet ist. „Ist das dieselbe Rothaarige?"

Mit angespanntem Kiefer nicke ich.

„Ich dachte, du wärst nur mit dem Mädchen befreundet."

„Das bin ich auch", schnauze ich, während ich höhnisch auf ihn herunterblicke.

„Dann reg dich ab, Bruder, denn du siehst aus, als wärst du auf einen Kampf aus." Er steht von seinem Hocker auf und hebt sein Kinn an, um mir ins Ohr zu brummen. „Du siehst aus wie früher, wenn Joce rumgevögelt hat."

Seine Worte sind wie ein Eimer Eiswasser, der mir ins Gesicht geschüttet wird. Sofort sacke ich gegen seine Hand, die meine Schulter umklammert und drehe mich weg, um einen großen Schluck von meinem Bier zu nehmen. Schwer ausatmend stütze ich mich mit den Ellbogen auf der Bar ab und fahre mir mit der Hand durch die Haare.

Verdammte Scheiße, was ist los mit mir? Ich kenne Mercedes kaum. Ich habe sie nur einmal außerhalb der Werkstatt gesehen. Das bedeutet nicht, dass ich durchdrehen kann, wenn ich sie mit einem anderen Typen sehe.

Ein sanftes Tippen auf meine Schulter lässt meinen Kopf nach rechts schwenken.

Es ist Mercedes.

Mein bezaubernder Rotschopf.

Aus der Nähe ist sie allerdings nicht bezaubernd. Sie ist verdammt sexy. Ihre Augen sind schwarz umrandet. Brauner Lidschatten auf ihren Lidern lässt ihre blauen Iris leuchten wie nie zuvor. Ihr glänzender, roter Lippenstift betont ihren Mund. Ihre prallen Lippen erinnern mich an die Zeit, als ich sie dabei beobachtet habe, wie sie sich die Brotstange in den Mund gesteckt hat, und …

„Hey, Miles", sagt Mercedes und streicht sich eine Strähne ihres seidigen Haars hinters Ohr.

„Hey, Mercedes", flüstere ich, räuspere mich und richte mich zu meiner vollen Größe auf.

In ihren Absätzen reicht mir ihr Kopf bis zum Kinn und ich kann den blumigen Duft ihres Shampoos riechen.

„Schön, dich hier zu sehen!" Sie lacht unbeholfen und gibt mir einen freundschaftlichen Schlag auf die Schulter. Sie blickt hinter sich, wo Sam sich zurückgezogen hat, um uns etwas Privatsphäre zu geben. „Ich dachte, du wolltest campen gehen?"

„Ich dachte, du schreibst", erwidere ich und schaue über ihren Kopf hinweg zu Sam, der sich mit dem Zeigefinger über die Kehle fährt, um mir stillschweigend mitzuteilen, ich solle mich beruhigen.

Ihre Wangen verfärben sich, aber sie hält ihr Kinn hoch und antwortet: „Nun, wie du gesagt hast, muss ich gelegentlich eine Pause einlegen."

Ich nicke und spanne den Kiefer an, als mein Blick auf

den Kerl fällt, mit dem sie hereingekommen ist. Er starrt uns an, als wären wir heute Abend die Live-Unterhaltung anstelle des DJs oben in der Kabine.

„Ist das dein Freund?", frage ich mit einem Nicken zu Mr. Schickeria.

Mercedes schaut über ihre Schulter und beginnt zu lachen. „Gott, nein. Das ist Dean. Er ist *ein* Freund. Und die neben ihm ist Lynsey, meine andere Freundin. Wir sind alle Nachbarn, sozusagen?"

Ich nicke, während ich den Kerl mit zusammengekniffenen Augen betrachte. Was auch immer er zu vermitteln versucht, es ist eine andere Sprache als die, die Mercedes gerade spricht. Er beobachtet sie jedenfalls nicht, als wäre er nur ein Freund.

Ich wende mich ab und zeige auf Sam, der kläglich daran scheitert, so zu tun, als würde er in dem riesigen Erdnussfass nach etwas suchen, während er unser Gespräch belauscht. „Das ist mein Kumpel, Sam."

Sams Kopf schießt in die Höhe, als hätte er nicht alles mitbekommen, was wir bisher gesagt haben. *Klasse gemacht, Sam.* Mit einem riesigen Schritt steht er neben Mercedes und schüttelt ihre Hand.

„Hallo", sagt sie mit einem aufrichtigen Lächeln.

„Schön, dich kennenzulernen ..."

„Mercedes", antworte ich, als sie nicht so aussieht, als würde sie es tun. Ich sehe Mercedes an und füge hinzu: „Sam arbeitet mit mir in der Werkstatt."

Mercedes nickt langsam, da sie jetzt, wo sie von seinem Arbeitsplatz weiß, deutlich vorsichtiger ist. „Schön, dich kennenzulernen."

„Wir gehen morgen campen", bietet Sam an und versucht damit offensichtlich, meinen derzeitigen Mangel an

Sozialkompetenz auszugleichen. „Wir brechen morgen früh auf.“

Sie sieht mich durch ihre dick getuschten Augen an und lächelt. „Ich gehe morgen früh in das Café.“

Ich schenke ihr ein halbes Lächeln und unsere Blicke bleiben einen langen Moment lang aneinander haften. Es fühlt sich an, als würden wir beide in diesem Moment das Gleiche denken. Ein Gedanke, der der Frage ähnelt: *Warum noch mal haben wir nicht Zeit miteinander verbracht?*

Aber aus irgendeinem Grund glaube ich, dass wir beide die Antwort darauf kennen.

Mercedes bricht das Schweigen. „Tja, ich werde …“

„Kann ich dich auf einen Drink einladen?“, frage ich schnell, bevor sie ihre große Flucht antritt. Ich weiß, dass es dumm und wahrscheinlich auch nicht klug ist, aber ich bin noch nicht bereit, sie gehen zu lassen.

Das Grübchen in ihrer Wange fällt mir auf, als sie für den Bruchteil einer Sekunde zu ihren Freunden zurückschaut. „Ein Drink klingt gut.“

„Bitte, nimm meinen Platz“, stößt Sam hervor, dreht seinen Hocker zu ihr und schiebt sie fast darauf. „Ich werde meinem Freund Hallo sagen. Er ist heute Abend der DJ.“

„Danke“, sagt Mercedes, woraufhin er losläuft wie ein übereifriger Hund, der die Hausschuhe seines Frauchens holen geht.

Ich atme schwer aus und nehme den Platz neben ihr ein, auf den ich mich die ganze Zeit gestützt habe. „Was willst du trinken? Ich kann fragen, ob sie Kaffee als Infusion servieren, wenn du willst.“

Meine vertrauten Sticheleien bringen sie zum Lachen und sie schlägt mir neckend auf den Arm. „Ich nehme ein Bier. Ich habe schon Hartes getrunken, und es ist nie gut für mich, die ganze Nacht Hartes zu trinken.“

Unsere Knie berühren sich, als ich mich ihr zuwende. „Und warum ist das so?"

„Nun, entweder werde ich gemein oder nuttig."

„Nuttig?" Ich ziehe eine Augenbraue hoch und klatsche mit der Hand auf die Theke. „Barkeeper! Besorgen wir dem Mädchen einen Schnaps!"

Sie lacht dieses tiefe, satte Lachen und ich spüre bereits, wie meine schlechte Stimmung verschwindet. „Bier!", korrigiert sie, während sie auf das zeigt, was ich in der Hand halte.

Der Barkeeper nickt, öffnet den Kronkorken eines Bieres und lässt es die Bar hinuntergleiten, wo es perfekt in ihren Händen landet. Sie nimmt einen Schluck und lächelt mir dankend zu. „Was hast du gemacht, seit ich dich vor sechs Stunden gesehen habe?", fragt sie.

„Oh, ich habe Krebs geheilt und beschlossen, mit meinem Kumpel Sam zu feiern. Und du?"

„Dasselbe." Ihr Achselzucken wird von einem ernsten Blick begleitet, den sie nur mit Mühe aufrechterhalten kann. „Wohnst du in der Stadt?"

Ich schüttle den Kopf. „Nein, ich wohne in der Nähe, in Jamestown. Ich habe dort letztes Jahr ein renovierungsbedürftiges Haus gekauft."

Sie breitet ihre Hände auf der Theke aus und senkt mit einem Stöhnen den Kopf. „Oh Mann, du bist einer von diesen verdammt geschickten Typen, nicht wahr?"

Ich lache über ihre Frage. „Ich weiß nicht, wie es mit der Geschicklichkeit aussieht, aber die meisten Dinge kann ich gewöhnlich selbst herausfinden. Oder ich google es, nachdem ich es vermasselt habe, und finde es dann heraus."

Sie stützt ihr umwerfendes Gesicht mit einer Hand ab. „Ich wette, du reinigst auch deine eigenen Dachrinnen, nicht wahr?", fragt sie mit spekulativem Blick, während sie einen weiteren Schluck aus ihrer Flasche trinkt.

„Ja, das tue ich. Aber ich reinige sie meistens im Regen, weil ich nur daran denke, wenn es draußen schüttet und das Wasser überschwappt.“

Sie nickt und beißt sich auf die Lippe, als wäre sie sehr in Gedanken versunken. „Du stehst also ganz nass auf einer Leiter und wühlst in deiner Dachrinne, um die Blätter herauszuholen?“ Sie macht mit den Händen eine Geste, dann schüttelt sie den Kopf.

„Ja.“ Ich lache. „Was zum Teufel machst du da? Warum sieht dein Gesicht so aus?“

Sie nimmt einen tiefen Atemzug. „Ich male mir ein schönes Bild in meinem Kopf.“

Ich rolle mit den Augen. „Bin ich auf diesem Bild ohne Hemd?“

Sie kichert wissend. „Nein, du trägst eines dieser Tanktops, die du unter deinen Overalls trägst.“

„Du bist sehr aufmerksam“, murmle ich um die Öffnung meiner Flasche herum. „Andauernd spinnst du etwas zusammen.“ Ich zwinkere ihr zu, als ich einen Schluck nehme.

Sie erwidert die Geste.

Als wir bei der zweiten Runde angelangt sind, spürt keiner von uns mehr Schmerzen, da wir beide offensichtlich schon vorher zu viel getrunken haben.

Mercedes leckt sich die Lippen und dreht ihren Körper so, dass sie mir direkt zugewandt ist und ihre Beine zwischen meinen ausgestreckten zusammengedrückt sind. „Miles“, sagt sie mit einem Funkeln in den Augen.

„Mercedes.“

Ein merkwürdiger Ausdruck huscht über ihr Gesicht, aber sie lässt ihn verschwinden und stellt ihr Bier ab. „Warum hast du mich nie wieder gefragt, ob wir zusammen abhängen, wie an dem Abend, als wir zusammen Pizza gegessen haben?“

Sie muss angeheitert sein, wenn sie mit solchen Fragen

ankommt. Ich beobachte sie einen Moment lang und stelle fest, dass ihre Augen etwas glasiger sind als vorher, aber ich bin auch nicht gerade nüchtern, also sollte ich nicht urteilen.

Ich zucke lässig mit den Schultern und schlage sie mit Ehrlichkeit. „Tire Depot scheint sicherer zu sein."

„Sicherer", wiederholt sie, greift nach ihrer Flasche, hält aber inne, bevor sie einen weiteren Schluck nimmt. „Das heißt, ich werde nie wieder gegen dich laufen und meinen Flip-Flop unter deinem Stiefel einklemmen?"

„So ähnlich." Ich lache und kratze mit dem Daumennagel am Etikett meines Bieres. „Was wahrscheinlich das Beste ist, denn in diesen sexy Schuhen würdest du dir sicher einen Knöchel brechen oder Schlimmeres."

Sie richtet sich auf und ihre Mundwinkel verziehen sich zu einem zufriedenen Grinsen. „Findest du meine Schuhe sexy?"

Sie hebt die schwarzen Riemchensandalen zwischen uns hoch, wodurch ihr Rock gefährlich hochrutscht. Ich sehe eine Menge gebräunter Oberschenkel sowie einen Blick auf ein schwarzes Höschen, und sofort drückt mein Schwanz gegen meinen Reißverschluss.

Mercedes bemerkt, was sie gerade getan hat, lässt schnell ihr Bein sinken und dreht sich zur Bar. Mit geschürzten Lippen zieht sie ihren Rock sittsam über die Oberschenkel.

Ich beuge mich zur Seite, um ihr ins Ohr zu flüstern. „Wirklich sexy."

Sie räuspert sich und sieht mich an. „Also, was hast du heute Abend wirklich vor? Warst du wirklich nur mit deinem Kumpel hier, um abzuhängen? Oder warst du auf der Jagd?"

„Auf der Jagd?" Ich wandle ihren Satz in eine Frage um, denn er klingt komisch, wenn er von ihr kommt.

„Nach Bräuten", zwitschert sie und dreht sich in ihrem Sitz, um auf die Bar zu schauen, die jetzt randvoll ist. „Nach

Frauen. Nach einem One-Night-Stand, der am Morgen super peinlich wird, weil sie dir Pfannkuchen machen will und du dir lieber den Arm abkauen würdest und dich davonschleichen willst, bevor sie aufwacht."

Ich lache schallend über diese sehr treffende Beschreibung. „Nun, wenn man bedenkt, dass ich den größten Teil meiner Zwanziger mit meiner Ex zusammen war, ja, ich schätze, ich bin auf der Suche nach zwanglos."

Sie nickt aufmerksam und mustert mich über ihre Nase hinweg. „Das konnte ich an dir sehen."

„Wie?", frage ich ungläubig.

„Du trägst diese T-Shirts, die deinen Bizeps zur Schau stellen." Sie streckt die Hand aus und zieht an dem Stoff um meinen Arm. „Das kann nicht bequem sein. Warum trägst du solche Shirts?"

„So sitzen die meisten meiner Shirts." Ich schaue auf ihre cremefarbenen Beine hinunter. „Und der kurze Rock, den du trägst, ist wohl für die Bequemlichkeit, nehme ich an?"

Sie zuckt unschuldig mit den Schultern. „Er ist dehnbar."

„Na ja, meine Shirts auch."

Wir lachen beide und nehmen noch einen Schluck.

„Also, was ist dein Typ? Was erregt deine Aufmerksamkeit? Gib mir eine Haarfarbe, irgendetwas, womit ich arbeiten kann." Sie schaut wieder auf die Leute, als würde sie mir ernsthaft helfen, jemanden zum Vögeln zu finden.

Mein Blick verweilt auf ihrem Haar, gleitet über die glatten Strähnen, die sanft über ihre Brust fallen. Ich räuspere mich und antworte: „Brünette. Meine Ex war blond. Ich bin über Blondinen hinweg. Die machen keinen Spaß mehr."

„Brünette also. Dann wollen wir mal sehen." Sie klatscht in die Hände und analysiert die Menge, bis ihr Blick auf jemanden fällt. „Nicht meine Freundin Lynsey. Sie ist schon mit unserem Freund Dean ausgegangen, und danach war es monatelang so unangenehm."

Ich beobachte ihre Freunde, die mit ein paar anderen Leuten an einem Tisch sitzen, und sie scheinen nicht im Geringsten besorgt darüber zu sein, dass ich ihre Freundin für den Abend vereinnahmt habe. „Okay, Freunde sind tabu. Das ist fair."

„Wie wäre es mit der da?" Sie deutet auf ein Mädchen, das in einer Sitzecke an einem Cocktail nippt. Sie ist von ein paar anderen Mädchen eingeklemmt, die aussehen, als würden sie sich heftigst über jemanden auslassen.

„Sie wird von anderen Bräuten umschwärmt. Ich versuche, die Rudel zu meiden. Sie werden unangenehm."

„Wie das?"

„Nun, es gibt immer eine Freundin, die einem die Tour zu vermasseln versucht. Eine Freundin, die versucht, den Kerl zu klauen. Und eine andere, die ihrer Freundin ein schlechtes Gewissen darüber macht, eine Schlampe zu sein."

„Mann, Mädchen können gemein sein."

„Wem sagst du das." Ich nehme einen Schluck von meiner Flasche. „Was ist mit dir? Warum bist du nicht auf der Jagd? Du hast gesagt, du bist über deinen Ex hinweg, richtig?"

„Oh, das bin ich total. Er ist abscheulich."

„Und dein Freund Dean ist kein Kandidat?", frage ich, verärgert über die Tatsache, dass ich immer noch diese Bestätigung suche.

„Nein." Sie schüttelt den Kopf. „Er erinnert mich an meine Brüder."

Ich bezweifle, dass deine Brüder dich so anfassen, wie er es vorhin getan hat.

Sie schlägt sich mit einer Hand auf das Knie und brüllt: „Aber weißt du was, Miles, du hast recht! Ich sollte mir heute Abend unbedingt irgendeine wahllose Bettgeschichte suchen.“

„Wow, ich habe nie etwas von wahllos gesagt.“

„Na ja, du tust es, warum soll ich es dann nicht können?“

Meine Augen werden schmal. „Du scheinst nicht der Typ für wahllose Sachen zu sein.“

„Vielleicht sollte ich aber.“ Sie kneift die Augen zusammen, als sie sich zu mir lehnt und gegen meine Lippen flüstert: „Kann ich dir ein Geheimnis verraten, Miles?“

„Du kannst mir alles sagen, Mercedes.“

Sie kichert und krümmt den Finger, dass ich mich noch näher zu ihr lehnen soll. Ich bin so nah, dass ich den schwachen Duft ihres kirschroten Lipglosses riechen kann, was nicht bei der halben Erektion hilft, die eine Party in meiner Hose feiert.

Ihre Lippen streifen mein Ohr, als sie flüstert: „Mein Schreiben macht mich geil.“

Ich verschlucke mich fast an meinem Bier. „Entschuldige, was?“

„Mein Schreiben macht mich geil.“ Sie zieht sich zurück und nickt bestätigend. „Ich meine es ernst. Ich habe ein Sexspielzeug, das wirklich gut und schnell funktioniert, aber ich vermisse die Hitze eines Mannes, verstehst du?“

Ich kneife die Augen zusammen und reibe mir mit den Fingern in den Augenhöhlen, um sicherzugehen, dass ich wach bin und das alles richtig verstehe. „Ich meine …, ich vermisse nicht wirklich die Hitze eines Mannes, also glaube ich nicht, dass ich genau weiß, was du sagst.“

„Meinetwegen, die Hitze einer Frau.“ Sie rollt dramatisch mit den Augen „Du weißt, wovon ich spreche. Die Hitze.“

Mit einem Stirnrunzeln schüttle ich den Kopf. „Das musst du genauer erklären, denn ich denke an viele Dinge, wenn ich an Frauen denke, aber ihre Körpertemperatur gehört nicht dazu."

„Du hast es so gewollt." Sie lacht und beugt sich vor, sodass sie tief, leise und direkt in mein Ohr spricht. „Die Hitze einer Frau ist so viel mehr als nur die Temperatur. Es sind die weichen, sinnlichen Kurven der weiblichen Form. Die Art und Weise, wie sich deine Finger in die Haut ihrer Oberschenkel graben, wenn sie dich umschlungen hat. Ihr glatter, eingesunkener Bauch, wenn sie auf dem Rücken liegt, die zarten Wölbungen ihres Brustkorbs, wenn sie ihren Kopf genüsslich in den Nacken wirft. Straffe kleine Nippel in cremig-weichen Kissen. Die Tatsache, dass du dich um sie legen und ihren Körper fast vollständig umschließen könntest und immer noch mehr willst. Willst du sagen, dass du diese Art von Hitze nicht vermisst?"

Ich blinzle langsam, während ich mich von dem erhole, was gerade passiert ist. Ihre Stimme war eine sinnliche, verbale Liebkosung direkt an meinem Schwanz. Dann war da die wohlige Wärme ihres Atems an meinem Ohr. Die tiefe Heiserkeit ihrer Stimme. Die Art, wie ihre warme Handfläche sanft auf meinem Oberschenkel ruhte.

Verdammte Scheiße.

Mein Schwanz wechselte sofort von halber zu ganzer Erektion, und ich bin so erregt, dass es mir scheißegal ist.

„Du schreibst auf jeden Fall Erotika", sage ich, meine Stimme tief und heiser vor Erregung. Ich lehne mich zurück und schüttle den Kopf über sie.

„Verdammt!" Sie schnippt mit den Fingern vor sich, sichtlich verärgert darüber, dass sie sich hat hinreißen lassen. „Ich wollte nicht, dass du es weißt!"

„Warum nicht?", knurre ich fast. „Was ist das große Geheimnis?"

„Weil es die Art verändert, wie du mich ansiehst."

„Wie das?“

„Nun, entweder hältst du mich für irgendeine Art Sexfreak, der verdammt viel Erfahrung im Schlafzimmer hat.“

„Das ist völlig richtig.“ Ich lache.

„Siehst du?“

„War nur ein Scherz, mach weiter.“

„Oder meine Tätigkeit wird dir peinlich sein, und du wirst es niemandem erzählen wollen.“

„Machst du Witze?“, blaffe ich und beuge mich vor, um ihr Gesicht so zu drehen, dass sie mich ansieht. Sie sieht tatsächlich ein bisschen traurig aus, und das haut mich um.

„Nun, dein Kumpel zählt nicht. Er ist wahrscheinlich ein geiler Bock“, korrigiert sie. „Ich meine, jeder, der dir superwichtig ist.“

„Scheiß drauf“, argumentiere ich mit einem heftigen Kopfschütteln. „Dann kennst du mich überhaupt nicht, Mercedes.“

„Ich kenne deine Art“, erwidert sie mit einem überheblichen Ton in der Stimme, als würde sie das nicht wirklich stören. Aber ich kann deutlich sehen, dass es das tut. „Ihr Kerle seid alle gleich. In der Öffentlichkeit soll sie eine Lady sein, aber ein Freak im Bett.“

„Blödsinn.“

Sie zuckt mit den Schultern. „Ich glaube dir nicht.“

„Warum nicht?“

„Weil das ein wichtiger Grund für die Trennung von meinem Ex war. Er hat mich gebeten, seine Familie über meinen Beruf zu belügen.“

Das Blut gefriert mir in den Adern. „Was?“

Der beschämte Blick auf ihrem Gesicht lässt mich vor Wut den Kiefer anspannen. „Ja, ich fand es seltsam, dass wir schon so lange zusammen waren und er mich immer noch nicht seiner Familie vorgestellt hatte. Dann hat seine

Schwester geheiratet und er musste mich mehr oder weniger zur Hochzeit mitbringen. Da hat er mich gebeten, allen zu sagen, dass ich Krimis schreibe.“

„Was für ein Arschloch“, knurre ich und nehme einen großen Schluck von meinem Bier, um meine Wut zu zügeln.

„Tja, das ist er, aber ich schreibe in meinen Büchern wirklich perverse Sachen, und das kann man seiner Oma nicht so einfach erzählen.“

„Scheiß drauf“, knurre ich, als ich mein Bier wieder abstelle. „Ich würde meiner Oma von dir erzählen.“

„Das würdest du nicht!“, argumentiert sie mit einem ungläubigen Lachen. „Omas hassen mich! *Meine* Oma hasst mich.“

„Deine Oma kann dich unmöglich hassen. Du bist perfekt!“

„Sie hasst mich. Sie ist sehr religiös und jedes Mal, wenn ich nach Hause komme, versucht sie, ein Treffen mit mir und ihrem Priester zu arrangieren. Sie denkt, ich brauche eine Intervention oder einen Exorzismus oder so etwas.“

Ich kann mir ein Lachen nicht verkneifen. „Tut mir leid, das ist nicht lustig.“ Ich strecke die Hand aus und berühre ihren Oberschenkel zur Entschuldigung.

Sie zuckt mit den Schultern und zupft am Etikett ihres Biers. „Es ist ein bisschen lustig.“

Ich beobachte sie einen Moment lang und hasse die Art und Weise, wie ihre Haltung zusammengesackt ist. Sie hat sich von einer temperamentvollen, lustigen, über Sex redenden Hottie zu dieser leicht unbehaglichen, halb gedämpften Version der Mercedes gewandelt, die ich in den letzten Wochen kennengelernt habe. Ihr Ex ist ein Wichser, und wenn er hier wäre, würde ich dafür sorgen, dass er das erfährt.

Mit vor Entschlossenheit angespanntem Kiefer halte ich ihr die Hand hin. „Komm mit mir.“

Sie blickt mich finster an. „Wohin gehen wir?“

„Wir müssen kurz rausgehen …, vertrau mir einfach.“

Ich ziehe sie vom Hocker und atme schwer durch die Nase aus, weil ihr Rock so weit hochgerutscht ist. Sie lächelt verlegen und löst ihre Hand aus meiner, um ihn zurechtzurücken. Verdammt, sie ist viel zu sexy.

Sie gibt ihren Freunden ein Zeichen, indem sie einen Finger hochhält, während ich sie durch die Menge zum Ausgang ziehe. Der Türsteher drückt uns beiden einen Stempel auf die Hand und nimmt ihr das halb ausgetrunkene Bier ab, während ich sie die Treppe hinaufschleppe und durch die Vordertür hinausbringe.

Es ist mild draußen, die Nachtluft schwül und heiß auf unserer Haut. Die blauen Neonlichter des Walrus-Saloon-Schildes leuchten auf unserer Haut, während ich mich nach einem privaten Bereich abseits der lauten Betrunkenen umsehe. Ich ziehe sie um die Ecke, hole mein Handy aus der Tasche und finde einen Kontakt auf dem Bildschirm. Ich halte es Mercedes hin.

„Drück auf die grüne Taste“, sage ich.

Sie betrachtet den Bildschirm blinzelnd, dann weiten sich ihre Augen. „Bist du verrückt?“, ruft sie und schiebt das Telefon weg. „Es ist nach Mitternacht, Miles. Wir werden ganz bestimmt nicht deine Oma anrufen!“

Ich rolle mit den Augen und zucke mit den Schultern. „Das wird ihr egal sein. Sie liebt mich verdammt noch mal. Ich bin ihr liebstes Enkelkind. Ruf sie an. Ich will ihr von deinen schmutzigen Büchern erzählen.“

„Das werde ich nicht tun! Ich würde niemals eine süße alte Großmutter mitten in der Nacht anrufen und ihr von meiner Schweinerei erzählen. Oh Scheiße, ich muss mir eine Notiz machen. Mir ist gerade eine wirklich lustige Zeile für eines meiner Bücher eingefallen.“

Sie schiebt ihre Hand durch den tiefen Ausschnitt ihres Tanktops und holt ihr Handy aus dem BH. Der Anblick lässt mich die Stirn runzeln. „Wie lange ist das Ding schon da drin?"

„Was meinst du?", faucht sie. „Die ganze Zeit. Ich habe es nicht in mein Shirt *gezaubert*, du Idiot."

Ich lache über die Leichtigkeit, mit der sie mich gerade beleidigt hat. „Gut, dann rufen wir meine Schwester an. Sie wird dir die Wahrheit sagen." Ich drücke auf Anrufen.

„Deine Schwester könnte auch schlafen", murrt sie, während sie leicht schwankend eine Notiz in ihr Handy tippt.

Ich schüttle den Kopf über diese Bemerkung. „Sie belegt Sommerkurse an der Universität von Utah. Wahrscheinlich ist sie feiern."

Das Telefon klingelt ein paarmal, dann werde ich zu heftigem Lärm verbunden. „Megan", schreie ich in den Hörer, den anderen Finger ans Ohr gedrückt, da ich nicht weiß, wie ich sie bei all dem Lärm hören soll.

Mercedes kichert und drückt mir einen Finger auf die Lippen, um mich zum Schweigen zu bringen. Ich beiße spielerisch danach und flüstere: „Tut mir leid."

„Miles", ruft Megan zurück in die Leitung.

„Megan", wiederhole ich, diesmal etwas leiser. „Kannst du kurz irgendwo hingehen, wo es ruhig ist? Ich möchte dir ganz schnell eine Frage stellen."

Es klingt, als wäre sie in Bewegung, denn ich kann sie schon etwas besser hören. „Miles, wie ist es möglich, dass du mir aus achthundert Kilometern Entfernung die Tour vermasselst?"

„Die Intuition eines großen Bruders", antworte ich, wobei ich mich aufrichte. „Wer ist der Wichser überhaupt?"

„Miles", schimpft sie, und dann werden die Geräusche leiser, als sie sich in einen Raum begibt, von dem ich annehme, dass es eine Toilette ist, da ich im Hintergrund eine Toilettenspülung höre. „Halt die Klappe und stell deine Frage.“

Ich schaue Mercedes an und zeige ihr den Mittelfinger, während ich die Lautsprechertaste auf meinem Handy-Display drücke, damit sie hören kann, was Megan sagt. „Also Meg, ich habe heute Abend dieses Mädchen getroffen. Sie ist super verdammt heiß, wirklich suuuper heiß.“

„Ekelhaft, Miles!“, stöhnt Megan.

Mercedes rollt mit den Augen.

„Okay, diese Braut schreibt also sexy Bücher. Es ist ihr Job. Perverse, schmutzige Sachen, glaube ich. Und sie hat gesagt, dass Großmütter sie hassen, und ich habe ihr gesagt, dass unsere Oma total darauf abfahren würde … wahr oder falsch?“

„Ja, Oma ist ein Freak, also stimmt das total.“

Ich stoße meine Faust in die Luft und lache herzhaft, während Mercedes’ Mund vor freudiger Überraschung offen steht.

„Mom würde diese Bücher auch mögen, meinst du nicht?“, frage ich und lächle noch breiter, als Mercedes ihre Hände auf die Wangen schlägt und verzückt zuhört.

„Alter, Miles, natürlich würde sie das. Du solltest dir ihren Namen geben lassen, damit Mom sie nachschlagen kann. Verdammt, Dad würde ihr Zeug wahrscheinlich auch lesen. Weißt du nicht mehr, als ich zehn war und diese Pornobücher in Moms und Dads Badezimmer gefunden habe? Ich musste dich fragen, was Holz vor der Hütte ist, und du bist ausgeflippt und ganz rot geworden?“

Ich lache so sehr, dass ich mich an der Backsteinmauer abstützen muss. „Oh Scheiße, das hatte ich ganz vergessen!“

„Ja, unsere Eltern sind geile Säcke, Bruder. Du weißt das, warum fragst du?“

„Weil diese Braut mir nicht glauben wollte.“

„Dann gib ihr den Namen von Moms Buchblog.“

„Ach ja, wie heißt sie noch mal? Ich habe es vergessen."

„Dirty Birdys Buchblog. Sie verteilt sogar Visitenkarten in der Kirche. Sie ist so peinlich."

Ich kann mir das zufriedene Lächeln nicht verkneifen, während ich in das Telefon starre. „Du hast die Bücher auch gelesen, dachte ich, oder?"

„Oh Gott, ja. Mom ist diejenige, die mich süchtig gemacht hat. Es ist total komisch, wenn sie allen ihren Blog-Scheiß unter die Nase reibt. Ich meine, mein Gott, Mom, versuch etwas weniger verzweifelt zu sein."

„Allerdings", antworte ich, während ich zu Mercedes aufsehe. Mein Lächeln vergeht, als ihre großen Augen in der schummrigen Beleuchtung glänzen. *Ist sie verärgert?*

„Also, wer ist dieses Mädchen? Ich möchte sie lesen", fragt Meg.

Eine Träne läuft Mercedes über das Gesicht und ich weiß, dass ich schnellstens auflegen muss. „Ich werde es herausfinden, aber ich muss los, Meg. Fick diesen Kerl heute Nacht nicht, oder ich werde ihn töten."

„Du weißt nicht einmal, wer es ist."

„Es ist wahrscheinlich einer meiner Freunde."

Ein scharfes Einatmen ist zu hören. „Wie konntest du …"

Ich lege auf, denn meine Gedanken sind ganz bei den Tränen, die Mercedes über die Wangen laufen. „Was ist passiert? Was habe ich gesagt? War es etwas, das meine Schwester gesagt hat? Ich wollte dich nicht beleidigen. Ich schwöre, ich verurteile dich nicht. Ich wollte nur …"

Ich kann nicht mehr reden.

Ich kann mich nicht verteidigen.

Ich kann kein verdammtes Wort mehr sagen.

Denn ihre Lippen liegen auf meinen, und sie schmecken nach verdammten Kirschen.

KAPITEL 10

Kate

Oft gibt es in Liebesgeschichten den Moment, wenn sich zwei Feinde streiten, kämpfen, schreien, schlagen und so verdammt wütend aufeinander sind, dass sie nicht mehr klar sehen können.

Dann plötzlich ein Blitz, und sie krachen zusammen wie zwei Autos, die mit hundert Kilometern pro Stunde frontal zusammenstoßen.

Das bin ich in diesem Moment, als ich meine Lippen auf Miles' perfekten Mund presse.

Ich weiß nicht einmal so viel über ihn, aber ich muss ihn küssen. Es ist ein instinktiver Reflex, der mir sagt, dass dieser Typ es wert ist, geküsst zu werden. Ich muss ihn zum Schweigen bringen und die Person küssen, die in den letzten fünf Minuten ununterbrochen mit seiner Schwester gesprochen hat.

Mit einem einzigen Anruf hat dieser heiße Mechaniker alle Zweifel, von denen ich mir vorgemacht habe, nicht darunter zu leiden, im Keim erstickt. Ich mache Witze über das Schreiben in einer Reifenwerkstatt. Ich bezeichne mich selbst als Pornoschreiberin, und seien wir ehrlich, das bin ich auch irgendwie.

Aber tief im Inneren weiß ich, dass ich mehr bin. Ich bin eine Schöpferin von Geschichten. Geschichten, die eine Handlung, einen Bogen und eine Reise haben. Ja, sie experimentieren mit BDSM. Ja, sie machen es anal. Und ja, man wird beim Lesen wahrscheinlich geil, aber sie bedeuten mir dennoch etwas. Ich bin dennoch stolz auf sie, wenn ich *Ende* schreibe. Und ich liebe die Tatsache, dass ich Leserinnen und Leser habe, die für eine Weile ihrem normalen Leben entfliehen und so tun können, als wären sie jemand anderes.

Ich gebe ihnen Buch-Boyfriends wie Miles.

Aber er ist nicht fiktiv. Er ist real und hat sich viel Mühe gegeben, um zu beweisen, dass es ihm scheißegal ist, dass ich beruflich Erotika schreibe.

Und verdammt noch mal, dieser Riese von einem Mann fühlt sich unter meinen Händen so gut an. Ich musste ihn an seinem Hals herunterziehen, um unsere Lippen zusammenzubringen. Gott, er ist groß und fest. So fest. Jeder Muskel in seinem Körper ist angespannt und heiß unter meiner Berührung. Ich kann nicht anders, als mit meinen Händen anerkennend über seinen Trizeps zu streichen, während unsere Lippen in meinem besten Kuss seit Jahren miteinander tanzen.

Seit Jahren!

Dryston war ein schrecklicher Küsser. Sein Name passte perfekt zu seinen romantischen Fähigkeiten – trocken und trist. Sagen wir einfach, eher friert die Hölle zu, als dass ich den Namen Dryston jemals in einem Buch verwenden würde.

Er benutzte nie seine Zunge und bewegte seinen Kopf nicht. Er hielt es in einem Winkel und öffnete und schloss seinen Mund immer wieder, wie ein Guppy, der am Ufer um sein Leben kämpft.

Miles hingegen küsst wie ein Hai.

Ich habe vielleicht damit angefangen, aber verdammt, dieser Typ hat die Führung übernommen. Er bewegt seine Hände über meinen ganzen Körper – er drückt, tastet und streichelt, was er will. Er dreht sogar seinen Kopf von einer Seite zur anderen, wie ein Hai, der an seinem Abendessen knabbert und jeden leckeren Bissen genießt. Das ist pure verdammte Magie. Wenn er seinen Kopf nach links neigt, gibt er mir Zunge. Wenn er ihn nach rechts neigt, liebkost er meine Lippen. Und gerade als ich denke, dass ich sein Muster durchschaut habe, ändert er es. Er beißt in meine Unterlippe und zieht sie in seinen Mund. Seine großen Hände umklammern meinen Hintern und ziehen mich an seinen harten Schritt, sodass ich keinen Zweifel daran habe, welche Wirkung dieser Kuss auf ihn ausübt.

Meine Güte.

Und die Tatsache, dass ich diesen kurzen, elastischen Rock trage, macht die Barriere zwischen uns praktisch nicht existent. Wenn ich ein Buch über diesen Kuss schreiben würde, wäre jetzt der Punkt, an dem der böse Junge seine Hände unter den Rock des Mädchens schiebt, ihr das Höschen herunterreißt und darüber staunt, wie feucht sie für ihn ist. Er würde sie hochheben, gegen die Wand drücken und seinen nackten, harten Schwanz in ihre enge, nasse Muschi rammen.

Oder so ähnlich.

Ich mache gerade mit einem heißen Typen rum, da kann ich keine großartige Schriftstellerin sein!

„Mercedes", murmelt er, als er sich keuchend von meinen Lippen löst. „Was machen wir hier?"

Ich nehme tiefe Atemzüge, nachdem ich gar nicht

gemerkt habe, wie sehr ich Sauerstoff brauche, während ich die Schuldgefühle darüber hinunterschlucke, dass er immer noch nicht meinen richtigen Namen kennt. Aber ich will nicht, dass er mich als Kate kennt. In diesem Moment bin ich Mercedes. Ich bin nicht das Mädchen, das immer noch mit ihrem Ex lebt, weil sie ihn nicht zum Ausziehen bewegen kann. Ich bin Mercedes, die Sexgöttin in der Fiktion und im Leben!

„Ich weiß es nicht", antworte ich und berühre mit meinen Fingern seine heißen Lippen. *Gott, sind die sexy.* „Ich habe dich gerade geküsst, schätze ich."

„Ja, das hast du", antwortet er, und ein Muskel in seinem Kiefer zuckt, als hätte er Schmerzen. Er drückt seine Stirn an meine und zieht seinen Unterleib von mir weg. „Und so heiß das auch war, wir müssen aufhören."

Ich schlucke und nicke. „Absolut. Wir sind in der Öffentlichkeit."

„Und ich glaube nicht, dass das eine gute Idee ist." Er fixiert mich mit seinen stahlblauen Augen, die selbst in der Dunkelheit funkeln. Sie stechen durch seine dunklen Wimpern wie leuchtende Saphirstrahlen.

„Warte, was?", antworte ich, ziehe mich aus seinen Armen zurück und trauere sofort um den Verlust seiner Wärme. „Nach all dem Scheiß, den du drinnen gesagt hast und gerade eben am Telefon mit deiner Schwester …, willst du das nicht?"

Er zieht eine Grimasse, als hätte ich ihm in die Eier getreten. Und vielleicht hätte ich das auch tun sollen. „Ich mag dich, Mercedes. Aber ich bin im Moment nicht in der Lage, jemanden zu mögen."

Darüber muss ich lachen. Was für eine Zeile für ein Buch! Und was für eine Wendung – eine Erotika-Autorin, die nicht flachgelegt werden kann. Wie perfekt ironisch. „Verstehe.

Tut mir leid, dass ich dich in so eine schwierige Lage gebracht habe."

Ich drehe mich auf dem Absatz um und gehe den Bürgersteig hinunter, um zurück in den Pub zu gehen. Scheiß auf diesen Kerl. Scheiß auf diese Bar. Scheiß darauf, die Zuflucht meiner fiktiven Geschichte zu verlassen und zu versuchen, für eine Nacht in der realen Welt zu leben.

Eine große Hand umfasst meinen Ellbogen und dreht mich zurück. „Mercedes, warte. Ich will nicht …, dass es komisch wird."

„Dann hättest du vielleicht nicht so viel mit mir flirten sollen!", fauche ich und beiße mir auf die Unterlippe, da ich die Tatsache hasse, in dieser Angelegenheit so uncool zu sein.

Es ist nicht so, dass er mir einen Heiratsantrag gemacht hat. Er hat mir geschmeichelt und mir Pizza und Bier gekauft. Abgesehen von diesem einen Kuss auf die Wange hat Miles nicht einen einzigen Schritt unternommen, und das war ihm eindeutig unangenehm.

Meine Güte. Ich schreibe über diese Scheiße, aber ich sehe sie nicht selbst. Idiotin, Kate. Idiotin, Mercedes. Welche Persönlichkeit du auch immer bist, du bist eine Idiotin!

Miles fährt sich mit der Hand durch die Haare, sodass seine schwarzen Strähnen in alle Richtungen abstehen. „Es tut mir leid. Ich … weiß nicht, was ich sagen soll."

Ich seufze und habe Mitleid mit ihm. „Es gibt wirklich nichts mehr zu sagen. Wir … wir sehen uns einfach, Miles."

Ich drehe mich um und schreite davon, gedemütigt durch die Tatsache, dass ich gerade von meinem realen Buch-Boyfriend zurückgewiesen wurde.

KAPITEL 11

Kate

Wie durch ein Wunder passte mein schwarzer Moment mit Miles nahtlos zu dem schwarzen Moment in dem Buch, das ich fast fertig geschrieben habe. Nur noch ein paar Seiten Depression, Stichwort große Geste, und *bumm* …, glücklich bis ans Ende ihrer Tage. Wenn ich doch nur von zu Hause aus schreiben könnte!

„Warum bist du hier?", fragt Lynsey, als sie meine Haustür ohne zu klopfen öffnet und mich im Schneidersitz in meinem Wohnzimmer vorfindet, wo mein Laptop auf meinem protzigen Couchtisch aus Holz steht. Sie verzieht das Gesicht. „Oh mein Gott, was ist das für ein furchtbarer Geruch?" Sie öffnet meine Haustür weit und wedelt den Gestank nach draußen, während mein Gesicht vor Demütigung glüht.

„Es ist nichts!" Ich blase die Kerze neben meinem Computer aus und mache den Deckel auf die Dose, um die Quelle meiner Verlegenheit schnell unter dem Couchtisch zu verstauen.

„Das ist nicht nichts. Es riecht wie … verbrannter

Gummi." Ihre Augen weiten sich vor Erkenntnis. „Ist das eine verdammte Reifenduftkerze?"

Sie lässt die Tür offen und stürzt sich auf mich, sodass sie mich auf den Boden drückt, während wir beide nach der Dose greifen.

„Hör auf! Sonst tropft noch Wachs auf den Boden!"

„Dann lass los, damit ich sehen kann, was du versteckst!", kreischt sie und krallt sich an meinem Arm entlang, um meine Hand unter dem Couchtisch zu erreichen.

„Nein, du willst dich nur über mich lustig machen!"

„Da hast du verdammt recht!" Sie lenkt ihre Hände auf meine Seiten, wo sie anfängt, mich gnadenlos zu kitzeln.

„Stopp!", heule ich und fange gleichzeitig an zu lachen und zu schreien, während sie meine empfindlichen Seiten angreift und sich auf mir windet. Die rücksichtslose Schlampe wird blaue Flecken hinterlassen!

„Waaas zum Teufel?" Eine männliche Stimme unterbricht uns beide mitten in der Bewegung. Lynseys Gesicht ist nur wenige Zentimeter von meinem entfernt, ihr Haar fällt um uns beide herum und bildet einen Vorhang der Privatsphäre.

Vorsichtig streiche ich Lynseys Haare zurück und sehe Dean, der in meiner offenen Tür steht und uns anstarrt.

„Oh, Gott sei Dank." Ich atme aus. „Es ist nur Dean."

„Ja, es ist nur Dean", wiederholt er und deutet mit den Händen an, dass wir fortfahren sollen. „Bitte … hört nicht meinetwegen auf."

Lynsey und ich verdrehen beide die Augen, als sie von mir aufsteht, aber nicht bevor sie einen weiteren Versuch unternimmt, die Dose zu erreichen. „Ah-ha, ich habe sie!", ruft sie aus, aber ihr Gesicht verzieht sich ungläubig, als sie das Etikett auf der Dose liest. „Nach verbranntem Gummi duftende Sojakerze. Ich kann nicht glauben, dass es so etwas gibt."

Sie überreicht sie Dean, und er zuckt zusammen, als er daran riecht.

„Wie viel hat die gekostet?", fragt Lynsey, verschränkt die Arme und tippt mit dem Fuß auf den Boden, als wolle sie mich ausschimpfen.

„Nur acht Dollar fünfzig bei Etsy", schnaube ich und murmle: „Ich habe extra für den Expressversand bezahlt."

Dean brüllt vor Lachen. „Meine Güte, dich hat es heftig erwischt, Kate!"

„Ich weiß!", rufe ich, stehe auf und starre auf mein Manuskript, das noch immer vor mir leuchtet. „Ich kann kein einziges verdammtes Wort schreiben, und alles, was ich will, ist zurück zu Tire Depot zu gehen."

„Dann geh halt zurück!", erwidert Lynsey. „Du hast ihn also geküsst, und er hat dich abgewiesen? Was soll's! Dein Ex wohnt theoretisch gesehen immer noch in diesem Haus und du weigerst dich, auszuziehen, obwohl du genau weißt, dass er jeden Tag zurückkommen kann. Aber ein kleiner Kuss mit dem sexy Mechaniker, und plötzlich wirst du wieder zur Einsiedlerin? Das glaube ich nicht!"

„Sie hat recht, Kate", fügt Dean wenig hilfreich hinzu. „Es wird einen Tag lang unangenehm sein, höchstens drei. Es ist ja nicht so, dass du ihm vom Wartezimmer aus in die Augen schauen musst. Er wird wahrscheinlich auch in der Werkstatt bleiben und dir aus dem Weg gehen."

Ich stöhne und lasse mich auf die Couch fallen, während ich mir mit den Händen über das Gesicht reibe. „Du hast recht. Mein Haus riecht jetzt auch beschissen, nicht wahr?"

Sie nicken mir beide zu.

Lynsey fügt hinzu: „Du musst jemanden holen, der sauber macht."

„Oder du schmeißt eine wilde Party, wenn du das Buch fertig hast, und wir drehen so durch, dass der Geruch von Schnaps und Kotze den von verbranntem Gummi überwältigt."

Lynsey und ich mustern ihn mit Abscheu.

Er zuckt mit den Schultern. „Nur eine Idee."

„Gut, dann gehe ich zurück", beschließe ich. „Aber nur, weil verbranntes Gummi nicht dasselbe ist wie neues Gummi, und ich konnte nirgendwo im Internet eine Kerze mit dem Geruch von neuem Gummi finden. Ich habe peinlich viel Zeit mit dem Versuch verschwendet."

Hocherhobenen Hauptes gehe ich durch die Hintertür von Tire Depot. Ich muss ein Buch zu Ende schreiben, verdammt noch mal. Lynsey und Dean haben recht. Ich sollte auf keinen Fall aufhören, mich illegal einzuschleichen und den Gratis-Kaffee im CCC zu klauen, nur weil Miles mal so, mal so ist.

Es war ein Kuss. Ein Kuss mit heftigem Gefummel. Ein Kuss mit heftigem Gefummel und einem Ständer von der Größe einer verdammten Riesengurke. Das ist nichts, worüber ich nicht hinwegkommen kann!

Sobald ich mich hinsetze und an meinem kostenlosen Espresso nippe, bekomme ich glücklicherweise wieder dieses Summen in den Fingern. Der Schwung, der bedeutet, dass ich nicht werde innehalten müssen, um etwas zu essen, weil die Inspiration meine Seele nähren wird!

Und zum Glück sehe ich Miles in den ersten Tagen nach meiner Rückkehr nicht einmal. Es ist schön – wie zu Beginn, als ich für alle um mich herum buchstäblich unsichtbar war. Selbst Betty bemerkt nicht, dass ich in der Ecke tippe, als sie mit einer frischen Ladung Kekse kommt. Und das ist auch gut so, denn ich habe zu arbeiten.

Aber am dritten Tag, an dem ich komme, nehme ich

meinen ganzen Mut zusammen und winke ihm durch das Werkstattfenster zu. Es scheint völlig normal zu sein, wenn man bedenkt, dass ich jeden Tag direkt an der Werkstatt vorbeigehe und ihn durch das Fenster deutlich bei der Arbeit sehen kann.

Als Miles mich wie eine Idiotin winken sieht, blinzelt er mehrmals, als würde er glauben, er sähe einen Geist. Schließlich entspannt sich sein Gesicht und er schenkt mir dieses schiefe Lächeln, das immer noch so sexy ist wie eh und je.

Es ist schön. Es ist reif. Wir sind erwachsen.

Am nächsten Tag ist es, als wäre mein Winken ein Olivenzweig gewesen, den er angenommen hat, denn er kommt ins CCC geschlendert, so wie er es schon viele Male vor dem „schwarzen Moment" getan hat.

„Wie geht es mit dem Buch voran?", fragt er, während er sich einen Keks aus der Vitrine nimmt und sich zu mir umdreht, wo ich in einem der großen, bequemen Sessel sitze.

Ich lächle schüchtern und schaue zu den letzten beiden Kunden hinüber, die an einem der hohen Tische sitzen. Die eine telefoniert, der andere blättert in einer Zeitschrift. Beide sind eindeutig nicht an unserem Gespräch interessiert.

Miles lehnt sich mit dem Rücken an die Arbeitsplatte und beißt in einen Keks, seine langen Beine an den Knöcheln gekreuzt, die Haltung entspannt und freundlich. Ich nehme mir einen Moment Zeit, um seinen enormen Anblick zu würdigen.

Frisch geduscht, aber nicht frisch rasiert. Immer noch heiß wie eh und je in schlichter Jeans und einem T-Shirt.

„Es geht voran", antworte ich und atme schwer aus. „Das ist der Punkt in der Geschichte, an dem ich das Paar auseinanderreiße und alles kaputt mache, was sie übereinander zu wissen glaubten."

„Autsch", sagt er und drückt sich in vorgetäuschtem Schmerz eine Faust aufs Herz. „Können sie nicht einfach glücklich sein?"

„Was ist an Glücklichsein dramatisch?", frage ich lachend. „Meine Leser mögen den Schmerz, die Folter. Sie lieben es, wenn ich Dinge zerreiße und alles wieder zusammensetze." Ich lehne mich in meinem Sessel nach vorne und senke die Stimme. „Das macht den Versöhnungssex umso heißer."

Er lacht leise und schüttelt den Kopf. „Weißt du, meine Schwester hat mir eine SMS geschickt und nach deinem vollen Autorennamen gefragt, damit sie ein paar deiner Sachen lesen kann."

Ich ziehe die Augenbrauen hoch. „Ach ja?"

Er nickt. „Ich habe dich gewarnt, dass wir eine Familie von Lesern sind."

Ich mustere ihn einen Moment lang nachdenklich. Es gibt wirklich keinen Grund mehr, mein Pseudonym vor ihm geheim zu halten. Es ist ja nicht so, dass wir eine romantische Beziehung haben. Diese Möglichkeit habe ich schon vor einigen Tagen ausgeschlossen.

Ich räuspere mich und antworte: „Du wirst lachen."

„Warum sagst du das?"

Ich will gerade antworten, halte aber inne, als eine Stimme die Musik unterbricht und verkündet: „Jeremiah Park, Ihr Honda Civic ist fertig." Das zusammensitzende Paar steht auf und verlässt das CCC, sodass Miles und ich wieder allein sind.

Miles hebt die Augenbrauen, offensichtlich bereit, dass ich fortfahre.

Mit einem tiefen Atemzug erzähle ich die ungewöhnliche Geschichte, wie Kate Smith von einer langweiligen Korrektorin zu einer Bestsellerautorin für erotische Romane wurde, wobei ich natürlich den Teil mit dem richtigen Namen weglasse.

„Mein erstes Buch war zunächst eine Parodie. Ich arbeitete damals als Korrektorin für einen großen Verlag und hatte nicht die Absicht, jemals selbst ein Buch zu schreiben."

„Okay …", antwortet Miles, verschränkt seine Arme vor der Brust und hört aufmerksam zu.

Ich tue mein Bestes, um zu ignorieren, wie sein Bizeps die Ärmel seines Hemdes dehnt und fahre fort. „Also, mein Ex und ich hatten dieses schreckliche Erlebnis in einer Frühstückspension."

„Der Ex, der wollte, dass du seine Familie über deinen Beruf anlügst?", fragt Miles. In seinem Kiefer zuckt wütend ein Muskel. Ich nicke und er räuspert sich, als würde er ein paar Worte zurückhalten.

Verdammt, es wäre so buch-heiß, wenn er jetzt eifersüchtig wäre.

„Wie auch immer", fahre ich fort, „wir tauchen in einer vermeintlich normalen Frühstückspension mitten im Nirgendwo von Colorado auf, nur um festzustellen, dass wir direkt in einen geheimen BDSM-Club hineingeraten sind."

Miles' Augen strahlen blau, als er ausruft: „Nicht dein Ernst!"

„Oh doch! Das ist eine wahre Geschichte!", erwidere ich und fahre fort. „Und irgendwie denken sie, dass wir ihre Ehrengäste des Abends sind. Wir denken, dass die Leute, die sie erwartet haben, nie aufgetaucht sind. Wahrscheinlich. Ich weiß es nicht, die Details sind noch unklar."

„Mein Gott."

„Wir haben das irgendwie einfach so hingenommen, weil wir müde waren und dachten: ‚Wir brauchen nur ein Bett, in dem wir uns hinlegen können, wen kümmert es schon, was diese Frau mit einem Kerl an der Leine macht. Das ist ihre Sache.'"

„Dein Ex will seiner Familie nicht erzählen, was du machst, aber er war offen für diese Art von Szene?"

Ich lache schallend. „Er war völlig zugedröhnt! Er hatte drei Edibles konsumiert, weil ich vergessen hatte, ein Hotelzimmer zu buchen. Ich weiß nicht, er ist ein Idiot."

„Allerdings", fügt Miles mit einem finsteren Blick hinzu.

Ich kann nicht anders, als über den ernsten Ton in seiner Stimme zu kichern. „Ich glaube, er wusste gar nicht, was er da sah. Ich glaube, er hat tatsächlich Hunde an der Leine gesehen und keine menschlichen Subs."

Miles lacht aus vollem Halse, und schließlich fragt er: „Was ist passiert?"

Ich ziehe die Brauen hoch. „Du meinst, ob wir teilgenommen haben?"

„Ja", gibt er mit einem schamlosen Achselzucken zu.

„Haben wir nicht", antworte ich mit einem traurigen Lächeln. „Da wir die Ehrengäste waren, durften wir nur zuschauen. Die Oberin war da sehr deutlich. Sie hat uns in diesen westernähnlichen Salon geführt und uns auf verdammte Throne gesetzt, komplett mit Schärpen und Kronen. Dann führten sie uns eine BDSM-Performance vor. Es war der absolute Wahnsinn!"

„Klingt ganz danach."

„Natürlich gehe ich an diesem Abend ins Bett und denke: Ich muss alles aufschreiben, was gerade passiert ist, sonst glaubt es mir keiner. Das habe ich dann auch getan. Es war nicht besonders schwer für mich, weil ich bereits Korrektorin war und viel gelesen habe. Aber ich habe es eher wie ein Buch geschrieben, nicht wie ein Tagebuch. Es war komplett mit Dialogen, Beschreibungen und allem Drum und Dran. Ich dachte, dass es wirklich Spaß machen würde, sich kreative Freiheiten bei der Geschichte zu nehmen, also machte ich weiter. Und schon hatte ich ein verdammtes Buch! Als ich eines Nachts betrunken war, kam ich auf dieses absolut lächerliche Pseudonym. Eine verrückte Geschichte verdiente ein verrücktes Pseudonym, also entschied ich mich für …"

Ich mache eine dramatische Pause und Miles macht eine ungeduldige Handbewegung, damit ich fertigspreche.

„Mercedes Lee Loveletter."

Ich zucke mit den Schultern, kichere und genieße den verblüfften Ausdruck in seinen Augen, bevor er fragt: „Wie lautet dein richtiger Nachname?"

Ich halte inne, beiße mir auf die Lippe und versuche schnell zu entscheiden, wie weit ich das Ganze treiben will. Es ist jedoch eine kurze innere Debatte, denn ich weiß ohne Zweifel, dass ich es zehnmal mehr liebe, Miles gegenüber Mercedes zu sein, als ich jemals Kate war, besonders gegenüber Männern wie Dryston. „Smith", antworte ich ehrlich, denn es ist ja nicht so, dass er mich auf Facebook oder so finden würde. Ich habe mein persönliches Konto schon vor langer Zeit gelöscht, weil es zu viel war, dieses Profil und das meines Pseudonyms zu pflegen.

„Smith", wiederholt er mit einem Nicken, wobei sich seine Mundwinkel zu einem versteckten Lächeln verziehen. „Und warum dann Loveletter?"

„Na ja, weil so die BDSM-Performance begonnen hat. Diese riesige Domina nahm einen Ballknebel aus dem Mund ihres Sklaven, damit er einen Liebesbrief vorlesen konnte, den er an seine Herrin geschrieben hatte. Es war wirklich süß. Er hat sogar geweint."

Miles schüttelt den Kopf. „So hat also deine Reise begonnen?"

„Jup", antworte ich mit einem lauten Ploppen des P. „Ich habe die Geschichte im Eigenverlag veröffentlicht und wusste nicht einmal, dass sie in der New York Times Bestseller-Liste erschienen ist, bis mich ein Agent anschrieb und fragte, ob ich einen Vertreter hätte.“

„Heilige Scheiße!“, ruft Miles sichtlich beeindruckt aus. „Das ist eine unglaubliche Geschichte.“

„Buchwürdig“, korrigiere ich grinsend. Das macht Spaß. Es ist ewig her, dass ich die ganze Saga Revue passieren ließ, und Miles saugt sie auf wie ein Hund. „Und es hat mich eindeutig in den Bann gezogen, denn als ich einmal angefangen hatte, konnte ich nicht mehr aufhören.“

„Bis zu deiner Krise mit diesem Buch.“

„Bis Tire Depot mich gerettet hat.“

Er schüttelt ungläubig den Kopf. „Und du sagtest, dieses Buch sei das letzte der Reihe?“

Ich nicke. „Ja.“

„Und dann weiter zum nächsten Buch.“

„Es ist wie ein Juckreiz, den zu kratzen ich nicht aufhören kann.“

Ich atme schwer aus und beobachte, wie sich Miles’ Gesicht in ein warmes, liebevolles Lächeln verwandelt, während er mich anschaut. Er ist faszinierend, wenn er mich so ansieht, ganz süß und männlich. Es ist außerdem verdammt offensichtlich, dass er an viel mehr denkt als nur an die Geschichte, die ich ihm erzählt habe.

Verdammt noch mal, Männer sind verwirrend. Wie zum Teufel kann er mich so ansehen und mich nicht küssen wollen? Mein Verlangen, ihn zu küssen, ist so groß wie nie zuvor.

Ich beschließe, den zarten Moment mithilfe des riesigen Problems zwischen uns in Stücke zu schlagen. „Heißt das, dass es zwischen uns nicht unangenehm sein muss?“

Er gluckst, und seine Lachfalten umrahmen das stählerne Blau seiner Iris. „Ich dachte, dass du mir die Geschichte erzählst, wie du und dein Ex in eine BDSM-Frühstückspension geraten seid, hätte diese Tatsache so ziemlich bestätigt.“

„Verständlich." Ich nicke zur Bestätigung. „Dann sind wir also Freunde?"

„Freunde", stimmt er mit einem Lächeln zu, das mir praktisch die Unterwäsche wegschmelzen könnte.

Ich packe meinen Laptop weg und werfe mir die Tasche über die Schulter. „Gut, denn als Freundin habe ich mich gefragt, ob du mir bei der Recherche für mein nächstes Buch helfen könntest."

Er zieht die Brauen hoch. „Woran hast du da gedacht?"

KAPITEL 12

Miles

Mercedes lächelt breit und sieht aus, als könnte sie vor Aufregung platzen, als ich ihr einen schwarzen Helm reiche. „Okay, du wirfst dein Bein rüber, aber deine Knöchel dürfen diesen Bereich hier nicht berühren." Ich deute mit der Hand auf die Auspuffrohre an der Seite meines Motorrads. „Die werden dich verbrennen und höllisch wehtun."

Sie nickt und sieht sehr ernst aus, als sie den Knoten auf ihrem Kopf löst und ihr Haar ausschüttelt, woraufhin ihr rote Wellen über die Schultern fallen. Sie zieht sich den Helm auf den Kopf und schiebt sich die Strähnen über die Schulter, sodass sie über ihren Rücken hängen.

Ich schlucke langsam, als ich auf ihre knappe Kleidung hinunterschaue. Sie trägt lockere, bunte Shorts mit einem weißen, wallenden Tanktop. Sie sieht mädchenhaft und sehr verletzlich aus, und das stört mich. Ich habe überlegt, ob ich sie nach Hause schicken soll, damit sie sich eine Jeans anzieht, aber dann dachte ich mir, dass ich wie immer übervorsichtig bin, und daran versuche ich wirklich zu arbeiten. Vor allem, weil wir nur Freunde sind und nicht mehr.

Nach einer Sekunde des Zögerns tue ich das Einzige, was mich nicht wie einen totalen Kontrollfreak aussehen lässt und schüttle meine Lederjacke aus. „Das wird deine Beine zwar nicht vor Schürfwunden schützen, falls wir einen Unfall haben, aber ich fühle mich besser, wenn du sie trägst."

Sie nickt, nimmt mir den schweren Stoff aus der Hand und schlüpft hinein. Er bedeckt ihre Shorts und hängt so weit an ihren Armen herunter, dass man nicht einmal die Fingerspitzen sehen kann. Sie schiebt die Ärmel hoch, damit sie den Kinnriemen des Helms schließen kann.

„Aber vielleicht sollten wir keinen Unfall bauen", zwitschert sie mit gedämpfter Stimme im Helm.

Ich lache, greife nach der Vorderseite meiner Jacke und ziehe sie zu mir heran, damit ich den Reißverschluss ganz schließen kann. Ihre blauen Augen starren mich aufmerksam an, als ich sie ansehe und antworte: „Das habe ich nicht vor."

Sie schenkt mir ein schwaches Lächeln, und ich schwöre, dass ich sehe, wie sie ihre Nase in die Jacke steckt und tief einatmet, als der Reißverschluss den oberen Rand erreicht. Plötzlich schüttelt sie den Kopf und tritt zur Inspektion zurück.

„Du säufst da drin ab, aber es ist besser als nichts." Ich schiebe das Visier über ihre babyblauen Augen und sage ihr, sie soll aufsteigen.

Mercedes spreizt die Beine, bevor sie auch nur einen Fuß auf die Halterung neben meinem Stiefel setzt. Ich versuche, nicht zu lachen, denn ich bin einfach froh, dass sie vorsichtig ist. Sie legt ihre Hände auf meine Schultern, wirft ihr Bein über und lässt sich auf den Sitz hinter mir sinken. Ihre warme Mitte schmiegt sich an meinen Hintern, und ich muss den

Drang bekämpfen, nach hinten zu greifen und ihre nackten Beine zu berühren.

Ich kämpfe nicht hart genug. Meine Hand greift nach hinten und streichelt ihren nackten Oberschenkel, während ich meinen Kopf zu ihr drehe und frage: „Musst du später noch irgendwo hin?"

Sie schüttelt den Kopf, und ihre Stimme ist gedämpft, als sie antwortet: „Nein, ich hab nix vor."

„Cool", murmle ich und ziehe meine Fliegerbrille aus der Tasche an der Mittelkonsole meines Motorrads. „Es gibt einen wirklich tollen Berg, zu dem ich gerne fahre, und wir sollten rechtzeitig zum Sonnenuntergang dort sein können."

Mercedes reckt begeistert den Daumen nach oben, als ich meine Brille aufsetze und den Schalter betätige. Ich stehe auf einem Fuß und drücke meinen Fuß auf den Kickstarter. Mein Motorrad erwacht zum Leben und ich drehe den Gashebel ein paarmal durch, um es warmlaufen zu lassen.

Ihre Hände wandern von meinen Schultern zu meiner Taille, ihre Finger graben sich in meine Bauchmuskeln und drücken fest zu, während sie vor Aufregung quietscht.

„Bist du bereit?", rufe ich über den Motor hinweg. Die Vibrationen wärmen meine Oberschenkel, während wir im Leerlauf sind.

„Bereit!", ruft sie zurück, bevor sie begeistert jubelt. Dann verlassen wir den Parkplatz von Tire Depot und machen uns auf die Jagd nach dem Sonnenuntergang.

Wir fahren etwa dreißig Minuten südwestlich von Boulder zum Twin Sisters Peak, einem Ort, an dem Sam und ich häufig wandern gehen, wenn wir Lust auf etwas Schnelles und nicht allzu Anspruchsvolles haben. Wir nennen es unsere Katerwanderung, weil wir sie machen können, egal wie beschissen wir uns fühlen.

Es gibt keine Straßen, auf denen man mit dem Motorrad

hinauffahren könnte, aber auf der Kuppe eines Hügels gibt es einen Aussichtspunkt, an dem Wanderer parken können, und von dem aus man einen atemberaubenden Blick auf den Sonnenuntergang über Colorado hat.

Ich liebe Colorado im Allgemeinen. Nachdem Jocelyn und ich uns getrennt hatten, drängte mich meine Mutter, einen Umzug zurück nach Utah in Betracht zu ziehen, aber ich hatte einfach keine Lust dazu. Boulder war mein Zuhause geworden. Ich hatte gerade ein Haus gekauft, ich mochte meinen Job und die neuen Freunde, die ich gefunden hatte.

Ich hatte bereits die Frau verloren, von der ich glaubte, dass sie die Liebe meines Lebens war, also wollte ich nicht noch eine weitere große Veränderung. Jocelyn verschwand langsam und für immer aus meinem Leben, und damit war ich einverstanden. Ich konzentrierte mich darauf, mein Haus in Ordnung zu bringen und einen guten Job für Sams Onkel bei Tire Depot zu machen.

Mercedes' Griff um meine Taille wird fester, als ich auf den kleinen Aussichtspunkt zufahre. Hinter uns sehen wir das Gross Reservoir, links die Aspen Meadows und rechts den Beginn des Twin Sisters Peak. Das ganze Gebiet ist voller riesiger Kiefern, Tiere und unberührter Natur.

Als ich den Motor abstelle und den Ständer herunterkicke, drückt Mercedes auf meine Schultern und hebt ihr Bein über den Sitz. Ich vermisse sofort ihre Wärme und merke, dass das nicht eine der vielen Beschreibungen war, die Mercedes mir gab, als sie die Wärme einer Frau im Walrus Saloon beschrieb.

„Gott, das war unglaublich!" Ihre Stimme ist gedämpft, als sie sich den Helm vom Kopf reißt und ihr rotes Haar ausschüttelt. Die Sonne strahlt durch ihre Strähnen, als sie hinter den fernen Hügeln untergeht. Die wenigen Wolken, die sich in der Ferne halten, färben den Himmel in eine atemberaubende Mischung aus Rosa und Violett. Es ist das perfekte Wetter, um den Sonnenuntergang zu beobachten.

„Gut. Hattest du Angst?", frage ich, wobei ich mich daran erinnere, dass Joce nie auf meinem Motorrad mitgefahren ist, da sie nur Kleider trug und meinte, meine Fahrweise würde sie nervös machen.

„Nein, hätte ich die haben sollen?", fragt Mercedes mit großen Augen.

Ich lache darüber, ziehe meine Brille ab und stecke sie in mein Hemd. „Nein, ganz und gar nicht. Meine Ex hat das Motorrad allerdings gehasst. Sie wollte nie damit rausfahren."

„Dein Ex ist eine Idiotin. Ich meine, ich verstehe, dass Motorräder gefährlich sind, aber gerade die Gefahr macht es umso befriedigender. Weißt du, was ich meine?"

Ich schlucke langsam. „Ich glaube schon."

„Ach, warum sehnen wir uns nach Gefahr?", fragt sie, klemmt sich den Helm unter den Arm und geht vor mir auf und ab. Ich habe das Gefühl, dass sie das Schriftstellerinnending tut, das ich sie habe tun sehen, wenn sie über eine Beschreibung nachdenkt. Nur dass sie dieses Mal ein Gefühl ausdrücken will, anstatt eine körperliche Handlung zu beschreiben. „Ich meine, was hat es mit der Gefahr auf sich, die den menschlichen Geist anzieht? Ist es eine sexuelle Sache? Eine sexuelle Anziehungskraft? Ich meine, was hat es mit der Gefahr auf sich, das uns immer und immer wieder zurückbringt?"

Mercedes hält inne und sieht mich an, um mir die Erlaubnis zu geben, eine Meinung zu haben. Ich zucke mit den Schultern. „Vielleicht ist es der Nervenkitzel der Unwissenheit darüber, was auf uns zukommt", antworte ich, werfe mein Bein über und stehe auf, um mich zu strecken. „Wir langweilen uns, wenn die Dinge zu lange gleich bleiben.“

Ich schaue nach unten und sehe, wie ihre Augen auf das Stückchen Haut starren, das an meinem Bauch aufblitzt. Guter Gott, ich wünschte wirklich, ich könnte sie einfach ficken. Nur einmal. Nur um zu wissen, wie sie sich anfühlt. Ihre Weichheit an meiner Härte. Ich bin sicher, es wäre unglaublich.

„Glaubst du, dass Männer so über Frauen denken?“, fragt sie und blinzelt nervös, während sie zu mir aufsieht. Sie wirkt so klein, wenn sie meine Jacke als Kleid zu ihren Flip-Flops trägt.

„Das kann ich nicht mit Sicherheit sagen“, antworte ich und stecke unbeholfen die Hände in die Taschen, während ich zu einem großen, umgestürzten Baumstamm gehe, der den Rand der Kiesgrube säumt. Ich setze mich darauf und schaue sie an. „Aber ich glaube, dass man den Frauen vorwirft, Drama zu lieben, obwohl die Männer genauso schuldig sind. Wir kommen damit davon, es als Machoverhalten zu bezeichnen.“

Ihre Flip-Flops klatschen laut, als Mercedes sich neben mich setzt, sodass wir beide in den Sonnenuntergang blicken. Ich schaue zu ihr hinüber. Ihre Wangen sind gerötet, und auf ihrer Nase sind einige Sommersprossen erschienen, wahrscheinlich von der Sonne.

Sie schiebt ihre Knie in meine Jacke und stützt ihr Kinn darauf ab. „Willst du mir sagen, was du damit meinst, oder willst du wieder ‚Bitte nicht‘ sagen?“

Ich lächle halb und wundere mich ein wenig darüber, wie leicht sie zwischen den Zeilen lesen kann. Ich nehme an, die Intuition einer Schriftstellerin besteht darin, die Zeichen zu erkennen.

Schwer ausatmend antworte ich: „Ich hoffe, dass nicht

jedes kryptische Wort, das ich in meinem Leben sage, auf meine Ex zurückfällt."

Mercedes lächelt, ihr Grübchen lugt aus dem Kragen meiner Jacke hervor. „Wahrscheinlich, aber aus der Not lernt man, also spuck es aus, Miles."

Ich knurre und fahre mir mit den Händen durch die Haare, wobei ich fühle, wie die Strähnen in alle Richtungen abstehen. „Ich glaube, ich war so lange mit meiner Ex zusammen, weil ich das Drama auf eine abgefahrene Art und Weise mochte. Es war dumm."

Sie nickt nachdenklich und verarbeitet, was ich gesagt habe, bevor sie fragt: „Was für ein Drama hattet ihr denn?"

Ich hebe die Augenbrauen und schüttle den Kopf zum Himmel. „Egal, was, sie hat es wahrscheinlich getan. Aber am meisten habe ich es gehasst, wenn sie versucht hat, mich eifersüchtig zu machen."

Ich schaue gerade noch rechtzeitig rüber, um zu sehen, wie Mercedes vor Mitleid das Gesicht verzieht. „Ja, Eifersucht ist kein Spaß. Obwohl ich dir sagen muss, rein aus Sicht einer Autorin von Liebesromanen …, meine Leserinnen lieben besitzergreifende Männer."

Daraufhin lache ich. „Nun, es gibt besitzergreifend zu sein, und es gibt, zum Narren gehalten zu werden. Leider glaube ich, dass ich eher Letzteres war."

Sie schüttelt den Kopf und rümpft die Nase. „Deine Ex hört sich schrecklich an."

„So wie deiner."

„Warum sind wir jemals mit ihnen ausgegangen?"

„Das frage ich mich auch immer wieder."

Sie zieht ihre Beine aus meiner Jacke und streckt sie vor sich aus, um sie an den Knöcheln zu kreuzen. Sie blickt einen Moment in den Himmel, bevor sie sagt: „Nun, eine lustige Art, unsere Verflossenen zu betrachten, ist, dass wir nicht hier auf diesem Baum sitzen und diesen unglaublichen Sonnenuntergang genießen würden, wenn wir nicht mit ihnen zusammen gewesen wären."

Mercedes wackelt mit den Augenbrauen und dreht sich, um zu beobachten, wie die letzten Zentimeter der Sonne hinter einem weit entfernten Hügel versinken.

Aber ich kann meinen Blick nicht von ihr abwenden. Ihr Haar sieht irgendwie aus wie ein Sonnenuntergang.

Sie spürt, dass ich sie beobachte. „Du verpasst etwas wirklich Schönes", singt sie neckisch.

Meine Stimme ist ernst, als ich antworte. „Nein, tue ich nicht."

Ihr Lächeln verblasst und sie sieht mich mit großen, fragenden Augen an. Der zartrosa Himmel erhellt ihr Gesicht und verleiht ihr diesen engelhaften Glanz. Sie ist bezaubernd.

Ihre Stimme ist ein Flüstern, als sie krächzt: „Ich werde aus dir nicht schlau, Miles."

Ich schlucke langsam und strecke meine Hand aus, um ihre Wange zu streicheln, mein Daumen fährt von ihrem Wangenknochen zu ihrer Lippe und zeichnet träge die Linien ihres Mundes nach. „Ich werde auch nicht aus mir schlau."

Sie atmet tief ein, als ich mich vorbeuge, um die Lippen zu kosten, deren Geschmack ich die ganze Woche über immer wieder erlebt habe, doch plötzlich heult ein Motorradmotor hinter uns auf. Ich halte nur wenige Zentimeter von ihrem Mund entfernt inne, meine Hand immer noch auf ihrem Gesicht, meine Augen immer noch auf ihre Lippen gerichtet.

Ich schlucke schwer und drehe mich um, um ein anderes Paar zu sehen, das von seinem Motorrad absteigt.

Wahrscheinlich sind sie aus demselben Grund hier oben wie wir.

Ich räuspere mich, ziehe mich zurück und schenke Mercedes ein verlegenes Lächeln. „Sollen wir zurückfahren, bevor es ganz dunkel wird?"

Sie wirkt verloren, als sie antwortet: „Ich bin dir ausgeliefert."

Ich helfe ihr auf und setze sie hinter mir auf das Motorrad.

Wir fahren zurück nach Boulder und zurück zu dem Leben, das ich gerade führe …, ohne Drama.

KAPITEL 13

Kate

Als der Tag kommt, an dem ich meinen Epilog schreiben soll, ist es fast so, als wüsste Miles Bescheid, denn mitten am Tag schreitet er in seinem ölverschmierten Overall, den er sich um die Taille geknotet hat, ins CCC. Das weiße T-Shirt darunter ist schweißnass, und seine Hände sehen gewaschen aus, aber schmutziger, als ich sie je gesehen habe. Fast so, als hätte er sich nicht die Mühe gemacht, sich gründlich zu schrubben, weil er wusste, dass er sich wieder an die Arbeit machen würde.

Er schnappt sich drei Kekse und kommt mit einem breiten Grinsen auf dem Gesicht zu mir herüber. Als wäre es ein ganz normaler Tag, als würde er ständig Pausen im CCC machen, setzt er sich auf den Hocker gegenüber des Hochtisches, an dem ich sitze, und nimmt einen großen Bissen von seinem gestapelten, dreiteiligen Kekssandwich.

Angesichts des glücklichen Zufalls in diesem Moment kann ich mir ein Lächeln nicht verkneifen.

„Warum lächelst du?", fragt er, während er zurücklächelt.

Ernsthaft, so viel Lächeln.

„Weil das Leben manchmal komisch ist." Ich neige den Kopf und sehe ihn mit zusammengekniffenen Augen an, um seine ganze männliche Pracht zu bewundern.

„Wie das?" Miles lehnt sich über den Tisch zu mir herüber. Sein schwarzes Haar müsste gestutzt werden und seine blauen Augen leuchten unter dem Schmutz in seinem Gesicht.

Ohne ein Wort zu sagen, drehe ich meinen Computer zu ihm und stelle mich so hin, dass ich neben ihm bin. Als ich mich hinunterbeuge, um meine Finger auf die Tastatur zu legen, berühren sich unsere Arme und elektrische Funken entstehen zwischen uns.

Ich nehme mir vor, cool zu bleiben, und tippe *Ende*.

„Das gibt's doch nicht", ruft er laut, da er sich scheinbar einen Dreck um die anderen Kunden im Wartebereich schert. Mit großen, aufgeregten Augen sieht er mich an. „Bist du gerade fertig geworden?"

„Ich bin gerade fertig geworden." Ich lächle und schreie auf, als er seine Kekse fallen lässt, aufsteht, mich in die Luft hebt und im Kreis herumwirbelt. Er erstarrt, als er merkt, dass wir nicht allein sind und setzt mich schnell wieder auf meine Füße.

Er beugt sich vor und flüstert laut: „Glückwunsch, Mercedes."

Und ich danke ihm, denn im Moment *bin* ich Mercedes Lee Loveletter, und ich habe mein fünftes und letztes Buch der Reihe fertiggestellt. „Ohne dich hätte ich das nicht geschafft, Miles", antworte ich mit einem humorvollen Schwung in der Stimme.

Seine Brust vibriert vor Lachen. „Wir sollten feiern. Darf ich dich auf einen Drink einladen?", fragt er und runzelt die Stirn, als er sieht, dass der Humor aus meinem Gesicht verschwindet.

Er sagte die gleichen Worte zu mir in der Nacht, in der ich

ihn küsste, und der Zufall ist mir nicht entgangen. „Vielleicht ein anderes Mal."

Er nickt und schiebt die Hände in die Taschen, mit einem verwirrten Gesichtsausdruck, der mir die Laune verdirbt.

„Aber hey, wir machen am Freitagabend eine Party bei mir zu Hause. Meine beiden Freunde aus dem Pub von neulich Abend und ein paar Leute vom Studium, mit denen wir noch abhängen …, willst du … vorbeikommen? Du kannst Sam mitbringen!"

Sein schiefes Lächeln ist echt und wir tauschen schnell unsere Nummern aus, damit ich ihm meine Adresse schicken kann. Es überrascht mich, dass wir noch immer keine Nummern ausgetauscht haben, obwohl ich Miles schon so oft gesehen habe. Ich schätze, das war vielleicht seine Art, mich auf Distanz zu halten.

Miles steckt sein Handy wieder in die Tasche und fragt: „Also, was machst du heute Abend?"

Mein Gesicht erhitzt sich vor Verlegenheit, aber ich beschließe, es trotzdem zuzugeben. „Nun, ich habe diese Tradition, die ich mit meinem Ex nach jedem beendeten Buch gemacht habe."

„Dein Ex?", schnauzt er, sichtlich verwirrt darüber, dass ich von ihm spreche.

„Ja, wir … haben diese Onesie-Pyjamas getragen, Pizza bestellt und nur die Fünf-Sterne-Rezensionen meines letzten Buches gelesen, während wir einen ganzen Karton Wein trinken." Ich lache unbeholfen und wundere mich darüber, dass das die einzige wirklich originelle Sache war, die ich je mit Dryston gemacht habe. Wahrscheinlich hat es ihm nur gefallen, weil er einen Drachen-Onesie hatte, und der Kerl war irgendwie besessen von Drachen.

Miles nickt, die Stirn noch immer in Falten gelegt. „Du hängst also mit deinem Ex ab?"

„Oh, Gott, nein!", rufe ich aus und schlage spielerisch auf seine harte Brust. „Auf keinen Fall, ich werde es wahrscheinlich nur mit Lynsey machen. Oder mit Dean, höchstwahrscheinlich."

Das scheint seine steife Haltung nicht im Geringsten zu lockern. Mit rauer Stimme antwortet er: „Du solltest dir eine neue Tradition suchen."

Mir fällt die Kinnlade herunter. „Warum sagst du das?"

„Weil es mit jemandem angefangen hat, der deine Tätigkeit nicht unterstützt." Miles' Kiefermuskel zuckt wütend und ich schwöre, dass er vor mir noch größer wird. „Warum willst du sein Andenken auf diese Weise verewigen?"

„Es ist nicht *sein* Andenken, sondern etwas, das ich begonnen habe, als ich mit ihm zusammen war. Ich habe es für jedes meiner Bücher gemacht, und es fühlt sich wie Pech an, wenn ich es nicht fortsetze."

Er schüttelt den Kopf, die Enttäuschung steht ihm ins Gesicht geschrieben.

„Miles!", schimpfe ich und schaue mich im Raum um, um zu sehen, dass uns ein paar Leute anstarren. „Beruhige dich. Was hast du für ein Problem? Das sollte doch ein fröhlicher Tag werden."

Er macht einen Schritt zurück, und die Maske, die ich schon einmal auf seinem Gesicht gesehen habe, kehrt mit aller Macht zurück. „Tut mir leid, ich wollte dir nicht die Stimmung verderben." Miles macht Anstalten zu gehen, hält aber inne und drückt mir einen schnellen Kuss auf die Schläfe. „Ich bin wirklich stolz auf dich, Mercedes."

Ich greife nach seiner Hand und halte ihn auf. „Ist alles okay?"

Er nickt. „Warum sollte ich das nicht sein?"

„Weil du dich komisch verhältst. Als hätte ich dich … enttäuscht oder so."

Daraufhin wird sein Gesicht weicher. „Du könntest mich nie enttäuschen, Babe. Ich finde, du bist unglaublich."

Seine Verwendung des Wortes ‚Babe' lässt mir das Herz bis zum Hals klopfen. Als die Idiotin, die ich bin, lache ich unbeholfen und antworte: „Ja, ich bin so unglaublich, dass ich mich tagein, tagaus in ein Reifengeschäft schleichen musste, um ein Buch fertigzustellen, das zu schreiben ich nicht den Mut gefunden habe, weil ich zu sehr mit meinem Ex beschäftigt war."

Miles senkt den Kopf, sodass wir auf Augenhöhe sind und wirft mir einen ernsten Blick zu. „Es geht nicht um deinen Ex. Hier geht es darum, dass du etwas gefunden hast, das für dich funktioniert. Du hast dich voll reingehängt und getan, was du tun musstest, um den Job zu erledigen. Es ist dir egal, was andere denken, und das ist wirklich verdammt cool, also zweifle jetzt nicht an dir selbst."

Seine Worte versetzen mich in einen seltenen Moment der Stille. Aber in einer Sache hat er unrecht.

Mich interessiert, was du denkst.

Anstatt ihm diese kleine Information mitzuteilen, beschließe ich, Miles ein gewinnendes Lächeln zu schenken. „Ich musste mich an den Vibe halten, also danke, dass du mit mir gewartet hast."

Er schenkt mir ein sanftes Lächeln. „Jederzeit."

Ich klappe meinen Laptop zu und stecke ihn in meine Tasche. „Sehen wir uns dann am Freitag?"

Er nickt. „Wir sehen uns am Freitag." Er sieht aus, als wolle er noch mehr sagen, aber er greift sich in den Nacken und tritt zurück. „Einen schönen Abend, Mercedes."

Und ohne eine edle, abschließende große Geste lasse ich meinen Buch-Boyfriend gehen. Er bleibt sicher dort, wo er hingehört – in der Fiktion.

KAPITEL 14

Kate

„Wir sind fast dreißig Jahre alt. Wir sind zu alt für Fässer!", stöhne ich, als Dean das riesige silberne Ungetüm über meinen schicken Dielenboden rollt.

Dean seufzt schwer und rückt seine Brille zurecht. „Das ist kein verdammtes Hausbier, Kate. Das ist Indian Pale Ale von meiner örtlichen Lieblingsbrauerei. Die verkaufen den Scheiß nicht an jeden."

„Ja, weil es niemand mag", murmle ich und trete auf den Boden, denn verdammt, was ist an Coors Light falsch? Es war im Studium gut genug für uns, und es sollte auch jetzt gut genug für uns sein.

Aber Dean ist nicht mit Lynsey und mir auf die Uni gegangen. Er hat sich autodidaktisch fortgebildet, in allen hochtrabenden Dingen. Und protzigen. Wie IPA-Bier anscheinend.

Er schüttelt den Kopf und streicht mir über den Arm. „Es wird dir gefallen, das verspreche ich. Gib ihm einfach eine Chance."

Als er seinen Platz wieder einnimmt, spannt sich sein

gepunktetes Hemd um seinen Bizeps, als er das Fass anhebt und es in das mit Müllsäcken ausgekleidete Holzfass stellt, das er vorhin mitgebracht hat. Er geht zurück zur Eingangstür und holt die riesigen Eistüten, die er auf der Eingangstreppe liegen gelassen hat, und schüttet sie um das Bierfass herum.

Lynsey kommt durch meine Hintertür geschlendert. „Die Tiki-Bar ist fertig!", verkündet sie mit einer schwingenden Hüftbewegung.

Ich muss mir das Lachen verkneifen, denn sie musste das Ding durch ihr Haus und mein Haus rollen, um es auf meine Terrasse zu bekommen.

Obwohl wir Nachbarn sind, trennt ein riesiger Zaun unsere Grundstücke voneinander. Als ich einzog, waren wir ziemlich betrunken und versuchten, auf beiden Seiten des Zauns eine Leiter aufzustellen, damit wir frei zwischen den beiden Grundstücken hin und her wechseln konnten.

Es nahm kein gutes Ende.

Dryston musste mich schließlich die Treppe hinauf ins Bett tragen, weil ich auf der Suche nach mehr Wodka ins Haus humpelte. Aber ich habe überlebt, um die Geschichte zu erzählen, also ein Silberstreif.

„Außerdem habe ich dort hinten meine Edison-Glühbirnen aufgehängt", fügt Lynsey mit eifrigen Augen hinzu. „Das ist eine tolle Stimmungsbeleuchtung. Perfekt für bedeutungsvolle Gespräche."

„Oder wahllose Bettgeschichten", fügt Dean mit wackelnden Augenbrauen hinzu. „Ich habe ein paar Leute aus meinem Co-Working-Space eingeladen, also gibt es ein paar neue Gesichter, die du in einer Gasse überfallen kannst, Kate."

„Halt die Klappe, Arschloch." Ich trete meinen Flip-Flop nach ihm und er wirft ihn zur Hintertür hinaus, ohne aufzusehen.

„Außerdem", ich reibe mir mit der Hand über die Stirn,

„vergesst nicht, mich heute Abend Mercedes zu nennen, wisst ihr noch?"

Lynsey rollt mit den Augen.

„Ich meine es ernst. Das ist das Thema der Party, nachdem wir mein Tippen von ,Ende' als Mercedes feiern. In meiner SMS habe ich allen gesagt, dass jeder, der mich Kate nennt, sich wie in der Uni beweisen und Bier im Handstand auf dem Fass trinken muss."

„Was?" Dean schnappt entsetzt nach Luft. „Das ist kein verdammtes billiges Uni-Bier, Kate!"

„Mercedes!", korrigiere ich. „Und ich rechne damit, dass alle das Bier hassen und niemand diese schreckliche Folter will."

„Man gewöhnt sich an den Hopfen!", schreit er wie ein verdammtes Weichei.

„Wenn du mit Hopfen Gift meinst, dann verzichte ich", antworte ich und überprüfe noch einmal die auf der Theke ausgebreiteten Häppchen.

Lynsey stellt sich neben mich, während ich die Fleischbällchen im Schongarer rühre. „Wirst du meinen Rat befolgen?", fragt sie mit leiser Stimme, aber Deans Kommentar „Welcher Rat?" bedeutet, dass sie definitiv nicht leise genug war.

„Nein", stöhne ich und beginne sinnloserweise, die Wurstplatte neu zu sortieren.

Lynsey atmet schwer aus. „Ich habe Ka... Mercedes gesagt, dass sie heute Abend versuchen soll, Miles eifersüchtig zu machen, weil es funktioniert. Sag ihr, dass es funktioniert, Dean."

Dean hört auf, mit dem Eis herumzuspielen und wirft mir einen Blick zu. „Es funktioniert."

Ich runzle die Stirn, denn ich weiß, dass ich ihm das nach dem, was er mir neulich auf dem Twin Sisters Peak erzählt hat, auf gar keinen Fall antun würde. „Ich werde Miles nicht manipulieren, damit er mich mag."

„Er mag dich schon", korrigiert Lynsey. „Er muss dich nur genug mögen, um mit dir zu schlafen."

„Er klingt wie ein Idiot, wenn du mich fragst", murrt Dean.

„Er ist kein Idiot", verteidige ich ihn. „Er ist … Ich weiß nicht, was er ist. Vielleicht kommt er über jemanden hinweg? Ach. Er will nur zwanglos und glaubt nicht, dass ich ein zwangloses Mädchen sein kann."

„Kannst du das?", fragt Lynsey, die braunen Augen vor Neugier aufgerissen.

„Scheiße ja!", rufe ich mit einem kleinen Tänzchen aus, von dem ich denke, dass es ein zwangloses, cooles Mädchen tun würde. „Ich schreibe über zwanglosen Sex, als wäre es mein Job, weil es das wirklich ist." Ich lächle lahm über meinen blöden Witz, und meine Freunde sind super beeindruckt.

„Scheiß drauf, ihr kommt hier unten doch klar, oder? Ich werde nach oben gehen und mich fertig machen, denn ich werde offiziell zu spät zu meiner eigenen Party kommen. Lynsey, mach die Musik an und halt die Stellung, während ich mich schön mache!"

„Wird erledigt, Boss!"

„Dean …, bewach das beschissene Bier."

Fünfundvierzig Minuten später schreite ich die Treppe hinunter und finde meine *Ende*-Party in vollem Gange. Ich trage weiße Spitzenshorts und ein wallendes cremefarbenes Tanktop mit braunen Wedges. Mein rotes Haar habe ich zu einem seitlichen Zopf über die Schulter geflochten, und ich fühle mich frei und ungebunden. Ich bin bereit zu feiern.

Einige unserer alten Freunde sind gekommen, aber auch einige neue Gesichter, die Lynsey von der Schule her kennt. Ich werde sofort in ein Gespräch mit ein paar Freundinnen vom Studium verwickelt, die mir alle zum Abschluss meines Buches gratulieren. Eine von ihnen nennt mich Kate und ich schleppe sie in die Küche, um einen Schnaps zu trinken. Vor allem, weil ich glaube, dass Dean anfangen könnte zu weinen, wenn jemand die Lippen auf seinen kostbaren Fasszapfhahn legt.

Dean stellt mich seinen Freunden aus dem Co-Working-Space vor, die nicht aufhören können, von der neuen Bäckerei in der Nähe ihres Gebäudes zu schwärmen. Ehe ich mich versehe, stelle ich fest, dass die Party schon seit ein paar Stunden im Gange ist und Miles immer noch fehlt.

Ich entschuldige mich bei ein paar Freunden, um zu sehen, wer hinten ist. Vielleicht war Miles schon die ganze Zeit hier und ich habe es nicht gemerkt. Ich schaue mich kurz draußen um, in der Hoffnung, einen großen, gutaussehenden Kerl zu sehen, aber ich bin enttäuscht, als ich nur Lynsey und all ihre Freunde von der Uni entdecke.

Sie lächelt strahlend und kommt aus ihrer Tiki-Bar geschritten, um mir ein fruchtiges Getränk in einem hohen Glas zu reichen. „Trink es langsam, *Mercedes*. Das Zeug ist stark. Ich hatte schon zwei und glaube, ich bin gerade sturzbetrunken.“

„Meine Güte“, rufe ich aus, nehme einen Schluck und spüre ein sofortiges Brennen in meinem Mund. „Kein Wunder. Ich glaube, das könnte schlimmer sein als Deans beschissenes IPA.“

Deans Knurren erschreckt mich von hinten. „Es ist nicht beschissen.“ Ohne Vorwarnung stürzt er sich auf meine Beine und ich kann mein Getränk gerade noch an Lynsey weiterreichen, bevor er mich über seine Schulter wirft. „*Mercedes* trinkt im Handstand, Leute!“

Unsere Freunde jubeln alle und ich brülle sie an. „Mercedes wird *nicht* im Handstand trinken, weil Mercedes Coors Light und kostenlosen Kaffee mag … und Sexbücher schreiben!“

Ich höre Beifall von drinnen und draußen, und da ich

keine Schmerzen spüre, beschließe ich, weiterzumachen. „Und harten und schnellen Wandsex!"

Sie alle lachen und jubeln noch mehr. Das macht Spaß! Ich habe meine eigene persönliche Beifallsaudiospur, also fahre ich fort: „Und Mercedes mag eine formelle Szene, in der der Kerl einem Mädchen das Höschen auszieht und es die ganze Nacht lang in seiner Smoking-Tasche befühlt!"

Ich höre nur Grillenzirpen …, bis Lynsey schließlich trällert: „Das war wirklich spezifisch, aber yay!"

Alle machen mit, aber es fühlt sich obligatorisch und weit weniger enthusiastisch an als zuvor, also versuche ich es ein letztes Mal, um mein Gesicht zu wahren. „Und ich schreibe *wirklich* gerne über Analspiele!"

Die Menge bricht in schallendes Gelächter aus, aber es folgt noch mehr wunderbarer Jubel. Ich kann sogar spüren, wie Deans Schultern zittern, als er lacht und mir einen Klaps auf den Hintern gibt, bevor er mich wieder auf die Füße stellt.

Als ich mich umdrehe und aufrichte, spüre ich einen Rausch im Kopf und versuche, meine Augen auf das zu richten, was vor mir ist. Ich starre auf die sehr breite Brust eines sehr großen Mannes in einer superheißen schwarzen Lederjacke. Ich hebe mein Kinn und falle fast in Ohnmacht, als ich sehe, dass es Miles ist. Und er hat ein Hemd unter seiner Jacke an.

„Miles!", rufe ich und schlinge meine Arme um seinen steinharten Körper, immer noch euphorisch von meiner Version des Crowdsurfings, das ich gerade gemacht habe.

Dean räuspert sich neben mir und murmelt: „Ich gehe rein, um etwas zu trinken."

Ich ziehe mich zurück, um Sam zuzuwinken, der sich neben Miles scheinbar etwas unwohl fühlt, bis er schließlich sagt: „Ich werde dem Kerl folgen."

Lynsey stellt sich im gleichen Atemzug neben mich, nicht im Geringsten eingeschüchtert von Miles' statuenhafter Haltung.

Sie streckt ihre Hand aus und sagt: „Hi, ich bin Lynsey, die beste Freundin und Nachbarin. Das da drüben ist meine Tiki-Bar.“

Miles lässt seinen Blick zu ihr gleiten, schenkt ihr ein kleines Lächeln und schüttelt ihre Hand. „Ich bin Miles.“

„Schön, dich kennenzulernen. Kann ich dir einen Drink anbieten? Meine Tiki-Bar ist geöffnet!“ Stolz winkt sie mit den Händen.

„Für den Moment nicht, danke“, antwortet Miles und sieht wieder zu mir hinunter. „Können wir irgendwo hingehen und reden?“

Ich nicke und nehme seine Hand, um ihn ins Haus zu führen. Eine Gruppe von Deans Freunden steht direkt vor meiner Zimmertür, also beschließe ich, ihn nach oben zu bringen, wo ich mich vorhin fertig gemacht habe. Als wir an Dean am Bierfass vorbeikommen, sehe ich, wie er Miles mit zusammengekniffenen Augen anschaut. Ich funkle Dean ebenfalls an, um ihm stumm mitzuteilen, dass er sich verpissen soll, während wir nach links abbiegen.

Ich kann Miles nicht schnell genug die Treppe hochziehen.

Das Licht der Edison-Glühbirnen dringt durch das hintere Fenster in das dunkle Schlafzimmer, sodass ich mich nicht einmal um den Lichtschalter kümmere. Miles betritt den Raum hinter mir wie eine dunkle Donnerwolke. Als ich mich umdrehe, um ihn anzusehen, stelle ich fest, dass sich dieser Raum noch nie so klein angefühlt hat.

Er sieht sich um und bemerkt die Männerschuhe auf dem Boden des offenen Schranks. „Hast du einen Mitbewohner?“

Mein Gesicht erhitzt sich augenblicklich, denn das ist nicht annähernd das Gespräch, das ich im Moment führen möchte. Vor allem, nachdem Dean mich vor zwei Sekunden noch wie ein Dummerchen vor allen anderen herumgetragen hat.

„Irgendwie schon?“, antworte ich zögernd.

„Es ist also ein Mann", sagt Miles, starrt in den Schrank und lässt dann seinen Blick zu mir gleiten.

Diese Tatsache lässt sich nicht mehr verbergen. „Ja." Ich zucke mit den Schultern.

Er lacht und schüttelt den Kopf. „War ja klar." Er presst eine Hand an die Stirn, während er im Zimmer umhergeht. „Es ist doch nicht dieser Dean, oder? Du hast gesagt, er sei ein Nachbar."

„Er ist ein Nachbar. Es ist nicht Dean."

„Wer ist es dann?"

„Niemand", stoße ich hervor und bemerke, dass Miles von Sekunde zu Sekunde angespannter wird. Er muss jetzt definitiv nicht hören, dass ich irgendwie immer noch mit meinem bescheuerten Ex-Freund zusammenlebe. „Er ist den Sommer über weg, also ist es egal."

„Aber es ist ein Kerl", schnauzt er, die Hände frustriert zu Fäusten geballt. „Verdammt, Mercedes, ich kann das nicht tun!"

„Was tun?", frage ich, wobei sich meine Brust vor Hoffnung hebt.

„Ich bin ein eifersüchtiger Typ! Das weißt du", ruft er und streckt seine Hände in Kapitulation aus, während er die Treppe hinunter zeigt. „Mit so etwas kann ich nicht gut umgehen." Er fährt sich mit den Händen durch die Haare und sieht aus, als wolle er gleich abhauen.

Aber ich will nicht, dass er abhaut.

Ich will, dass er bleibt.

„Es tut mir leid, ich sollte einfach gehen."

Er geht auf die Tür zu, und ich stürze mich vor ihn, um ihm den Ausgang zu versperren.

„Mein Mitbewohner ist ... schwul", platze ich heraus, und meine Augen weiten sich angesichts der Lüge, die mir so leicht über die Lippen kommt. „Und er ist den Sommer über nicht in der Stadt."

Miles starrt blinzelnd auf mich herab. „Ernsthaft?"

Ich zucke mit den Schultern, völlig unfähig, es noch einmal zu bestätigen, weil ich immer noch nicht glauben kann, dass ich überhaupt gelogen habe. „Sag mir, warum du dich gerade jetzt in so einen Verrückten verwandelst? Ich dachte, du wolltest nur Freunde sein."

Er atmet schwer aus. „Es ist viel schwieriger, als ich dachte."

„Wie kann ich helfen?", frage ich, obwohl ich gar nicht helfen will. *Ich will vögeln.*

Miles stöhnt und fixiert mich mit ernstem Blick. „Babe, Eifersucht ist ein Problem, das ich ständig unter Kontrolle halten muss. Ich versuche, nicht so zu sein, aber das ist so gut wie unmöglich. Ich war fast zehn Jahre mit einem Mädchen zusammen, das es genossen hat, mich bei jeder Gelegenheit zu quälen."

„So ein Mädchen bin ich aber nicht", erwidere ich und trete näher an ihn heran, um mit meinen Händen seine Unterarme zu berühren.

„Ich weiß, dass du es nicht bist", schreit er fast. „Aber bevor wir etwas tun, musst du Folgendes über mich wissen. Ich bin überfürsorglich. Herrisch. Übermäßig arrogant. So ziemlich alles, was ich tue, geht ins Extreme."

„Okay", antworte ich langsam und schlucke den Kloß in meinem Hals hinunter, als er mein Gesicht in seine rauen Hände nimmt und wie eine Art Höhlenmensch über mir steht, der seine Ansprüche geltend macht.

Seine Stimme ist tief, als er hinzufügt: „Und ich raste aus, wenn ich denke, dass ein Typ sich an das ranmacht, was mir gehört."

Okay, das sollte mich *nicht* anmachen. Ich bin eine moderne Frau. Ich bin unabhängig. Ich denke, ich könnte eine Feministin sein, wenn ich jemals genau wüsste, was zum Teufel das alles mit sich bringt. Aber ich persönlich glaube nicht, dass

Feminismus ins Schlafzimmer gehört. Ich denke, Feminismus bedeutet, dass man über seine eigenen Wünsche bestimmen kann, und um Himmels willen, ich glaube, ich habe gerade einen Schwall Flüssigkeit zwischen meinen Beinen gespürt, und ich bin deswegen nicht böse!

Ich schüttle den Kopf in dem Versuch, mich wieder auf das Wesentliche zu konzentrieren. „Aber ich gehöre dir nicht, Miles!"

„In meinen Gedanken tust du es", antwortet er mit angespanntem Kiefer und zusammengekniffenen Lippen. „Und du darfst keine Dinge tun, um mich eifersüchtig zu machen."

„Warum?", schluchze ich fast.

„Denn wenn du mich eifersüchtig machst, kann ich nicht mit dir befreundet bleiben."

„Warum?" *Guter Gott, Mann, nimm mich einfach!*

„Weil ich dich dann ficken will, damit du nie wieder einen anderen Mann ansehen willst."

Schwere Atemzüge.

Donnernde Herzschläge.

Die laute Party unten … das echte Unten. Das war kein Euphemismus für meine Hose, obwohl, jetzt wo ich es erwähne, glaube ich, dass ich seinen Schwanz habe wachsen hören. Ernsthaft, ich glaube, ich höre, wie sich seine Jeans zwischen uns dehnt.

Ich strecke die Hände aus, berühre ihn und oh mein Gott, ja. Er ist hart, und ich bin hart, und ich will, dass er einfach … „Beweis es."

Er schüttelt den Kopf. Seine gerunzelte Stirn lässt den Kloß in meinem Hals noch größer werden. „Ich hoffe, du weißt, was du da verlangst."

Mit einem wilden Knurren presst er seine Lippen auf meine und taucht seine Zunge direkt in meinen Mund. Tief. So tief. Als würde er nach meinen Mandeln suchen. Es ist nicht gerade sexy – es ist unkontrollierbar. Berauschend. Giftig. Ich kann mich nicht von ihm lösen und will es auch nicht. Meine Arme schlingen sich fest um seinen Hals, halten ihn fest, als wäre es möglich, unsere Körper miteinander zu verschmelzen.

Keine Küsse wie mit einem toten Fisch mehr. Gott, ist das lebendig!

Miles beugt sich vor und fährt mit seinen Händen über meinen Hintern bis zu meinen Oberschenkeln. Er packt mich fest und hebt mich hoch, und meine Beine schlingen sich sofort um seine Taille. Ich schaffe es nicht ganz, meine Knöchel hinter seinem gewaltigen Körper zu verschränken, also drücke ich einfach zu. Drücke ihn in mich hinein, so fest ich kann, denn guter Gott, das ist es, was ich vermisst habe. Starke, maskuline, territoriale *Hitze*!

Ich will seine Hitze überall auf mir spüren. Wenn er den Reißverschluss seiner Haut öffnen und mich in sich hineinstecken könnte, würde ich das wollen. Ich möchte von ihm auf jede erdenkliche Weise verschlungen werden.

Er fährt mit den Händen durch mein Haar und reißt meinen Kopf nach hinten, damit er mit seiner Zunge meinen Hals entlangfahren kann. Ich schlucke dagegen an, keuche und winde mich unter seiner feuchten Zunge. Er vernascht, bestraft und beansprucht mich mit seinem Mund, und verdammt noch mal, es ist Glückseligkeit.

Er dreht uns in Richtung Bett, und seine Hände wandern hinunter zu meinem Hintern, um seine Finger gierig darin zu vergraben. „Du hast gesagt, du magst Analspiele?“

Ich schreie laut auf, als seine Finger an der Spitze meiner Shorts entlanggleiten und er durch den Stoff hindurch direkt auf mein Loch drückt. „Mein Gott, ich weiß es nicht. Ich schreibe einfach gerne darüber!“

Er lacht und sein ganzer Körper vibriert. Ich schließe

meine Beine fester um ihn in dem Versuch, dieses Gefühl in mir zu spüren, denn verdammt, ich muss jetzt gefickt werden.

„Dafür ist später noch viel Zeit", sagt er, lässt mich auf das perfekt gemachte Bett fallen und legt sich auf mich, um mich mit seinem warmen, köstlichen Gewicht zu bedecken.

„Gott, Miles", stöhne ich, als er mein Schlüsselbein mit Küssen und Bissen verwöhnt. Ich streife meine Schuhe ab, während sich mein Körper unter seinem windet und mein Becken gegen das große, harte Glied drückt, das hinter seiner lästigen Jeans steckt. „Zieh deine Jeans aus. Ich will dich sehen."

„Du zuerst, Babe", flüstert er, steht auf und zieht mich mit sich, damit er mir das Tanktop über den Kopf ziehen kann. Mein Zopf fällt über meine nackten Brüste und er fährt mit den Fingern darüber. „Würdest du den aufmachen?"

Ich nicke wie benebelt. Ich bin mir ziemlich sicher, dass er mich dazu bringen könnte, nackt durch die Party zu rennen, wenn das bedeutet, dass ich heute Abend von ihm flachgelegt werde. Ich löse den Zopf und kämme mir mit zittrigen Fingern durch die Haare.

„Ich liebe dein Haar." Er fährt mit den Fingern durch die dicken Strähnen und schnuppert daran. *Gott, er hat an mir geschnuppert!*

„Jetzt leg dich zurück", sagt er, greift mit den Fingern in den Bund meiner Shorts und lässt sie über meine Beine gleiten, während ich es tue. Er wirft sie auf den Boden und packt meinen weißen Spitzentanga. Ich stöhne auf, als er ihn verlockend langsam herunterzieht, während seine rauen Finger meine Beine streicheln, als sie nach unten gleiten.

Als er mir den Tanga von den Füßen streift, hält er ihn hoch, drückt ihn an seine Nase und atmet tief ein.

„Verdammte Scheiße", schreie ich allein bei dem Anblick, wie er an meinem verdammten Höschen riecht. „Wie kannst du real sein?"

„Ich bin absolut real, Babe. Und das hier bekommst du nicht zurück." Er steckt das weiße Stück Stoff in seine Jeans, nimmt sein Portemonnaie aus der Gesäßtasche und holt ein Kondom aus der Innenklappe, bevor er es auf das Bett fallen lässt.

Er greift hinter sich und zieht sich das Hemd über den Kopf, und meine Augen werden bei seinem Anblick glasig. Er hat Linien an Stellen, an denen Männer Linien haben sollten. Der perfekte Umriss eines Sixpacks, breite Rippen, die sich unter seinen riesigen, fleischigen Brustmuskeln abzeichnen. Und dann ist da noch dieses *V*. Mein Gott, das *V*, das sich bis zu seinem Schwanz zieht, lässt mich jeden Mann vergessen, der jemals vor ihm da war.

Miles könnte auf dem Cover jedes einzelnen meiner Bücher stehen. Vielleicht sollte ich meine Bücher sogar neu covern. Dann würde ich wahrscheinlich mehr Exemplare verkaufen. Ich will, dass der perfekt geformte Körper dieses Mannes überall auf meiner verdammten Welt zu sehen ist.

Und wenn ich schon dachte, seine obere Hälfte sähe gut aus, dann ist das nichts im Vergleich zu seiner unteren. Er schiebt seine Jeans und Boxershorts nach unten, und der riesige Schwanz, der dabei zum Vorschein kommt, macht mir mehr als nur ein bisschen Angst. Er beschert mir Erregung, aber auch Angst.

Es ist ein wunderschöner Schwanz. Stark und stolz. Gerade und dick. Aber etwa doppelt so groß, wie ich es gewohnt bin.

Ich räuspere mich und sage: „Der Klischeespruch, den du jetzt loslassen solltest, ist: ‚Keine Sorge, Baby, es wird schon passen.'"

Er lacht über meine Imitation der Männerstimme und seine Bauchmuskeln ziehen sich auf eine wirklich sexy Art zusammen. Nachdem er das Kondom übergestreift hat, tritt er zwischen meine Beine und legt seine Wärme über mich. Unsere Nacktheit gleitet aneinander wie die herrlichsten Seidenlaken.

Miles reizt mich mit seiner Spitze. „Aber was ist, wenn ich möchte, dass es ein bisschen wehtut?"

Mit einem schnellen Stoß dringt er so schnell in mich ein, dass ich einen Moment lang nicht zu Atem komme. Meine Hände suchen auf dem Bett nach Halt, nach etwas, das ich zusammendrücken und umklammern kann, während ich gegen diese plötzliche, willkommene Invasion zwischen meinen Beinen ankämpfe. Er bietet mir seine eigenen Hände an und lässt seine Finger auf eine sanfte Art zwischen meine gleiten, was im völligen Widerspruch zu der gnadenlosen Enge zwischen meinen Beinen steht.

Er drückt meine Finger und presst unsere Hände neben meinem Kopf auf die Matratze. „Alles okay?" Er gibt mir einen sanften, zärtlichen Kuss auf die Lippen.

Ich stöhne laut auf, die heftige Sehnsucht nimmt zu und bettelt nach mehr. „Das wird es sein, sobald du dich bewegst." Ich drücke meine Hüften nach oben, um ihm mit verzweifeltem Verlangen entgegenzukommen. „Ich will, dass du mich fickst, Miles. Bitte, fick mich einfach."

„Mit Vergnügen", antwortet er, lässt meine Hände los und setzt sich wieder auf die Knie zurück. Er wirft meine Beine auf seine Schultern und streicht gleichzeitig mit seinen rauen Händen darüber. „Gott, diese verdammten Beine sind sexy."

Und mit diesem Kompliment beginnt er, so hart und schnell in mich zu stoßen, dass ich nicht einmal stöhnen kann. Es sind nur eine Menge erstickter Schluchzer, die meine Stimmbänder zu umgehen scheinen und direkt aus meiner Lunge kommen. Er reibt, hämmert und bestraft meine Muschi, und der Orgasmus, der mich durchfährt, wird völlig ignoriert – als wäre er nur einer von vielen, die er mir heute Abend geben will, also wird er ihm nicht einmal Aufmerksamkeit schenken.

Ein zweiter Orgasmus überlagert den ersten und ich schwöre, dass ich keinen weiteren mehr ertragen kann, als er nach unten greift und mit seinen rauen Fingern über meine geschwollene Klitoris reibt. Mein Kehlkopf findet endlich zu sich selbst und ich schreie vor Lust.

„Schhh", knurrt er, führt seine unanständige Hand zu meinem Mund und steckt seine Finger hinein, damit ich meine Erregung daran kosten kann. „Du musst leise sein, Babe. Unten ist eine Party im Gange, und wenn sie dich so hören, steigere ich mich nur noch mehr hinein."

Er zieht seine Finger heraus und ich stöhne: „Mein Gott, du bist verrückt." Aber in meinem Kopf sage ich mir, dass ich nie will, dass es aufhört.

„Du machst mich verrückt", antwortet er, während er weiter in mich stößt, bis ich ein drittes Mal zum Orgasmus komme.

„Denkst du, du hast genug?", fragt er, schiebt einen Finger unter meinen Hintern und reizt meinen Anus. „Oder willst du mehr?"

„Später", flehe ich, stöhne und wimmere ein wenig. „Später mehr, ich will nur sehen, wie du kommst, Miles."

Ich schaue hinunter auf seinen Schwanz, der in mich hinein und wieder heraus gleitet. Er sieht so wütend aus. Er braucht eine Erlösung.

„Dann erzähl mir noch mal was Schmutziges", scherzt er mit einem anspornenden Nicken. „Rede mit mir, wie in jener Nacht in der Bar. Gott, ich habe mir seither mindestens ein Dutzend Mal zu dieser Erinnerung einen runtergeholt."

„Hm", murmle ich, denn mein Gehirn muss einen anderen Wirbel erreichen als den, in dem es sich gerade befindet. „Okay, verdammt. Ich habe es geliebt, als du mir eben deine Finger in den Mund gesteckt hast."

„Ja?", fragt er. Seine lodernden Augen sind auf mich gerichtet. „Bist du ein schmutziges Mädchen, Mercedes?"

„Gott, ja!", stöhne ich, denn ganz ehrlich, vielleicht ist es das, was mir die ganze Zeit gefehlt hat. Ich hätte Dryston als mein Alter Ego ficken sollen, nicht als die langweilige Kate! Mercedes ist ein Freak, sowohl in der realen als auch in der fiktiven Welt. „Ich habe es geliebt, mich an dir zu kosten. Das Saure von mir und das Salzige von dir. Gott, wir schmecken gut zusammen."

„Verdammt, ja, das tun wir", antwortet er, schaut zur Decke und reitet auf der Welle, die er gerade erwischt, wobei die Sehnen seines dicken Halses in diesem Winkel vortreten.

„Ich mag deine rauen Hände auf meinem Körper", sage ich, ergreife eine seiner Hände und lege sie auf meine Brust. Er schaut wieder nach unten und beobachtet seine Hand, als ich hinzufüge: „Schau, wie heiß wir zusammen aussehen. Grob und weich. Dunkel und hell."

Er drückt meine Brust und zwickt meinen Nippel so stark, dass ich mir einen weiteren Schrei verkneifen muss. „Gott, Miles, komm für mich. Lass diesen großen Schwanz in mir kommen."

„Oh Gott", ruft er, erstarrt mitten im Stoß und explodiert in mir wie eine verdammte Kanone. Die Adern seines langen Schafts ziehen sich zusammen und verdicken sich mit jedem Samenerguss, den er in das Kondom schießt. „Gott, Mercedes."

Ich lache, denn was kann ich sonst tun? Ich habe gerade einen Typen, der meinen richtigen Namen nicht kennt, in dem Bett gefickt, das ich fast zwei Jahre lang mit meinem Ex geteilt habe. Wie viel beschissener kann diese Situation noch werden?

Ich klopfe ihm anerkennend auf die Bauchmuskeln. „Das, Miles, war buchwürdiger Sex."

Er lacht darüber, während wir uns im angeschlossenen Bad waschen und schnell anziehen, um wieder nach unten zur Party zu gehen. Ich will nicht unbedingt wieder nach unten gehen, aber da sie sozusagen zu meinen Ehren statt-findet und wir nicht einmal in meinem Schlafzimmer sind, weiß ich nicht, wie ich damit davonkommen kann, die ganze Nacht hier oben zu bleiben.

Lynsey weist mich sofort auf meine Haare hin und ich schließe die Augen, weil ich vergessen habe, sie wieder so zu flechten, wie ich sie vorher hatte. Zum Glück scheint es sonst niemandem aufzufallen.

Ich nippe an einem Drink und unterhalte mich den Rest des Abends mit meinen Freunden. Sie sind ganz entspannt, als ich ihnen meinen neuen Freund Miles von Tire Depot vorstelle. Alle lachen darüber, dass wir im Grunde Kollegen sind, nachdem ich das ganze Buch dort geschrieben habe. Wenn das ein Buch wäre, würde ich es auf jeden Fall als Büro-Romanze bezeichnen, ganz klar. *Alles begann mit einer kos-tenlosen Tasse Kaffee.*

Die ganze Nacht hindurch spüre ich die abschätzigen Blicke von Dean. Wahrscheinlich ist er wieder der überfür-sorgliche Bruder, aber ich will nicht, dass Miles einen falschen Eindruck bekommt, also beschließe ich, auf Abstand zu blei-ben. Dean ist ein Flirt, und obwohl er harmlos ist, ist es für Außenstehende schwer zu verstehen. Meine Freunde vom Studium haben mir sogar schon vorgeworfen, eine Romanze mit Dean zu haben. Die Vorstellung ist lächerlich.

Am Ende der Nacht bin ich erschöpft, und als Sam gehen will, runzle ich die Stirn, weil ich mir Sorgen mache, dass Miles mit ihm gehen wird.

„Wir sind getrennt gefahren", erklärt Miles, und ich schaue hinaus, um sein Motorrad zu sehen, das direkt vor meinem Haus parkt. „Aber ich kann gehen, wenn du willst?"

„Nein!", rufe ich aus und greife nach seiner Hand. „Du solltest bleiben …, wenn du willst, meine ich." Ich bin so un-cool, dass es nicht einmal lustig ist.

Er nickt, und dieser besorgte Blick kehrt in sein Gesicht zurück. Den Blick, den er jedes Mal hat, wenn er mich zurückgewiesen oder versucht hat, mich zurückzuweisen. Es beunruhigt mich, aber er scheint es für diese Nacht zu ignorieren, also werde ich es auch tun.

Nach einer Weile verschwinden alle, auch Lynsey und Dean. Ich mache das Licht aus, schalte die Musik ab und führe Miles in mein Schlafzimmer, das an die Küche angrenzt.

„Ich bin wirklich froh, dass du mich nicht schon vorhin hierhergeschleppt hast", sagt er mit einem Lächeln.

„Und warum ist das so?", frage ich, ziehe mir mein Tanktop über den Kopf und stehe ohne BH vor ihm.

„Weil dann mit Sicherheit jeder deine Schreie gehört hätte." Er greift schnell nach mir und ich schreie auf, als er mich hochhebt, sodass meine Titten in sein Gesicht gedrückt sind. „Ich hatte vorhin nicht genug Zeit, um die Mädels richtig kennenzulernen. Hallo, meine Damen."

Er schmiegt sein bärtiges Kinn zwischen meine Brüste, und ich lache und stoße ihn, bis er mich runterlässt. Mit einem glückseligen, sexy, unbeschreiblichen Lächeln streicht er mir die Haare hinter die Ohren und küsst mich so zärtlich, dass ich glaube, gerade eine Art Orgasmus erlebt zu haben, von dessen Existenz ich nicht einmal wusste.

Kann man vor lauter Glück einen Orgasmus bekommen? Ich glaube schon.

KAPITEL 15

Miles

Ich wache vom Geräusch brutzelnden Specks auf und setze mich ruckartig auf, wobei ich für eine Sekunde völlig vergesse, wo ich bin. Ich blinzle schnell und Mercedes' Schlafzimmer kommt ins Blickfeld. Ich schaue hinüber, sehe, dass ihre Seite des Bettes leer ist und atme aus, als mir alles wieder in den Sinn kommt.

Ich hatte letzte Nacht Sex mit Mercedes.

Ich hatte letzte Nacht wirklich verdammt guten Sex mit Mercedes …, mitten während einer Party.

Ich beuge mich vor, reibe mir die Augen und versuche, mich daran zu erinnern, wie schlimm ich letzte Nacht war. Ich kam mit hitzigem Gemüt an, das ist sicher. Aber als ich sie über Deans Schulter hängen sah, wurde mir klar, dass er mehr von ihr will – auch wenn Mercedes das noch nicht sieht.

Ich hätte nicht kommen sollen. Ich wusste, ich hätte nicht kommen sollen. Sam war derjenige, der mich dazu gezwungen und mir ein schlechtes Gewissen eingeredet hat, weil ich diesen Erfolg nicht mit ihr gefeiert habe, nach allem, was

wir zusammen bei Tire Depot erlebt hatten. Aber irgendwie wusste ich, wenn ich hierherfahre, würde ich nicht mehr
gehen. Und jetzt liege ich hier – splitterfasernackt in ihrem
weißen, flauschigen, verdammt bequemen Bett.

Das wird schlimm werden.

Ich stehe auf und schlüpfe in meine Jeans, während sich
mein Verstand mit meiner Vergangenheit und meiner Gegenwart
vernebelt und diesen wirbelnden Dunst aus Zweifel erzeugt.
Seit Jocelyns und meiner Trennung ist ein Jahr vergangen, und
ich bin völlig fertig mit ihr. Ehrlich gesagt, kann die Schlampe
glücklich bis ans Ende ihrer Tage mit ihrem alten, reichen Kauz
leben, aber ich bin immer noch nicht über den Stress einer
Beziehung hinweg. Jemanden so sehr zu lieben, dass man
buchstäblich alles tun würde, um ihn zu beschützen. Deshalb
mache ich es im Moment nur zwanglos. Ich kann mich nicht
wieder jemandem hingeben. Noch nicht.

Und irgendetwas an Mercedes schreit geradezu danach,
dass sie für zwanglos viel zu gut ist.

Ich trete in die Küche und Mercedes steht am Herd, in
engen Yogashorts und meinem schwarzen T-Shirt, das ich gerade gesucht habe. Als ich sie in der Morgensonne sehe, die
durch das Fenster über der Spüle hereinscheint, weiß ich verdammt gut, dass dieses Mädchen nicht zwanglos ist.

Ich räuspere mich. „Hemdendiebin", necke ich und stelle
mich hinter sie. Ich lege meine Hände auf ihre süßen kleinen
Hüften, woraufhin sich ihr ganzer Körper anspannt. „Was ist
los?"

Sie kichert nervös. „Bist du in Pfannkuchen-Stimmung?
Oder in der Stimmung, dir den Arm abzukauen? Ich habe näm-
lich noch nicht mit den Pfannkuchen angefangen, also ist es
jetzt an der Zeit, mir zu sagen, ob es in meinem Schlafzimmer
ein Gemetzel gibt."

Mit einem Lachen drücke ich ihr einen Kuss auf die

Schläfe. „Ich könnte essen." *Ich könnte dich fressen*, denke ich in Wirklichkeit. Ich setze mich auf den Barhocker an der Kücheninsel, um einen besseren Blick auf sie zu haben. Wie ist es möglich, dass sie am Morgen so süß aussieht? Ihre Wangen sind gerötet, und ihr rotes Haar ist zu einem großen Ball auf dem Kopf zusammengebunden. Und in meinem riesigen Hemd sieht sie gar nicht so schlecht aus.

„Wie hast du geschlafen?", fragt sie, während sie beginnt, in einer großen Glasschüssel Pfannkuchenteig zu verquirlen.

„Wie ein Stein", gebe ich zu.

Sie beißt sich auf die Lippe.

Ich lächle neugierig. „Habe ich etwas gesagt?"

Sie nickt. „Man sollte meinen, dass ich reifer wäre, da ich ständig über diese Dinge schreibe, aber das bin ich nicht. Als ich vorhin aufgestanden bin, hattest du die größte Morgenlatte, die ich je in meinem Leben gesehen habe."

Ich ziehe die Brauen hoch. „Warum hast du mich nicht geweckt? Dann hätten wir etwas dagegen tun können?"

Mercedes lächelt ein schüchternes Lächeln, das so süß ist, dass mein Schwanz zuckt. Meine Sexautorin, verdammt schüchtern? Gott, sie wird einfach immer besser.

„Du hast so fest geschlafen", erklärt sie. „Und ich dachte, drei Orgasmen reichen für zwölf Stunden."

Ich lege lachend Kopf in den Nacken. „Ich glaube nicht, dass man Orgasmen jemals eine Obergrenze setzen sollte."

Ihre Augen finden meine, und mit einem heißen Blick beginnt die sexuelle Spannung zwischen uns zu brutzeln wie Speck in einer Pfanne. Sie leckt sich über die Lippen. „Willst du nur dasitzen und mich mit Schlafzimmerblick ansehen, oder hilfst du mir beim Frühstück machen?"

Ich stehe auf und strecke mich. „Ich brauche vielleicht mein Hemd. Es wäre eine Schande, wenn ich mir die hier mit Speckfett verbrannte."

Ich fahre mit den Fingern über meine Bauchmuskeln, und Mercedes starrt so angestrengt, dass sie den Pfannkuchenteig auf der heißen Herdplatte verschüttet.

„Pfannkuchen", sage ich mit Blick auf die Sauerei.

„Was?", murmelt sie, immer noch auf meinen Körper starrend.

„Mercedes, die Pfannkuchen!", rufe ich, als Rauch von der Stelle auf dem Herd aufsteigt. Ich gehe schnell um den Tresen herum und nehme ihr die Schüssel aus der Hand.

„Scheiße!", ruft sie, als sie sich aus ihrer Benommenheit losreißt. Sie stellt die Schüssel ab, schaltet den Brenner aus und nimmt sich einen Lappen, um alles aufzuwischen. Ihre verlegenen Augen blicken durch ihre dunklen Wimpern zu mir auf. „Vielleicht ist es keine schlechte Idee, dir dein T-Shirt zurückzugeben."

Nachdem Mercedes ein Oberteil aus ihrem Zimmer geholt hat, ziehe ich meins an und helfe ihr schließlich beim Essen. Es ist eine sehr häusliche, samstagmorgendliche Pärchentätigkeit, und als wir uns zum Essen an ihren Küchentisch setzen, kann ich meine Gedanken nicht mehr ignorieren.

Ich träufle Sirup über meinen kleinen Stapel und beschließe, einfach damit rauszurücken. „Ich glaube, ich muss dir sagen, dass ich gestern Abend nicht hierhergekommen bin, um … das zu tun." Ich zeige nach oben und zu ihrem Zimmer, denn das sind die beiden Orte, die wir bisher eingeweiht haben.

Sie runzelt nervös die Stirn. „Okaaay."

„Ich meine, es war gut, versteh mich nicht falsch. Sogar verdammt gut. Aber ich möchte, dass du weißt, dass das nicht mein Plan war."

Sie atmet schwer aus und konzentriert sich ganz darauf, ihre Pfannkuchen mit Butter zu bestreichen. „Ist das die Stelle, an der du mir sagst, dass du nicht in der Lage bist, jemanden wieder zu mögen?"

Ich lege meine Gabel ab und starre sie an, bis sie zu mir aufsieht. „Vielleicht?“, sage ich mit entschuldigender Miene.

Ihr Kiefer verkrampft sich, aber sie blickt nach unten und nimmt ihre Essensvorbereitung wieder auf. „Das ist in Ordnung.“

Ich schnaube: „Ach ja?“

„Ja!“, ruft sie aus und sieht lächelnd zu mir herüber. „Das ist keine große Sache, Miles. Wir hatten Sex. Du hast mich nicht um eine feste Beziehung gebeten. Ich verdrehe das nicht.“

„Nun … gut“, antworte ich ein wenig verwirrt, während ich noch mehr esse und die Stille über uns hereinbrechen lasse. Schließlich schaue ich auf und füge hinzu: „Ich habe nur den Eindruck, dass du nicht gerade ein zwangloses Mädchen bist, und ich möchte dich nicht in eine unangenehme Situation bringen.“

„Überhaupt nicht unangenehm!“, antwortet sie lachend, während sie einen riesigen Bissen Pfannkuchen isst. Sie fährt sich mit den Fingern über den vollen Mund und murmelt: „Mir geht’s gut …, großartig sogar. Ich hatte letzte Nacht richtig guten Sex!“

Meine Augen verengen sich skeptisch. Sie verhält sich seltsam. Seltsamer als sonst. „Also, was bedeutet das dann?“

Sie zuckt mit den Schultern und nimmt einen Schluck von ihrem Orangensaft. „Es kann bedeuten, was immer wir wollen. Wir können Freunde bleiben, oder nicht. Wir können weiter Sex haben, oder nicht.“

Ich verschlucke mich fast an einem Bissen Speck. „Weiter Sex haben?“

Ihre Wangen erröten. „Ja! *Du* hast gesagt, ich sei nicht zwanglos, das ist aber falsch. Ich bin so zwanglos wie nur möglich. Zwanglos mit einem großen Z. Ich schreibe bei Tire Depot, um Himmels willen.“

Ich ziehe die Brauen hoch. „Gutes Argument.“

Sie steht auf und bringt ihren halbleeren Teller zur Spüle.

„Ich hätte Lust auf etwas Zwangloses …, ehrlich gesagt. Ich bin sowieso schon ein Workaholic, also ist es nicht so, dass ich Zeit hätte, mich einem festen Freund zu widmen."

„Ach?", frage ich neugierig, verärgert darüber, dass ich mich durch ihre Bemerkung auch ein wenig zurückgewiesen fühle. *Ich bin so ein Arschloch.* „Aber du hast dein Buch beendet. Wie viel Arbeit kann es da noch geben?"

Darüber lacht sie. „Oh Miles, wie wenig du über meine Bücherwelt weißt. Der Teil bei Tire Depot ist der leichte. Jetzt beginnt die harte Arbeit. Das Lektorat. Die Vermarktung. Und außerdem fange ich schon mit dem nächsten Buch an."

Daraufhin lehne ich mich auf meinem Hocker zurück. „Also gut, was hast du dir vorgestellt?"

Sie räumt ihren Teller in den Geschirrspüler und steht eine ganze Weile mit dem Rücken zu mir da, bevor sie sich plötzlich auf dem Absatz umdreht und mit großen Augen ausruft: „Buchrecherche!"

„Buchrecherche?", wiederhole ich.

Sie nickt. „Ich, ähm …, könnte wieder etwas Hilfe von dir für die Buchrecherche brauchen. Schlafzimmerzeug, kein Motorradzeug."

Ich ziehe neugierig die Brauen hoch. „Welchen verrückten Scheiß schreibst du jetzt, den du nicht schon in deinen erotischen Romanen verarbeitet hast?"

Sie rollt mit den Augen und stützt sich mit den Ellbogen auf dem Tresen mir gegenüber ab, sodass ich den perfekten Blick auf ihr Dekolleté in dem engen Tanktop habe. „So ist es nicht. Ich brauche Hilfe, um mich in die Gedanken eines Mannes hineinzuversetzen. Meine *Bed 'n Breakfast*-Serie war immer aus der Sicht einer Frau erzählt. Aber für mein neues Buch möchte ich in der Doppelperspektive schreiben. Ein Kapitel wird also in der weiblichen und eines in der männlichen Sichtweise sein. Ich werde zwischen den beiden abwechseln."

Mein Tonfall ist flach, als ich antworte: „Ich weiß, was Doppelperspektive ist, Mercedes."

„Okay, tut mir leid", antwortet sie mit einem verlegenen Lächeln, während sie mit dem Handtuch spielt, das vor ihr auf dem Tresen liegt. „Glaubst du, dass du mir vielleicht helfen kannst?" Sie sieht mich mit großen, nervösen Augen an und ist sichtlich ängstlich, sich auf diese Weise geoutet zu haben.

Ich schaue zurück und frage mich, ob ich die Herausforderung annehmen kann. Mehr Sex mit einem Mädchen, das ich tatsächlich mag, aber keine Beziehung? Keine Bedingungen. Keine Verpflichtung. Kann es wirklich so einfach sein?

Ich nehme meinen leeren Teller und schreite um den Tresen herum zum Spülbecken. Ich spüre ihre Augen auf mir, als ich antworte: „Um das klarzustellen, du schlägst mir eine Freundschaft mit Zusatzleistungen vor, richtig?" Ich stelle den Teller in die Spüle und drehe mich zu ihr um, lehne mich mit dem Rücken gegen den Tresen und verschränke die Arme.

Ihre Augen starren einen Moment lang auf meinen Bizeps, bevor sie mit einem süßen Lächeln antwortet: „Das ist ein uraltes Konzept."

Ich lache und spüre ein Gefühl der Euphorie in mir aufsteigen. Dieser Morgen entwickelt sich viel besser, als ich erwartet hatte, als ich vorhin aus ihrem Bett aufgestanden bin. Eigentlich ist er sogar verdammt fantastisch.

Ich verringere den Abstand zwischen uns und halte sie fest, indem ich meine Vorderseite gegen ihre drücke. „Sollen wir jetzt anfangen? Ich meine, ich würde es hassen, deine Bildung noch eine Minute länger leiden zu sehen."

Sie lacht und legt ihre Hände flach auf meine Brust, um mich zurückzudrücken. „Eigentlich wollte ich dich fragen, ob du mir nicht zuerst bei einem kleinen Projekt helfen könntest, wenn wir schon dabei sind, Freunde zu werden."

Ich wackle mit den Augenbrauen. „So eine Art Nacktprojekt?"

Sie runzelt die Stirn und beißt sich verlegen auf die Lippe. „Du kannst nackt sein, wenn du willst, aber ich weiß nicht, wie sicher das wäre."

Mein Lächeln verblasst.

„Meinst du, du könntest mir helfen, die Sachen meines Mitbewohners nach unten zu bringen? Ich lasse mir diese Woche einen dieser Container für seine Sachen liefern. Ich möchte aus dem oberen Zimmer eine Schreibstube machen."

Ich ziehe die Brauen zusammen. „Du wirst nicht weiter bei Tire Depot schreiben?" Die Enttäuschung, die ich bei diesem Gedanken empfinde, ist mir nicht entgangen.

„Ich weiß es noch nicht." Sie zuckt mit den Schultern. „Vielleicht. Aber ich will das erst einmal ausprobieren."

„Okay", antworte ich mit einem Stirnrunzeln. „Aber du weißt, dass du dort immer noch schreiben kannst. Keiner weiß von dir."

Sie lacht und zieht neugierig die Augenbrauen zusammen. „Das werden wir sehen." Sie zuckt wieder unverbindlich mit den Schultern, und es ist nervig. Warum will sie dort nicht mehr schreiben?

Ich schüttle meine Aufregung ab, trete zurück und breite meine Arme aus, um mich zu strecken. „Was hat dein Mitbewohner denn angestellt, dass du sauer genug bist, um sein Zeug rauszuschmeißen?"

Sie rollt mit den Augen. „Was hat er nicht getan?"

Ich lache über ihre niedliche Art und antworte: „Nun, ich werde dir auf jeden Fall helfen. Das ist das, wofür Typen wie ich geboren wurden." Ich zwinkere ihr zu und spanne übertrieben die Arme an. „Sollen wir vor oder nach der harten Arbeit duschen?"

Sie lächelt. „Warum nicht beides?"

KAPITEL 16

Kate

„Ich habe mich auf eine zwanglose Sexfreundschaft mit einem Mechaniker von Tire Depot eingelassen, der denkt, ich heiße Mercedes", stöhne ich meiner Autorenfreundin Hannah am Telefon vor, während ich dramatisch auf dem nun leeren Boden des oberen Schlafzimmers ausgebreitet daliege. „Sag mir, was ich tun soll."

„Okay, für welches Buch ist das?"

„Es ist nicht für ein Buch."

„Warte, was?", fragt sie.

„Es ist nicht für ein Buch. Es ist für mich."

„Das passiert dir tatsächlich?"

„Ja."

„Im richtigen Leben?"

„Ja, Hannah! Und ich mag ihn viel mehr als nur einen Freund, kannst du mir also bitte helfen? Ich bin im Krisenmodus und weiß nicht, was ich tun soll!"

„Abgesehen davon, ihn bei jeder Gelegenheit zu vögeln?"

„Ja. Ich meine …, ich gehe ihm diese Woche aus dem

Weg, um irgendwie ganz cool und unbefangen rüberzukommen, damit er nicht merkt, dass ich ihn mag."

„Was du tust."

„Ja, aber ich will nicht, dass er das weiß!"

„Hör mir zu", sagt sie, und ich schwöre, dass ich höre, wie ihr Laptop zugeklappt wird. „Du wirst Folgendes tun: Du wirst campen gehen."

„Campen?", wiederhole ich.

„Campen."

„Warum?"

„Weil Blaumänner diesen Scheiß lieben. Sag ihm, es ist für die Buchrecherche, und du brauchst seine Hilfe."

„Oh! Das ist gut, denn diese Ausrede habe ich schon benutzt!"

„Perfekt. Ich kann mir vorstellen, dass sich das wie ein verdammter Film abspielt, und du weißt ja, wenn ich eine Handlung erstelle und sie sich wie in Filmen abspielt, ist es ein Bestseller."

„Ja!", quieke ich aufgeregt und setze mich auf, da ich jetzt zu nervös bin, um zu liegen.

Ihre Stimme wird spöttisch hoch, wie eine Marilyn-Monroe-Imitation. „Du wirst liebenswert und unbeholfen sein und nicht wissen, wie man eine Angelrute auswirft, und er wird erkennen, wie viel Spaß es macht, campen zu gehen und in einem Zelt zu ficken." Am Ende wechselt sie ihren Tonfall zu einer harten Männerstimme und ich halte mir buchstäblich den Bauch vor lauter Lachen.

„Oh mein Gott, das klingt gut."

„Aber lass ihn eine Weile schwitzen, bevor du ihn anrufst. Wann hast du das letzte Mal mit ihm geschlafen?"

„Vor zwei Tagen."

„Perfekt. Warte noch ein paar Tage. Lass ihn sich eine ganze Woche lang fragen, was du tust. Das wird ihn wahnsinnig machen. Und wenn du ihn dann siehst, tu ganz cool. Als wärst du eine von den Jungs."

„Das klingt wirklich gut."

„Siehst du? Ideen aus Büchern können in der realen Welt angewendet werden."

„Du bist ein Genie, Hannah", sage ich, setze mich auf und schaue mich in dem leeren Zimmer um. Jetzt ist so gut wie jeder andere Zeitpunkt, um umzudekorieren. „Ich gehe campen!"

„Sag mir, wohin die Pizza geliefert werden soll."

„Ha-ha. Miststück."

KAPITEL 17

Miles

„Alter, du bist so was von am Arsch", sagt Sam, der mich total unvorbereitet erwischt, als ich aus dem Fenster in die Gasse starre.

„Herrgott, du Arschloch, gib einem doch eine Vorwarnung!", rufe ich aus und presse meine Hand auf meine Brust, während ich spüre, wie mein Herzschlag hämmert. „Warum schleichst du so?"

„Ich bin nicht geschlichen." Er blickt stirnrunzelnd auf seine Füße hinunter.

„Doch, das bist du", knurre ich und werfe meinen Schlagschrauber in meinen Werkzeugkasten. „Ich habe dich nicht gehört, weil du dich wie ein Freak an meinen Platz herangepirscht hast."

„Ich habe mich nicht herangepirscht, du Idiot. Ich bin wie ein Mensch gegangen. Du warst nur die ganze Woche in deiner eigenen kleinen Welt und hast aus dem Fenster geschaut wie ein verliebter Teenager. Wenn jemand ein Freak ist, dann du."

Ich verdrehe die Augen und muss gegen den Drang ankämpfen, nicht wieder aus dem Fenster zu schauen, in der Hoffnung, einen Blick auf Mercedes zu erhaschen. Es ist zu einer Angewohnheit geworden, von der ich nicht einmal mehr weiß, dass ich sie ausübe. Möglicherweise sogar schlimmer als Lakritzrauchen.

Seit ihrer Party ist eine Woche vergangen, und es frustriert mich immer mehr, dass sie nicht zum Schreiben ins Tire Depot zurückgekehrt ist. Oder mich angerufen hat.

„Ich dachte, du hättest gesagt, es wäre zwanglos", sagt Sam, stützt sich auf einen metallenen Werkstatthocker und kurbelt am leeren Schraubstockgriff.

„Das ist es auch. Ich bin nicht besessen. Ich … frage mich nur, warum sie nicht zurückkommt. Wahrscheinlich habe ich es vermasselt."

„Was genau hast du vermasselt? Du hast gesagt, du willst nicht mehr als eine zwanglose Beziehung mit ihr."

„Ich will Freundschaft", presse ich zwischen zusammengebissenen Zähnen hervor, während ich den Reißverschluss meines Overalls öffne und heraussteige. „Ich mag sie als Freundin. Sie ist anders als alle anderen, die ich bisher getroffen habe. Sie sagt immer etwas, das mich überrascht, und sie ist auf eine ungefilterte, echte Art wirklich verdammt cool. Sie ist cooler als du, das ist verdammt sicher."

Sam hält sich angesichts meines Seitenhiebs die Brust. „Warum willst du dann nicht mehr als Freundschaft mit jemandem, der so cool ist?"

„Du weißt, warum", knurre ich fast und höre dann mein Telefon von der Werkbank aus piepsen. Meine Nerven liegen blank, als ich über den Bildschirm wische, um es zu entsperren, und Sam schnell antworte: „Ich kann mich nicht wieder in ein Drama verwickeln lassen."

„Nicht jedes Drama ist schlecht", murmelt Sam, während ich auf meinen Bildschirm starre.

Mercedes: Willst du mir bei der Buchrecherche helfen? ;)

Ich: Ja.

Mercedes: Meine Güte. Was wäre, wenn ich sagte, dass es Sex mit einem Tier oder einem leblosen Objekt oder so etwas beinhaltet?

Ich: Tut es das?

Mercedes: Nein.

Ich: Dann ja.

Mercedes: Okay, kannst du heute Abend vorbeikommen?

Ich: Ja.

Mercedes: Cool, bring Bier und Pizza mit.

Ich: Geht klar.

Mercedes: Und bring deine Buch-Boyfriend-Arme mit. ;)

Ich grinse wie ein verdammter Idiot, als mir einfällt, dass Sam immer noch direkt vor mir sitzt. Ich schaue auf und verdrehe bei seinem grimmigen Blick die Augen. „Lass hören."

Er hält sich die Hände vor den Mund und brüllt. „Du bist am Arsch!"

Als ich vor Mercedes' Haus vorfahre, bin ich so nervös wie noch nie zuvor. Als ich letzte Woche zu ihrer Party kam, hatte ich keine Erwartungen an den Abend. Was zwischen uns passiert ist, war nicht geplant. Ich hatte das Gefühl, dass etwas passieren könnte, aber das ist etwas ganz anderes, als vor dem Haus eines Mädchens zu sitzen und zu wissen, dass man nach Betreten des Hauses Sex haben wird. Dieses Gefühl ist zu gleichen Teilen aufregend und nervenaufreibend.

Hör auf, ein Weichei zu sein, Miles.

Ich nehme die Pizza und das Bier vom Sitz meines Wagens und mache mich auf den Weg zu ihrer Haustür. Als sie sie öffnet, weiß ich genau, warum ich heute Abend so nervös war.

Dieses Mädchen ist viel zu heiß für mich.

Sie trägt ein kokettes dunkelblaues Sommerkleidchen mit großen rosa Blumen darauf. Ihr rotes Haar ist wieder glatt, wie an dem Abend in der Bar, als wir uns zum ersten Mal küssten. Sie hat sich nur leicht geschminkt, aber ihre Wimpern sind lang und umrahmen ihre blauen Augen wunderschön. Ihre Lippen schimmern mit einem rosafarbenen Glanz, der in mir den Wunsch auslöst, mich vorzubeugen und …

„Hey, Bro!", schreit sie und schlägt mir auf die Schulter.

Ich runzle die Stirn und ziehe mich zurück. „Hey?" Ich formuliere es als Frage, weil ich mir nicht sicher bin, warum sie mich so angesprochen hat.

Sie streckt die Hand aus und greift nach dem Bier. „Danke, dass du die Bierchen mitgebracht hast." Sie macht auf dem Absatz kehrt und bedeutet mir, hereinzukommen, während sie das Bier auf dem Couchtisch abstellt. Sie schreitet hinüber und nimmt mir den Pizzakarton ab. „Ich bin so hungrig, ich könnte den Hintern eines toten Nashorns essen."

„Hast du einen Schlaganfall?", frage ich ausdruckslos, denn was zum Teufel ist hier los?

„Was meinst du?", zwitschert sie mit großen Augen, während sie den Pizzakarton umklammert.

„Warum redest du so?"

„Das ist meine zwanglose Stimme."

Mein Gesicht verzieht sich ungläubig. „Ich habe deine zwanglose Stimme gehört, und sie besteht normalerweise darin, poetisch über kostenlosen Kaffee und Kekse zu schwärmen. Sag mir, was du da tust."

„Ich habe keine Ahnung!", ruft sie und dreht sich um, um die Pizza neben dem Bier abzustellen. Als sie mich wieder ansieht, fügt sie hinzu: „Ich habe versucht, ein Freund zu sein. Ein Bro. Einer von den Jungs. *Au casuale.*"

Ich muss mir ein Lachen verkneifen. „Na dann hör auf damit. Ich werde keinen der Jungs ficken, und so heiß wie du in diesem Kleid aussiehst, würde ich dich heute Abend sehr gerne ficken."

„*Hannah ist eine Idiotin*", knurrt sie leise vor sich hin.

„Wer?"

„Niemand", strahlt sie und lässt ihre Hände über ihre Hüften gleiten. „Also gefällt dir mein Kleid?"

Ich nicke und ziehe die Brauen hoch angesichts der rosigen Farbe, die sich auf ihren Wangen ausbreitet. „Auf dem Boden würde es mir besser gefallen."

Ich komme näher und ziehe ihren Körper an meinen, aber sie zieht sich zurück. „Nun, das wird warten müssen, denn ich bin wirklich ausgehungert."

Ich atme durch die Nase aus, ein leises Grollen vibriert in meiner Brust. „Na gut."

Wir machen es uns auf der Couch bequem, und Mercedes legt mir ein paar Stücke auf einen Teller. Ich öffne unsere beiden Biere, und wir speisen nach Boulder-Art.

„Und wie ist es dir ergangen?", frage ich, während sie einen Bissen nimmt.

„Gut! Dir?"

„Gut", antworte ich, während ich auf ihre glatten, nackten Beine hinunterschaue. „Was hast du die ganze Woche gemacht?"

Sie hebt neugierig die Brauen. „Was meinst du?“

„Ich meine, ich habe dich nicht zu Tire Depot kommen sehen, also habe ich mich gefragt …, wo hast du geschrieben?“ *Herrgott, Miles, reiß dich zusammen! Bist du ernsthaft eifersüchtig darauf, wo sie jetzt schreibt?*

Sie leckt etwas Soße von ihrem Finger ab, bevor sie antwortet. „Nun, ich habe das obere Schlafzimmer neu dekoriert.“

Plötzlich bemerke ich, dass alles aus dem Schlafzimmer, das wir unten aufgestapelt hatten, weg ist. „Wann ist der Container gekommen? Ich sagte doch, du sollst mich anrufen, dann helfe ich dir beim Verladen.“

Sie beißt sich auf die Lippe. „Er kam Mittwoch, aber es ist in Ordnung. Ich habe es geschafft.“

„Du hast es geschafft?“, frage ich, die Stirn ungläubig in Falten gelegt. „Einiges von dem Zeug war wirklich schwer. Wie hast du das geschafft?“

Sie schaut kurz nervös, richtet sich auf und antwortet: „Lynsey hat geholfen. Und Dean.“

Ich lehne mich ein wenig zurück, Ärger kribbelt auf meiner Kopfhaut. „Ich sagte doch, ich würde dir helfen.“

Sie zuckt mit den Schultern. „Ich wollte dich nicht stören.“

„Das wäre kein Problem gewesen“, erwidere ich, wobei mein Kiefer vor Frustration angespannt ist.

„Was ist schon dabei?“, erwidert sie, und ihre Stimme wird abwehrend.

Ich atme tief ein und langsam wieder aus. So habe ich mir den heutigen Abend nicht vorgestellt. Ich muss mich verdammt noch mal beruhigen, oder ich ruiniere sowohl den Freundschafts- als auch den Zusatzleistungsteil dieser Vereinbarung. „Nichts, tut mir leid.“ Ich räuspere mich und nehme einen weiteren Bissen Pizza. „Du hast also umdekoriert?“

Dieser Themenwechsel zaubert ein Lächeln auf ihr Gesicht. „Ja! Es sieht ziemlich gut aus. Ich habe sogar einen neuen Schreibtisch, der sich heben und senken lässt, sodass ich im Stehen schreiben kann, wenn ich will.“

„Warum willst du im Stehen schreiben?“, frage ich todernst.

Sie zuckt mit den Schultern. „Ich weiß es nicht. Offenbar ist es gesünder. Ich werde es wahrscheinlich sowieso nie benutzen, da ich scheinbar nicht mehr in den Schreibrausch kommen kann.“

Ich schüttle den Kopf. „Warum bist du dann diese Woche nicht wieder zu Tire Depot gekommen? Der Kaffee schmeckt immer noch wie früher. Ich habe ihn probiert.“

Sie stellt ihren Teller ab und greift nach ihrem Bier. „Ich weiß nicht. Es scheint jetzt … unnötig. Überflüssig. Ich bin frustriert, dass ich nicht in meinem eigenen verdammten Haus schreiben kann. Ich habe das ganze Zimmer neu eingerichtet, und der Schreibtisch war verdammt teuer.“

Ich nicke und stelle meinen Teller ab, um mir ebenfalls mein Bier zu holen. „Hast du deshalb beschlossen, dass heute eine gute Nacht für die Recherche ist?“

Sie nickt und wackelt mit den Augenbrauen. „Ich dachte, das würde mich in Stimmung bringen, buchstäblich.“ Ihr Kichern danach ist so liebenswert, und ich spüre, wie sich meine eigene Stimmung mit ihrer aufhellt.

Aber aller Humor ist dahin, als ich ein freches Glitzern in ihren Augen bemerke, als sie ihre rosa Lippen um das braune Glas legt und einen langen, kühlen Schluck nimmt. Mein Körper erwacht zum Leben, als die Erinnerungen an das letzte Wochenende hochkommen und mich daran erinnern, wie großartig sie sich nackt an mir fühlt.

„Dann lass uns an die Arbeit gehen", knurre ich fast, während ich auf einen Biertropfen an ihrer Unterlippe starre.

Sie schluckt und leckt ihn weg, während sie auf meinen Teller hinunterschaut. „Du hast noch nicht einmal deine Pizza aufgegessen."

„Ich habe Hunger auf etwas anderes", murmle ich, beuge mich vor, nehme ihr das Bier aus der Hand und stelle es mit einem hörbaren Knall neben meinem auf dem Tisch ab.

Als ich mich zurücklehne, rutsche ich näher heran, sodass sich unsere Beine berühren. Ich lege meine Hand direkt über ihr Knie, grabe meine Finger in die Innenseite ihres Oberschenkels und taste mich langsam nach oben. Sie presst die Beine zusammen, als ich ihr in die Augen sehe. Sie zittert mit einem offensichtlichen Schauder der Vorfreude.

„Okay, gut, ich bin auch hungrig nach Sex", murmelt sie und holt tief Luft. „Aber ich muss die ganze Zeit hören, was du denkst, wenn wir das machen …, du weißt schon …, für die Recherche und so."

„Für die Recherche und so", wiederhole ich, lecke mir über Lippen und versuche, nicht zu grinsen.

„Das ist ernst, Miles."

„Okay", willige ich ein. „Aber ich muss dich warnen. Ich werde wahrscheinlich nicht sehr redegewandt sein, wenn ich in dir vergraben bin."

Sie schluckt langsam und windet sich auf ihrem Stuhl, als meine Hand noch ein Stück weiter nach oben wandert. Ihre Stimme ist heiser, als sie antwortet: „Du hattest in der Nacht meiner Party keine Probleme, dich zu artikulieren."

Ich lache bei dieser Erinnerung. „Nun, das waren mildernde Umstände."

„Waren sie das?" Sie beißt sich auf die Lippe und starrt auf meine Hand hinunter, die jetzt unter ihrem Rock verschwunden ist.

„Ja“, antworte ich, wobei ich ihren Schenkel drücke. „Ich war sexuell unglaublich frustriert. Ich hatte wochenlang zugesehen, wie du so verdammt sexy und erfolglos heimlich ins Comfort Center getänzelt bist.“

„Erfolglos?“, ruft sie abwehrend aus.

„Ja, du warst nicht das, was ich als heimlich bezeichnen würde.“

„Halt die Klappe.“ Sie kichert und schiebt ihre Unterlippe vor, um ein Schmollen vorzutäuschen.

„Dann hast du mich in dieser Bar geküsst und bist auf meinem Motorrad mitgefahren. In der Nacht deiner Party war ich ein sexuell beraubter Wahnsinniger. Dann habe ich dich beim Flirten mit diesem Typen erwischt …“

„Ich habe nicht geflirtet!“, ruft sie mit einem harten Stoß gegen meine Schulter.

Ich ziehe meine Hand unter ihrem Rock hervor und nutze ihren Schwung, um sie auf meinen Schoß zu ziehen. Sie kommt mir freudig entgegen, setzt sich rittlings auf mich, legt ihre Hände auf meine Schultern und spielt gedankenlos mit dem Ausschnitt meines T-Shirts.

Langsam gleite ich mit meinen Händen ihre nackten Schenkel hinauf, und die Bewegung lässt sie ihre Beine noch weiter spreizen. „Ich weiß, dass du nicht geflirtet hast, aber ich wollte dich so sehr ficken, dass ich nicht mehr klar denken konnte.“

Sie zieht ihre Lippen ein und reibt sie aneinander, scheinbar beruhigt durch diese Antwort. „Also, worauf warten wir dann noch?“, fragt sie und stellt scharfen Augenkontakt mit mir her, während sie ihre Hüften schamlos auf meinen Schritt drückt.

Mein Schwanz entwickelt seinen eigenen Herzschlag, als die Hitze ihrer Mitte meine Erektion berührt. Ich greife nach oben und umfasse ihr Gesicht, um endlich unsere

Lippen miteinander zu verbinden. Ihr Gloss schmeckt nach Erdbeeren und ich streiche mit meiner Zunge über ihre geöffneten Lippen, um mehr von ihr zu kosten. Sie kämmt ihre Finger durch mein Haar und bietet mir Paroli.

Dann …

Sie stützt sich mit den Händen auf der Rückenlehne der Couch ab und fängt an, sich an mir zu reiben.

Ich unterbreche unseren Kuss, atemlos und ein wenig benommen. Ich streiche ihr die roten Strähnen hinter die Ohren, damit ich ihr Gesicht besser sehen kann und frage: „Willst du mich trocken bumsen?"

Sie lächelt, ihre Lippen sind ein wenig rot von meinen Stoppeln, während sie ihre Hüften wieder gierig gegen mich stößt. „Vielleicht."

Mein Schwanz zuckt, meine Hände fallen von ihrem Gesicht und ruhen auf ihren Hüften, während ich die Bewegung mitmache, als wäre sie eine Art Wellenbad in einem Freizeitpark. Die Beschaffenheit meiner Jeans wird schmerzhaft, als mein Schwanz seine volle Länge erreicht.

„Sag mir, was du denkst", keucht sie und lässt ihre Stirn auf meine sinken, während sie sich weiter auf mir bewegt.

Ich drücke meinen Kopf an ihre Brust, die schmerzhafte Enge in meiner Hose ist unerträglich, aber ich will auch nicht aufhören. Es ist wie ein Juckreiz, der sich so verdammt gut anfühlt, wenn man daran kratzt, aber man weiß, wenn man es zu lange macht, wird es am Ende wund und unangenehm sein.

„Schon im Recherchemodus?", frage ich, lasse meine Hände seitlich an ihren Rippen hinaufgleiten und umfasse ihre Brüste durch den seidigen Stoff.

„Oh", stöhnt sie laut, ihre Augen schließen sich, als meine Finger über ihre offensichtlich unbedeckten Nippel streichen. „Und ja, sag mir, was in deinem Kopf vorgeht."

Während sie sich weiter an mir reibt, knabbere ich durch

ihr Kleid hindurch an ihrer Brust. „Ich denke daran, wie dünn bedeckt deine kleine Muschi ist, während sie sich auf meinem dicken, harten Jeansstoff bewegt."

„So hart", wiederholt sie, die Augen immer noch geschlossen, während sie ihre Hüften auf meinem Schoß kreisen lässt.

„Und es fühlt sich so gut an, wenn du auf meinem Schwanz reitest, aber ich wette, deine kleine Klitoris brennt geradezu darauf, erlöst zu werden. All diese Reibung. Ich wette, du hast deinen Slip durchnässt."

„Ja", flüstert sie und fährt sich mit der Hand durch die Haare, während sie sich schneller an mir reibt. „Was noch?"

Mein Schwanz wird von Sekunde zu Sekunde wütender, also beschließe ich auf der Stelle, dass es mit dem Trockenbumsen für heute Abend vorbei ist. „Ich will dich nackt und in einem Bett, *jetzt*."

Ihre blauen Augen werden groß, die Pupillen sind geweitet und ihr Haar ist ein wildes Durcheinander, als sie ihre Hände auf meine Brust legt. „Sehr wortgewandt", sagt sie grinsend und blickt kurz über ihre Schulter. „Aber wir gehen nach oben. Ich will das neue Bettzeug einweihen, und ich kann mir keinen besseren Zeitpunkt dafür vorstellen."

Mit einem halben Lächeln helfe ich ihr von meinem Schoß und starre den ganzen Weg nach oben auf ihren Hintern. Mein Schwanz ist verdammt hart in meiner Jeans, und ich kann es kaum erwarten, ihn in ihr freizulassen.

Als wir das obere Schlafzimmer betreten, bin ich überrascht über die Veränderung. Rechts steht ein weißer Schreibtisch mit einem grauen, gepolsterten Sessel, der wirklich verdammt bequem aussieht. Ihr Laptop liegt zugeklappt oben auf dem Schreibtisch. Sonst ist nichts darauf zu sehen. Kein Leben. Er wurde offensichtlich eingerichtet und bisher nicht benutzt.

In der Mitte des Zimmers steht ein riesiges Kingsize-Bett. Größer als das, das sie im Erdgeschoss hat. Da ich ein großer Kerl bin, gefällt mir das sehr gut. Es ist mit einer grauen Leinenbettdecke bezogen, auf der einige bunte Kissen verteilt sind. Über dem Bett hängt ein moderner Kronleuchter, den Mercedes gedimmt hat, um die Stimmung für weitere „Recherchen" einzustellen.

Ich will mehr, greife nach ihrer Hand und ziehe sie für einen Kuss zu mir heran. Sie drückt gegen meine Brust und schiebt mich zurück, bis meine Beine mit der Rückseite das Bett treffen und ich gezwungen bin, mich zu setzen. „Recherche zuerst", schimpft sie, als wäre ich ein ungezogener Schuljunge.

„Du bist wirklich ein Workaholic", necke ich.

„Du bist wirklich ein Sexfanatiker", stichelt sie zurück und entfernt sich von mir, sodass sie ganz allein auf dem Parkettboden steht, völlig außerhalb meiner Reichweite. „Also lass uns mit etwas Einfachem anfangen. Was geht dir durch den Kopf, wenn ich das hier mache?"

Sie wirbelt auf ihren nackten Füßen herum, ihr Kleid fächert sich um sie herum so weit auf, dass ich einen Blick auf ihren weißen Tanga und ihre nackten Pobacken erhaschen kann.

Sie hält inne, und ich hebe die Brauen. „Willst du die ehrliche Wahrheit?"

„Natürlich", sagt sie und runzelt die Stirn, als würde sie sich darauf vorbereiten, mentale Notizen zu machen.

„Ehrlich gesagt, weil ich so bin, wie ich bin, habe ich nur daran gedacht, dass ich hoffe, dass du dieses Kleid nie wieder in der Öffentlichkeit tragen wirst."

„Was? Warum?" Sie schaut anklagend darauf hinunter

„Weil ich alles gesehen habe, als du das getan hast. Also kannst du entweder das Kleid nicht tragen oder du musst ein großes Oma-Höschen darunter tragen. Oder noch besser, ein Exemplar meiner Basketballshorts."

Sie lacht über diese Idee. „Guter Gott, du bist unmöglich. Gut, dass du nicht mein fester Freund bist."

Ihre Antwort löst eine leichte Anspannung in mir aus, aber ich verberge meine Reaktion und wiederhole: „Gut."

„Okay, versuchen wir mal etwas Schwierigeres. Was denkst du, wenn ich das mache?" Sie beugt sich vor und zieht ihren kleinen weißen Tanga aus, den ich vor wenigen Sekunden noch so perfekt gesehen habe. Sie steht wieder auf und wirft ihn über ihre Schulter.

„Ich denke an vieles", antworte ich, während ich mit den Händen über meine Oberschenkel fahre. Es ist schmerzhaft, jetzt so weit von ihr entfernt zu sein, und ich glaube nicht, dass ich das noch lange durchhalte.

„Okay, und was genau?" Sie bedeutet mir, es näher auszuführen.

Ich räuspere mich und mustere sie wie einen Preis, der beansprucht werden will. „Ich denke an die Tatsache, dass ich anhand der Feuchtigkeit auf der Vorderseite meiner Jeans erkennen kann, dass du bereits feucht bist. Wahrscheinlich warst du sogar schon den ganzen Abend feucht. Genauso wie ich schon auf der Fahrt hierher halbsteif war. Weil du also den ganzen Abend so feucht warst, bedeutet das, dass es nichts gibt, was die Feuchtigkeit daran hindert, an deinen Schenkeln herunterzulaufen."

Sie holt tief Luft, als hätte sie für eine Sekunde vergessen zu atmen. „Und was würde passieren, wenn du sähest, wie etwas von der Nässe an meinen Schenkeln herunterläuft?"

Ich fixiere sie mit sündhaftem Blick. „Ich müsste es natürlich mit meiner Zunge von dir ablecken."

„Oh, du liebe Güte", singt sie, ihre Stimme ist eine Mischung aus Weinen, Stöhnen und Flehen.

Da ich nicht einen Moment länger wegbleiben kann, stehe ich auf und mache drei lange Schritte, um über ihr aufzuragen. Sie ist barfuß und völlig nackt unter diesem Kleid – ein verdammtes Wunder, dass ich so lange durchgehalten habe.

Ich fahre mit meinen Fingern an den Seiten ihrer Arme entlang und spüre, wie sich dort eine Gänsehaut bildet. Ich lasse eine meiner Hände über ihre Fingerspitzen gleiten, berühre den Rock ihres Kleides, greife unter den Stoff und finde mit meinen Fingern ihren Schritt.

„Genau wie ich vermutet habe", flüstere ich, während meine Finger über ihre Schamlippen streichen. „Verdammt nass."

„Ja", stöhnt sie, streckt eine Hand aus und umklammert meinen Bizeps, um sich abzustützen. Als ich einen langen Finger in ihrer Hitze versenke, schießt ihre andere Hand heraus und fängt sich an meiner Brust ab. „Oh mein Gott."

„Lass mich das machen", flüstere ich ihr ins Ohr, während ich meine Hand zwischen ihren Beinen wegnehme.

Ich drehe sie in meinen Armen und führe sie zurück zum Bett. Sie legt sich auf den Rücken, ihr Kopf fällt auf das Kissen, ihr rotes Haar breitet sich wild aus. Das Bett senkt sich, als ich ein Knie zwischen ihre Beine drücke, langsam ihr Kleid hochschiebe und ihre Schenkel spreize.

Ich werfe einen Blick hinunter auf ihre Muschi, die vor lauter Gier förmlich bebt. Ich werfe ihr einen letzten, glühenden Blick zu, bevor ich mich sinken lasse und meine Nase zwischen ihre Schamlippen tauche.

Ich atme tief ein. „Mein Gott, du riechst nach Sünde."

„Oh Gott", stöhnt sie, und ich überrasche sie wirklich, als meine Zunge hervorschnellt, um dieses kleine Nervenbündel zu reizen. „Und du schmeckst himmlisch", füge ich hinzu, bevor ich über sie lecke.

„Heilige Scheiße", schreit sie laut, als ich sie mit meiner Zunge ficke.

Gott, sie ist empfänglich. Es ist ewig her, dass ich das mit einer Frau gemacht habe, weil ich mich weigere, es mit wahllosen Mädchen zu tun. Aber Mercedes ist definitiv nicht wahllos. Sie ist verdammt perfekt, während sie sich vor mir windet. Ihr Rücken krümmt und streckt sich immer wieder, während sie sich in die Bettdecke krallt und darum kämpft, alles zu verarbeiten, was ich ihr gebe.

Als ich ihre Klitoris in meinen Mund sauge, vergräbt sie die Hände in meinem Haar, wobei ihre Nägel so heftig meine Kopfhaut kratzen, dass ich in ihre süße Muschi knurre. „Gott, Miles! Ja!"

Die Vibrationen meiner Stimme machen sie nur noch wilder, denn plötzlich pressen sich ihre Schenkel so fest um meinen Kopf, dass ich für eine Sekunde taub werde – verloren nur in den Empfindungen meines rasenden Herzschlags und den inneren, erotischen Geräuschen meines Mundes, während ich mit meiner Zunge über ihr süßes Zentrum wirble.

Ich merke, dass sie kurz davor ist zu kommen, aber nicht, weil ihre Schreie lauter werden. Sondern weil sie leiser werden. In der kurzen Zeit, die ich mit ihr verbracht habe, weiß ich, dass sie ihre Stimme verliert, wenn sie diesen Punkt erreicht, an dem es kein Zurück mehr gibt. Sie kann die Ziellinie sehen, die wie eine tickende Zeitbombe über ihr schwebt.

Es ist ein herrlicher Anblick.

Ich schaue zu ihr auf, als ich zwei Finger in ihre feuchte Hitze stoße. Wenn sie kommt, will ich es spüren. Ich will alles von dieser Frau spüren. Ich presse meinen Mund wieder auf ihre Klitoris und sauge heftig daran. Und als würde ich einen verdammt einfachen Knopf drücken, kommt ihre zuckende Reaktion sofort.

Sie erstarrt und spannt sich überall an, außer in ihrer

Mitte, während sich ihre Muskeln zusammenziehen und mich in sie hineinziehen. Ich muss mir ein stolzes Lachen verkneifen, als ich spüre, wie jedes einzelne Beben ihrer Muschi gegen meine Finger explodiert.

Es ist großartig.

Nach einigen Augenblicken kehrt ihre Stimme mit langem, gehauchtem Stöhnen des Deliriums zurück. Sie sagt nichts. Sie erholt sich. Sie holt das Stöhnen nach, das ihr der Orgasmus gestohlen hat, und verdammt noch mal, es ist perfekt.

„Willst du wissen, was ich gerade denke, Babe?", frage ich, während ich zwischen ihren Schenkeln zu ihr aufblicke.

Sie schaut auf mich herab, ihr Haar wild, die Augen weit aufgerissen, die Lippen geöffnet. „Ja", krächzt sie mit heiserer, überanstrengter Stimme.

„Ich glaube, deine Muschi ist die beste, die ich je hatte, und ich weiß nicht, ob ich jemals genug davon bekommen werde." Meine ehrlichen Worte überraschen mich, aber ich überspiele sie schnell, indem ich mich hinknie und mein Hemd ausziehe.

Als ich meine Jeans aufmache und mein Schwanz lang, hart und bereit für seine eigene Erlösung herausquillt, vergessen wir beide mein Eingeständnis und machen uns wieder an die Arbeit. Das ist schließlich nur zu Recherchezwecken.

KAPITEL 18

Miles

Ein leises Tippen weckt mich mitten in der Nacht. Ich nehme an, dass es draußen regnen muss und Mercedes vielleicht ihr Fenster offen gelassen hat, also drehe ich mich um und schaue nach. Ich muss ein paarmal blinzeln, um den Anblick meines Rotschopfs zu erfassen, der im Schneidersitz auf dem Sessel an ihrem Schreibtisch sitzt. Aber sie blickt nicht zum Fenster hinaus, sondern zum Bett hin. Ihr Gesicht wird von dem sanften weißen Licht ihres Laptop-Bildschirms angestrahlt, und sie ist so sehr auf ihre Tätigkeit konzentriert, dass sie nicht bemerkt, wie ich sie beobachte.

Sie trägt mein schwarzes T-Shirt, und ich wette nichts anderes, denn der Laptop steht genau in der Mitte zwischen ihren Beinen. Ihre Zunge gleitet aus dem Mund und fährt über ihre Ober- und Unterlippe, und ich glaube, ein kleines Stöhnen über ihre Lippen kommen zu hören, aber diese Tatsache hält ihre Finger nicht davon ab, über die Tastatur zu fahren.

Es ist ein bezaubernder Anblick, und ich wäre sehr

geneigt, mich zurückzulehnen und ihn zu genießen, wenn ich nicht schon eine gewaltige Erektion hätte. Ich stütze mich auf dem Kopfteil ab und muss mich räuspern, bevor sie mich überhaupt bemerkt.

„Mein Gott!", ruft sie mit einem Ruck aus und presst sich die Hand auf die Brust. „Wie lange bist du schon wach?"

„Nur ein paar Minuten." Ich sehe sie mit großen Augen und schuldbewusstem Blick an. „Was machst du mitten in der Nacht an deinem Computer, das so wichtig ist?"

Instinktiv umklammere ich die Decke und wappne mich, denn wenn das Jocelyn wäre, wäre dies nicht gut. Was auch immer sie da tut.

Mercedes' Augen leuchten vor Aufregung. „Ich schreibe!"

„Um diese Zeit?", frage ich zweifelnd und werfe einen Blick auf die Digitaluhr auf dem Beistelltisch, die 3:18 Uhr anzeigt.

„Ich konnte nicht einschlafen!" Sie zuckt mit den Schultern. „Die Ideen sprudeln, seit wir das Licht ausgemacht haben."

„Du schreibst schon, seit wir ins Bett gegangen sind?"

„Nun, nein, ich habe zuerst eine gute Stunde lang in meinem Kopf die Handlung geplant. Ich habe versucht, Szenen in den Audiorekorder meines Handys zu flüstern, um dich nicht zu wecken, aber dann konnte ich es einfach nicht mehr ertragen. Ich musste aufstehen und verdammt noch mal schreiben!"

Sie dreht ihren Laptop zu mir und zeigt mir ein Word-Dokument, in dem ihre Bemühungen festgehalten sind. „Fünftausend Wörter in drei Stunden. Das ist Tire-Depot-Magie!"

Ich lächle halb, mein ganzer Körper entspannt sich mit einer seltsamen Erleichterung. „Vielleicht ist es die Miles-Hudson-Magie."

Ihr Blick wandert nach unten, um mich dieses Mal genauer zu betrachten. Meine nackte Brust ist voll zu sehen, und die Decke ist so tief drapiert, dass sie einen Blick auf die tiefen V-Muskeln meines Oberkörpers werfen kann. Der erhitzte Ausdruck in ihren Augen ist mir nicht entgangen.

„Willst du wieder ins Bett kommen, damit ich dir noch mehr Magie zeigen kann?" Ich wackle anzüglich mit den Augenbrauen.

Sie beißt sich auf die Lippe und schaut auf ihren Computer, wobei sie offensichtlich mit sich selbst darüber ringt, was wichtiger ist. Offenbar ist es eine kurze innere Unterhaltung, denn blitzschnell setzt sie ihren Laptop ab und springt auf mich drauf.

Ich lache und drehe uns so, dass ich auf ihr liege, zwischen ihren Beinen, knabbere an ihrem Hals und schiebe ihr das Shirt hoch, damit ich ihre nackten Schenkel um mich herum spüren kann. „Ich glaube, bei dir werde ich ständig mit einem Steifen aufwachen", murmle ich, bevor ich ihren Nippel durch mein Shirt hindurch beiße.

Sie quiekt und windet sich gegen meinen Unterleib. „Damit bin ich super einverstanden."

Bei all ihrem Gezappel trifft die Spitze meines Schwanzes auf ihre Mitte. Sie ist feucht und warm, und verdammt noch mal, der direkte Hautkontakt lässt mich stöhnen. Ich drücke mein Gesicht in ihren Nacken und stöhne: „Fuck, du fühlst dich so verdammt gut an."

„Du auch", sagt sie. Ihre Hüften kommen mir entgegen, in dem Versuch, mich mehr in sie aufzunehmen.

„Babe, hör auf", stöhne ich und lege meine Stirn an ihre Schulter, während mein Atem vor Verlangen zittert. „Ich muss ein Kondom holen."

Wimmernd gibt sie einen leicht frustrierten Laut von sich, als ich mich von ihr löse und meine Brieftasche vom

Beistelltisch nehme. Ich lege mich auf den Rücken und rolle das Gummi auf, wobei ich die ganze Zeit ihre Augen auf mir spüre. „Das ist mein letztes, also kein Morgensex für dich.“

„Es ist Morgen“, erwidert sie und stützt sich auf die Ellbogen, um einen besseren Blick zu haben.

„Dann eben kein Frühstückssex für dich“, korrigiere ich.

Sie lacht. „Das ist schon okay. Du wirst sowieso zu sehr damit beschäftigt sein, dir den Arm abzukauen.“

Ich knurre über ihr freches Mundwerk und rolle mich wieder auf sie, wobei ich eines ihrer Beine auf meine Schulter lege. Ich drücke meine nun umhüllte Spitze in sie hinein und flüstere: „Ich denke, wir sind über das Stadium des Armabkauens hinaus, nicht wahr?“

Als ich in sie stoße, in diesem Winkel, der es mir erlaubt, so weit einzudringen, schreit sie auf, als mein Schwanz fast ihren Gebärmutterhals küsst. Ihre Finger graben sich in meine Arme. „Gott, Miles!“

„So ist es richtig, Babe, dieses Mal will ich dich hören.“ Ich lasse meinen Kopf auf ihre Brust sinken und knabbere an ihren vom T-Shirt bedeckten Brüsten. Ich hätte mir die Zeit nehmen sollen, es ihr vom Leib zu reißen, aber verzweifelte Zeiten erfordern verzweifelte Maßnahmen.

Ihre Stimme ist heiser, als sie antwortet: „Du bist so tief. Das ist so intensiv. Ich bin mir nicht sicher, ob ich das kann …“

„Du kannst“, ermutige ich sie, während ich langsam und hart in sie stoße. Tief und lang. Mein Hintern geht bei jedem Stoß vor und zurück. „Du kannst mich aufnehmen.“

„Oh Gott“, wimmert sie. Ihr anderes Bein spannt sich an meiner Hüfte an, ihre Ferse gräbt sich in meinen unteren Rücken. „Das ist unglaublich.“

„Da hast du verdammt recht“, antworte ich und merke mit einem plötzlichen Ruck, dass es nicht mit jeder so ist.

Seit der Trennung von Joce habe ich mit mindestens einem Dutzend Frauen geschlafen, und keine hat sich auch nur annähernd so gut auf meinem Schwanz angefühlt. Nicht einmal Joce.

Ich erhöhe das Tempo meiner Bewegungen in dem Versuch, meine abschweifenden Gedanken zu vertreiben und diesen süßen, süßen Fick zu genießen, in den ich gerade verwickelt bin. Zwischen den feuchten, erotischen Geräuschen unserer Atemzüge und der Fülle von Stöhnen, Grunzen und Keuchen, die den Raum erfüllen, erschaffen wir den besten Soundtrack zum Ficken, den ich je gehört habe.

Mercedes bäumt sich unter mir auf und begegnet mir Stoß für Stoß. Sie wird leiser und leiser, während sie sich mit mir zusammen steigert. Wir sind im Gleichklang. Perfekte, befreiende Synchronisation.

Sie schlingt ihre Hände um meinen Nacken, presst ihr Gesicht an meines und schreit ihren Orgasmus direkt in mein Ohr. Es ist eine Mischung aus Keuchen und erstickten Atemzügen. Es klingt wie aus einer anderen Welt. Es ergibt keinen verdammten Sinn, aber meinem Schwanz gefällt es, und mit einem letzten Energieschub folge ich ihr, explodiere in das Kondom, in dem Wissen, dass ich auf keinen Fall nicht für Pfannkuchen mit diesem Mädchen hierbleiben werde.

KAPITEL 19

Kate

Ich betrete die Rise and Shine Bakery, den hübschen Laden am Broadway, der sich in der Nähe von Deans Arbeitsplatz in der Innenstadt befindet. Der Geruch von frischen Donuts und Kaffee lässt meinen Magen aufgeregt knurren, als ich zum Tresen gehe, um zwei Cronuts zu bestellen. Cronuts sind eine Kombination aus Croissant und Donut, für die diese Bäckerei in Boulder landesweit bekannt ist. Eine buttrige und herzhafte, aber dennoch süße und flockige Kombination, die im Grunde wie ein Orgasmus aus Kohlenhydraten ist.

Die bezaubernde kleine Blondine hinter der Kasse lächelt strahlend und antwortet: „Sie müssen leider eine Nummer ziehen, fürchte ich. Unser nächstes Blech ist erst in anderthalb Stunden fertig. Haben Sie vor, eine Weile hierzubleiben?"

„Ja, ich habe kein Problem damit, zu warten", erwidere ich und klammere meine Tasche zur Bestätigung an meine Schulter.

Sie deutet auf den kleinen Nummernautomaten, der buchstäblich ein Blatt Papier mit einer Nummer ausspuckt, also ziehe ich daran. Ich bezahle für zwei Kaffee und einen Brownie als Vorspeise und suche mir einen Tisch, um auf Dean zu warten.

Dean und ich versuchen normalerweise, uns einmal pro Woche hier zu treffen, um uns auszutauschen und zu sehen, wie es dem anderen geht. Hier hat er mich um Rat gefragt, wie er Lynsey sagen könnte, dass er nur mit ihr befreundet sein will. Sie waren erst seit ein oder zwei Monaten miteinander ausgegangen, aber er sagte, je mehr er sie kennenlernte, desto mehr sah er sie wie eine Schwester an und nicht wie eine Frau, mit der er schlafen wollte.

Auf der anderen Seite bekam ich panische SMS von Lynsey, die mir mitteilte, dass Dean sich immer noch nicht an sie ranmachte und was sie tun sollte, damit er endlich seinen Mann steht und sie fickt.

Dass sich ihre Wege trennten, zumindest in romantischer Hinsicht, war definitiv zum Besten. Sie sind sich viel zu ähnlich. Ich war einfach nur dankbar, dass sie ihre Freundschaft tatsächlich fortsetzen konnten. Es hat ein wenig gedauert, bei Lynsey länger als bei Dean, aber jetzt ist es fast so, als wäre es nie passiert.

Seither ist diese Bäckerei für mich und Dean zu einem heiligen Ort geworden. Und es ist der einzige Ort in der Stadt, an dem ich mich nicht scheue, fast sechs Dollar für eine Tasse Kaffee auszugeben. Weil … Cronuts.

Ich mache mich auf den Weg zu einer dunkelroten Nische am Panoramafenster mit Blick auf die Broadway Street. Ich entsperre mein Handy und sehe, dass ich eine SMS von Miles verpasst habe.

Miles: Mein Schwanz vermisst dich.

Ich: Dein Schwanz ist unersättlich. Es sind zwei Tage vergangen.

Miles: Wie auch immer. Wie fließen die Worte?

Ich: Gut. Aber nicht so gut wie neulich Nacht. ;)

Miles: Vielleicht bedeutet das, dass du mehr recherchieren musst.

Ich: LOL, vielleicht. Eigentlich dachte ich, ich komme morgen vielleicht wieder zu Tire Depot.

Miles: Werde ich durch das Customer Comfort Center ersetzt?

Ich: Warum kann ich nicht meinen Kuchen haben und ihn auch essen?

Miles: Ich könnte mir etwas anderes vorstellen, was ich lieber essen würde.

Ich: OMG, du bist versaut.

Miles: Sagt die Schmuddelautorin.

Ich: Wenn ich es sage, muss es wahr sein.

Ich werfe den Kopf in den Nacken, um zu lachen und springe fast aus dem Sitz, als ich Dean neben mir stehen sehe, der mir über die Schulter schaut. „Meine Güte, Dean, sag doch hallo oder so!"

„Ich habe buchstäblich fast fünf Minuten lang hier gestanden", erwidert er mit wenig amüsiertem Gesichtsausdruck.

„Und hast meine SMS gelesen? Gott, du neugieriger Idiot. Setz dich."

„Ich muss eine Nummer ziehen", sagt er mit einer Geste über seine Schulter.

„Nein, musst du nicht. Ich habe für dich bestellt."

Ich schiebe den zweiten Kaffee auf seine Seite des Tisches und er sieht erleichtert aus, als er sein Sportjackett abstreift. Heute trägt er einen marineblauen Leinenanzug mit einem weißen Hemd darunter. Keine Krawatte. Ein helles Paar blau-weiß gestreifter Socken lugt über seinen teuren braunen

Schuhen hervor. Sogar sein dunkles Haar sieht teuer aus, so wie es ordentlich zur Seite gegelt ist – ein sauberer Look, der in direktem Kontrast zu seinem maskulinen Bart steht. Ich schüttle den Kopf darüber, wie viel Geld Dean allein für sein Aussehen ausgeben muss.

Das ist nicht falsch zu verstehen. Ich verdiene wirklich gut. Aber ich gebe es anders aus als er. Und ich mag die Kleidung von Target wirklich.

Er rutscht auf die Bank und legt sein Jackett über das hintere Ende des Tisches, bevor er mich mit einem Blick fixiert. „Ich habe seinen Truck vor ein paar Nächten vor deiner Wohnung gesehen."

„Wessen Truck?", frage ich mit vorgetäuschter Gleichgültigkeit.

„Miles, wer sonst?"

Ich kneife die Augen zusammen. „Woher weißt du, dass es sein Truck war?"

Er schnaubt spöttisch. „Weil ich keinen anderen Kerl in Boulder kenne, der so ein Ungetüm fahren würde."

„Oh mein Gott, du bist so ein Snob."

„Er hat also die Nacht bei dir verbracht?", blafft er schnell, während er seinen Kaffee gedankenlos zur Seite schiebt, um seine Hände vor sich auf dem Tisch zu falten.

Mein Gesicht verzieht sich ungläubig. „Was, bist du am Morgen danach vorbeigekommen, um nachzusehen?"

Er sieht völlig schamlos aus, als er antwortet: „Vielleicht."

Ich verdrehe die Augen. „Mach dir keine Sorgen. Es ist nichts Ernstes. Wir … albern nur herum."

Er schüttelt lachend den Kopf. „Das ist genau das, was mir Sorgen macht, Kate."

„Warum?", frage ich, während ich extra Zucker in meinen Kaffee schütte, denn so wie Dean sich verhält, habe ich das Gefühl, dass ich meine Energie brauchen werde.

„Zum einen, weil dieser Typ dich schon einmal abgewiesen hat."

„Danke für die Erinnerung!", erwidere ich und rühre den Zucker mit dem Löffel auf dem Tisch ein.

„Es tut mir leid, aber er hat es getan. Und du warst tagelang stinksauer deswegen. Eine absolute Nervensäge."

„Nun, bitte nimm meine Entschuldigung an, vor meinen Freunden Gefühle gezeigt zu haben."

„Es waren nicht deine Gefühle, auf die ich wütend war. Es war dieser Idiot, Miles."

„Du weißt nicht, ob er ein Idiot ist."

„Oh, bitte." Er grinst und legt die Arme auf die Lehne der Bank. Alles an ihm wirkt so aufgeblasen und arrogant, dass ich ihn am liebsten schlagen würde. „Er ist Mechaniker bei Tire Depot. Wie intelligent kann er schon sein?"

Ich knalle meinen Löffel auf den Tisch. „Willst du mich verarschen?"

„Nein", schnauzt er. Sein Kiefer ist unter seinem Bart heftig angespannt.

„Und das von einem Schulabbrecher?"

„Ich habe meinen Abschluss nachgeholt und mich autodidaktisch weitergebildet."

„Worin? Wie man ein verdammtes Arschloch ist?", fauche ich, während ich Anstalten mache, aufzustehen.

„Setz dich, Kate." Er streckt eine Hand aus, um mich zu packen.

„Das werde ich nicht!" Ich weiche zurück und reiße mein Handgelenk los. „Das ist totaler Schwachsinn, Dean", schimpfe ich. Sein vorschnelles Urteil über Miles verletzt und ärgert mich. Ein Mann, den er nicht einmal kennt. Es erinnert mich an die Blicke, die ich von Leuten ernte, die nicht verstehen, was ich beruflich mache oder die mich nur für ein Objekt halten. Miles ist so viel mehr als das, was Dean ihm zugesteht, und wenn er das nicht erkennen kann, möchte ich nicht in seiner Nähe sein.

Ich fixiere Dean mit ernstem Blick und sage: „Ich umgebe mich mit Menschen, die offen sind und trotz meines seltsamen Jobs keine Vorurteile haben. Ich verdiene meinen Lebensunterhalt mit dem Schreiben erotischer Romane, um Himmels willen, und ich will keine voreingenommenen Freunde in meiner Ecke haben, denn das macht mich zu einer Heuchlerin gegenüber den Figuren, über die ich schreibe. Und Miles ist so ermutigend in Bezug auf das, was ich tue. Er ist ermutigender, als du es je warst, und das zählt für mich sehr viel! Und er ist überhaupt nicht dumm. Er ist sogar verdammt aufschlussreich, und das wüsstest du vielleicht auch sein, wenn du mal aufhörst, auf die Leute herabzusehen."

Deans Gesicht wird knallrot, Panik macht sich in seinen Zügen breit, als ich mich zum Gehen bewege. „Geh nicht, Kate." Er steht auf und zieht mich zurück zu sich.

„Nein", rufe ich und löse mich aus seinen Armen. „Es tut mir leid, aber wenn du dich so verhältst, weiß ich nicht, wie wir unsere Freundschaft fortsetzen können."

„Kate!" Er wiederholt meinen Namen so eindringlich, dass ich innehalte und ihn ansehe. Seine Augen sind weit aufgerissen und verängstigter, als ich sie je gesehen habe. Eine Art Panik erfasst seinen ganzen Körper, als er schließlich stottert: „Ich mag dich."

Ich zucke mit den Schultern. „Nun, ich dachte, ich mag dich auch, bis du dich in einen Idioten verwandelt hast."

„Nein, ich meine, ich mag dich wirklich." Er schließt die Augen und schiebt die Hände in die Hosentaschen, wobei sich Resignation in seiner Körperhaltung breitmacht.

Aber aus irgendeinem Grund dringen seine Worte immer noch nicht ganz durch. Mein wütender Gesichtsausdruck verwandelt sich in Unglauben. „Du magst mich als beste Freundin oder du …?“

Er fixiert mich mit strengem Blick und antwortet: „Ich mag dich mehr als nur als beste Freundin, und das kann ich nicht länger ignorieren.“

„Dean“, sage ich seufzend, und das Herz rutscht mir in die Hose wie auf einer verdammten Achterbahn. „Wie lange?“

„Ein paar Jahre?“, stößt er zähneknirschend hervor, lässt sich zurück auf die Bank fallen und fährt sich nervös mit der Hand durch den Bart. „Aber ich war mit Lynsey zusammen, und du mit diesem Idioten Dryston.“

Ich lasse mich zurück an den Tisch gleiten und mir fällt die Kinnlade herunter, als ich antworte: „Du hast nie ein Wort gesagt.“

„Ich habe auf den richtigen Zeitpunkt gewartet.“ Er zuckt mit den Schultern.

„Aber Dryston und ich sind schon seit Monaten getrennt.“

„Aber er wohnt noch bei dir!“, antwortet er und lehnt sich mit großen, eindringlichen Augen über den Tisch. „Und ihr wart zwei Jahre lang zusammen, Kate. Du brauchtest Zeit, um über diesen Scheiß hinwegzukommen. Ich wollte nicht der Lückenbüßer sein. Ich wollte mehr als das. Dann taucht dieser verdammte Mechaniker aus dem Nichts auf, und plötzlich bist du die zwanglose Kate. Warte, nein …, die zwanglose *Mercedes*.“

Ich lehne mich zurück und knirsche mit den Zähnen, dass er mir das entgegenschleudert. „Du weißt, warum ich ihm gesagt habe, dass mein Name Mercedes ist.“

„Ich weiß, dass es lächerlich ist, Zeit mit einem Mann zu verbringen, der dein wahres Ich nicht kennt.“

„Er kennt mein wahres Ich!“, behaupte ich. „Er weiß mehr

über mich, als Dryston in unseren zwei gemeinsamen Jahren je erfahren hat."

„Aber du triffst dich mit einem Kerl, der immer noch nicht deinen richtigen Namen kennt. Was denkst du, wie das enden wird, Kate?"

„Ich weiß es nicht. Im Moment ist es zwanglos, aber vielleicht könnten wir mehr sein."

„Siehst du! Das ist es, was mich fertig macht. Ich dachte, Miles wäre nur ein Lückenbüßer, aber du versuchst, ihn zu zwingen, mehr zu sein, und ich stehe hier und versuche, dir mehr zu bieten! Dieser Typ kennt nicht mal deinen richtigen Namen und du bist schockiert über meine Hoffnung? Komm von deinem hohen Ross runter, Kate."

„Welches hohe Ross?"

„Du bist so blind und egozentrisch. Du hättest das kommen sehen müssen."

Mir fällt die Kinnlade herunter. „Wie bitte?"

„Es ist wahr. Wenn du in der Buchwelt bist, ignorierst du alles und jeden um dich herum."

„Das ist mein Job, Dean!", rufe ich. „Ich kann nicht anders. Das ist kein verdammter Schalter, den ich umlegen kann."

Er atmet schwer durch die Nase aus. „Du hast die Zeichen wirklich nicht gesehen?"

Ich schließe die Augen und lasse unsere Freundschaft Revue passieren. Dean ist ein Flirt. Das war er schon immer. Er wird körperbetont, wirft meinen Flip-Flop vor die Tür und er zieht mich oft auf …, *viel öfter als Lynsey*. Er ist wie ein Kind auf dem Spielplatz, das an den Zöpfen eines Mädchens zieht, weil er sie mag.

Diese Erkenntnis trifft mich wie eine Tonne Ziegelsteine.

Ich blicke zu Dean auf, der so niedergeschlagen aussieht,

dass es mir das Herz bricht. Aber ich muss ehrlich zu ihm sein. „Ich mag Miles", sage ich mit einem einfachen Achselzucken.

„Aber er will nur zwanglos sein", erwidert Dean, lehnt sich zu mir und ergreift meine Hand. „Ich will so viel mehr mit dir, Kate. Ich würde alles wollen. Das Gute und das Schlechte. Du hast gesagt, Miles will kein Drama. Ich nehme all deine Dramen, weil du mir wichtig bist."

Seine Worte bringen mich um. Langsam durchdringen sie mich wie winzig kleine Nadelstiche der Angst, denn unabhängig von Deans Bereitschaft, sich zu binden, sehe ich ihn nicht auf diese Weise. Ich ziehe meine Hand aus seiner und antworte: „Es tut mir leid, Dean."

Er lehnt sich zurück und atmet mit einem knappen Nicken schwer aus.

„Ich möchte immer noch befreundet sein", füge ich hinzu, aber er unterbricht mich mit vernichtendem Blick.

„Du musst gehen", sagt er, sein Kiefer ist vor Wut angespannt.

„Dean …"

„Ich meine es ernst, Kate. Das ist schlimmer gelaufen, als ich es mir je hätte vorstellen können, und du musst gehen, bevor du mir diese Bäckerei ruinierst. Wir haben alle unsere eigenen kleinen Orte, wo wir einen Vibe bekommen, und das hier ist mein Tire Depot. Also bitte, kannst du einfach gehen?"

Als ich seinen resignierten Gesichtsausdruck sehe, den ich nicht ignorieren kann, nehme ich meine Tasche von der Bank, bevor ich aus der Nische gleite. „Es tut mir leid, Dean."

Er nickt hölzern, und ohne ein weiteres Wort drehe ich mich um und gehe hinaus, wobei ich Dean mit unseren Wartenummern zurücklasse.

KAPITEL 20

Kate

„Hey!", ruft Miles mit großen, überraschten Augen, als ich um die Motorhaube eines alten blauen Trucks schreite, in dem er bis zu den Ellbogen steckt.

Er strahlt mich mit einem Megawattlächeln an, und ich muss innehalten, um mich auf dem Werkzeugkasten neben mir zu stabilisieren. Miles trägt nicht seinen Standard-Overall von Tire Depot. Er trägt ein Paar abgewetzte Jeans und ein weißes Tanktop, das für seine enormen Brustmuskeln eine Nummer zu klein ist.

„Ich war gerade auf dem Weg zum Comfort Center und dachte mir, ich halte an und sage hallo, da das Werkstatttor weit offen war."

Er setzt irgendein kompliziert aussehendes Autoding ab und zieht den unteren Teil seines Tanktops hoch, um sich den Schweiß von der Stirn zu wischen. Himmel noch mal, sogar seine Bauchmuskeln sind schmutzig und ölverschmiert.

Sein ganzer Körper glänzt vor Schweiß und Öl, und seine

strahlend blauen Augen leuchten wie immer. Das alles stellt ernsthafte Dinge mit meinem Körper an.

Ich räuspere mich und blinzle ein paarmal schnell, um mich zu beherrschen. „Was ist das?", frage ich und zeige auf den Apparat, den er abgestellt hat. Ich muss meine Gedanken davon ablenken, dass ich ihn hier in dieser dreckigen Werkstatt unbedingt vögeln will.

„Ein Vergaser", antwortet er, und sein Mund verzieht sich zu einem halben Lächeln.

„Was tut er?", frage ich wie die gute kleine Schülerin, die ich nie war.

„Äh, ziemlich viel." Er kratzt sich am Hinterkopf und hebt den Vergaser hoch, um ihn mir zu zeigen. „Willst du das wirklich wissen?"

Ich nicke, weil ich es will. Ich will es wirklich, wirklich. Ich will, dass er mir auf der Stelle ein paar Verse mechanische Poesie vorträgt, verdammt noch mal.

Er räuspert sich. „Nun, er mischt das richtige Verhältnis von Benzin und Luft in einem Motor, damit eine Verbrennung stattfinden kann. Das richtige Verhältnis hängt von der Geschwindigkeit des Autos, der zurückgelegten Strecke und anderen Faktoren ab, um die Leistung des Motors zu verbessern. Heutzutage haben die meisten Autos Einspritzdüsen, aber die Klassiker hier fahren immer noch mit diesen."

„Interessant", flüstere ich, rücke näher an ihn heran und drücke meinen Rücken gegen den Kühlergrill des Trucks.

Er tritt näher an mich heran, seine Schulter und sein Bein stoßen an meine, während er hinzufügt: „Das ist so ähnlich wie eine Kerze Sauerstoff braucht, um zu brennen, denn die Verbrennung eines Motors kann ohne die vom Vergaser eingeblasene Luft nicht stattfinden."

Ich ziehe meine Lippen in den Mund und reibe sie langsam aneinander, mein Gloss ist in der Sommerhitze klebrig geworden. „So wie ein Orgasmus ohne Reibung nicht möglich ist."

Sein Körper bebt vor lauter Lachen. „Sicher, diese Parallele könnten wir ziehen."

„Diese Parallele würde ich gerne bald ziehen", antworte ich heiser.

Seine Augen glühen bei meiner eindeutigen Bitte. „Hattest du etwas im Sinn?"

Ich frage mich, ob ein Quickie in der Werkstatt von Tire Depot eine Option ist, schüttle diese schreckliche Idee aber wieder aus meinem Kopf, als ein anderer Gedanke auftaucht. „Ja, tatsächlich. Ich wollte dich schon lange fragen, ob du jemals campen gehst?"

Bei dieser unerwarteten Frage zieht er die Stirn in Falten. Offensichtlich hat Miles auch an einen Quickie in der Werkstatt gedacht. Er räuspert sich und antwortet: „Ich bin bekannt dafür, dass ich gelegentlich campe. Sam und ich fahren normalerweise ein paarmal im Sommer zu den Rainbow Lakes. Das Angeln ist dort wirklich gut."

„Angeln!", schreie ich aufgeregt. Verdammt, es ist, als wäre das bestimmt. „Ich würde so gerne angeln lernen. Würdest du mich vielleicht zum Campen mitnehmen, Miles? Im Interesse der Buchrecherche, versteht sich."

„Na ja, wenn es für die Buchrecherche ist", scherzt er augenzwinkernd, während er den Vergaser auf einem Rollwagen abstellt. „Hast du einen bestimmten Tag im Sinn?"

„So schnell wie möglich", brülle ich, kneife die Lippen zusammen und rolle die Augen zum Himmel. Das ist definitiv nicht cool runtergespielt. Ich bin gerade überhaupt nicht die zwanglose Mercedes. „Mein Zeitplan ist wirklich flexibel, also wann immer es dir passt."

Er nickt langsam und holt einen Lappen aus seiner Gesäßtasche, um sich die Hände abzuwischen. „Nun, es gibt nicht viele Campingplätze am Rainbow Lake, und sie nehmen keine Reservierungen an. Wir müssen also am Freitag früh los, wenn wir eine Chance haben wollen, einen Platz zu ergattern."

„Musst du nicht arbeiten?", frage ich und schaue mich in der riesigen Werkstatt voller Männer und Autos um.

Miles zuckt verlegen mit den Schultern. „Ich habe etwas Urlaub, den ich nutzen könnte."

Ich kann das zufriedene Lächeln in meinem Gesicht nicht verbergen. Und ehrlich gesagt, will ich das auch gar nicht. „Du würdest deinen Urlaubstag für mich opfern?"

Er lacht und schüttelt den Kopf, während sich Schüchternheit in seinen Zügen breitmacht – was für ein verdammter Traummann. „Nun, ich bin deiner Bildung sehr verschrieben, Mercedes."

Ich kichere über seine Antwort und berühre seinen Arm als Zeichen der Anerkennung. „Ich werde dafür sorgen, dass es sich für dich lohnt."

Anzüglich wackle ich mit den Augenbrauen, woraufhin er erwidert: „Oh, glaub mir, ich weiß, dass du das tun wirst." Er zieht sich zurück und schüttelt den Kopf, da er offensichtlich etwas Abstand braucht, um seine Gedanken wieder in ordentliche Bahnen zu lenken. „Okay, dann hole ich dich am Freitagmorgen um acht ab."

„Acht klingt gut!", quieke ich und mache auf dem Absatz kehrt, um zu gehen. Ich laufe die Gasse hinunter in Richtung des Mitarbeitereingangs und kann nicht umhin, zu bemerken, wie sein Blick an meine nackten Beine geheftet ist. „Ich gehe jetzt besser, ich fühle mich plötzlich sehr inspiriert."

Ich drehe mich um und pralle fast mit Miles' Freund Sam zusammen, der im selben Moment um die Ecke kommt.

„Tut mir leid", murmle ich mit einem schüchternen, verlegenen Lächeln, bevor ich den üblichen Weg zu dem Ort einschlage, der mich auf diese verrückte Reise gebracht hat.

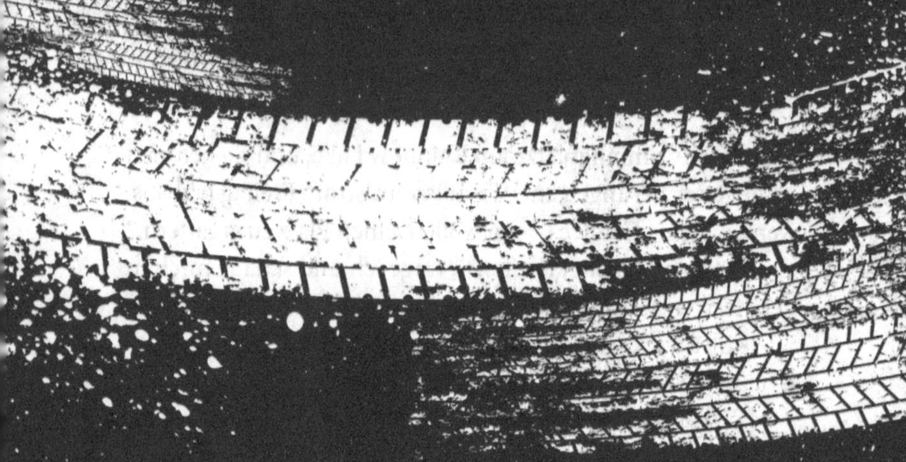

KAPITEL 21

Miles

Mit Mercedes in meinem Truck über den Highway zu fahren und sie so breit lächeln zu sehen wie noch nie, ist keine schlechte Art, einen Tag meines hart verdienten Urlaubs zu verbringen. Ich wusste gar nicht, dass Mädchen so begeistert vom Campen sein können. Obwohl meine Erfahrung mit Frauen, um fair zu sein, ziemlich begrenzt ist. Jocelyn mochte die freie Natur überhaupt nicht, und meine Schwester Megan hat unsere Campingausflüge als Kind regelrecht gehasst. Ich denke also, dass dies für uns beide eine neue Erfahrung sein wird.

Nach etwas mehr als einer Stunde Fahrt kommen wir bei den Rainbow Lakes an, und ich freue mich, dass wir die Ersten sind. Es gibt etwa zwanzig Stellplätze für Zelte und Wohnmobile, die nach dem Prinzip „Wer zuerst kommt, mahlt zuerst" vergeben werden. Sam und ich versuchen jedes Mal, einen bestimmten Platz zu ergattern, weil wir von dort aus den besten Blick auf den kleinen See und die riesigen Berge in der Ferne haben. Außerdem bietet der Platz ein wenig Abgeschiedenheit von den anderen Campern, und das ist immer eine gute Sache.

Es ist nicht so, dass ich Menschen hasse, aber ich mag einfach meinen Freiraum. Deshalb habe ich schließlich ein Haus außerhalb von Boulder gekauft. Alles in der Stadt erschien mir zu beengt. Ich habe Colorado nicht wegen des Stadtlebens gewählt.

Wir fahren einen plattgetretenen Feldweg hinunter, zwischen einigen großen Bäumen hindurch und auf die kleine Hügelkuppe unseres Platzes hoch. Mercedes schnappt nach Luft, als sie die Aussicht sieht. „Oh, Miles, das ist perfekt!", ruft sie und steigt aus dem Wagen, sobald ich geparkt habe.

Sie geht nach vorne, um die Aussicht zu genießen, und ich muss den Drang bekämpfen, sie zurück ins Auto zu zerren, um sie hier und jetzt zu vögeln. Sie sieht so verdammt süß aus in ihren kurzen Khaki-Shorts, weißen Chucks und dem rot-weißen Flanellhemd. Ihre roten Haare sind zu zwei Zöpfen über ihren Brüsten zusammengebunden, und sie trägt eine tief heruntergezogene Yankees-Baseballmütze. Als ich sie heute Morgen gesehen habe, hat sie dafür eine Standpauke kassiert. Im Ernst, wie kann man in Colorado aufwachsen und kein Rockies-Fan sein?

Ich steige aus, um mich neben sie zu stellen, lasse meine Hände in die Taschen gleiten und nehme einen tiefen, reinigenden Atemzug. Die Luft ist frisch, die Morgensonne warm und ich kann mir ehrlich gesagt keinen Ort vorstellen, an dem ich jetzt lieber wäre. „Dieser Ort ist ziemlich perfekt", antworte ich, nachdem ich alles mit anderen Augen sehe. Ich zeige auf einen Bereich rechts daneben. „Hier gibt es einen Weg, der direkt zum Wasser hinunterführt."

„Oh, das ist praktisch", sagt sie mit leuchtenden Augen und einem Dauerlächeln.

„Ja, in diesem See kann man auch schwimmen. Das Wasser ist kristallklar."

Sie sieht mich mit anklagenden Augen an. „Du hast mir nicht gesagt, dass ich Badesachen mitbringen soll!"

Ich wackle mit den Augenbrauen. „Ich weiß."

Sie rollt mit den Augen und schlägt mir auf den Arm. Lachend ergreife ich ihre Hand und ziehe sie zurück zum Wagen. „Komm schon, wir haben zu tun."

Wir beginnen mit dem Aufbau unseres Camps. Zuerst lege ich die Plane auf dem Boden aus, wo wir das Zelt feststecken werden. Dann hilft sie mir, die Zeltstangen durch die Schlitze zu schieben und die Heringe mit einem Hammer in den Boden zu schlagen. Mein Zelt hat eine angenehme Größe und zwei Räume, was für Sam und mich gut funktioniert. Aber für Mercedes und mich wird eine Seite für unsere Taschen sein, die andere für uns.

„Das ist ja brandneu", sagt Mercedes von außerhalb des Zeltes.

Drinnen zusammengekauert stecke ich meinen Kopf durch die Klappe und sehe, dass sie die Matratzenauflage hält, die ich gestern gekauft habe. Ich nehme sie ihr aus der Hand. „Ja, ich habe sie noch nie benutzt."

„Warum nicht?", fragt sie, beugt sich vor und tritt hinter mich.

Ich gehe in die Hocke, um die Schachtel zu öffnen. „Normalerweise nehme ich nur einen Schlafsack."

„Du hast das also für mich gekauft?", fragt sie mit gerunzelter Stirn.

Ich zucke mit den Schultern. „Es ist nicht nur für dich. Wenn ich dich heute Abend so durchvögle, wie ich es vorhabe, dann wird das meine Knie schonen."

Sie lacht und stößt mich an den Schultern, sodass ich fast

rückwärts auf meinen Hintern falle. „Du bist manchmal so ein notgeiles Arschloch, weißt du das?"

„Sagt die Schmuddelautorin", wiederhole ich meinen Seitenhieb aus unseren früheren SMS. Ihr fällt die Kinnlade runter, als ich hinzufüge: „Ernsthaft, wie kannst du in der Liebesroman-Gemeinschaft überhaupt Glaubwürdigkeit haben, wenn du so prüde bist?"

„Du Wichser!", kreischt sie und springt auf mich, wobei sie mich diesmal mühelos nach hinten stößt, während sie auf mich fällt.

Ich lache und stöhne auf, als ich mit dem Rücken auf etwas Hartem am Boden lande. „Au!", schreie ich und strecke eine Hand aus, um mich von dem scheinbaren Felsbrocken unter uns wegzuschieben. „Siehst du? Das hätte nicht wehgetan, wenn du deine Hände lange genug von mir gelassen hättest, um die neue Matratzenauflage auszulegen."

„Du bist so ein Arsch!" Sie kichert und gräbt ihre Finger in meine Seiten, um mich zu kitzeln.

Es ist völlig unwirksam.

Ich lache über ihre herausschnellende Zunge, während sie sich so verdammt anstrengt, mich zum Winden zu bringen. Aber ehrlich gesagt bewirkt es nur, dass sie sich selbst windet. Und bei diesem ganzen Gezappel und ihr über mir, ist es kein Wunder, dass mein Körper schließlich reagiert.

Ihre Hüfte bleibt an meiner Erektion hängen und sie atmet scharf ein. Sie löst ihre Unterlippe aus ihrem Mund. „Ernsthaft?", fragt sie, während sie mich neugierig mustert.

Ich greife nach oben und ziehe ihr den Hut vom Kopf, werfe ihn zur Seite und nehme ihr umwerfendes Gesicht in meine Hände. „Ernsthaft." Ich ziehe ihr Gesicht zu meinem, verbinde unsere Lippen und drehe uns so, dass ich oben liege. Ich unterbreche unseren Kuss, um zu flüstern: „Ich mache das nur einmal ohne die Matratzenauflage, also hoffe ich, dass du dich ein bisschen besser beherrschen kannst, sobald ich dir einen Orgasmus beschert habe."

Sie kichert und schnappt nach Luft, als meine Hand sich vorne in ihre Shorts stiehlt und über ihre Schamlippen streicht. Ich schiebe zwei Finger in sie hinein, sie stöhnt meinen Namen direkt in mein Ohr und die Feuchtigkeit ihres heißen Atems schickt einen Aufruhr der Begierde direkt zu meinem Schwanz.

„Immer so verdammt feucht", knurre ich, bevor ich kräftig an ihrem Hals sauge, wohl wissend, dass ich einen Knutschfleck hinterlassen werde.

Ich ziehe mich zurück und beobachte, wie sich die knallrote Stelle noch mehr verfärbt. Der Anblick meiner Markierung auf ihr lässt meine Finger noch schneller in ihr arbeiten. Sie bewegt ihre süßen kleinen Hüften so schamlos gegen meine Hände, dass ich weiß, dass sie sich nach mehr sehnt. Und verdammt noch mal, das tue ich auch.

„Zieh deine Shorts aus", flüstere ich, ziehe meine Hand aus ihrem Slip und hole mein Portemonnaie aus der Tasche.

Sie setzt sich auf und nimmt mir die Folienpackung aus der Hand. „Ich möchte es dir überziehen."

Ich hebe die Augenbrauen. „Na gut."

Sie beißt sich auf die Lippe, öffnet den Reißverschluss meiner Jeans und ihre Brauen ziehen sich zusammen, während sie sich konzentriert. Als mein Schwanz auf Augenhöhe vor ihr auftaucht, höre ich sie langsam einatmen. Sie ist so verdammt heiß, starrt meinen Schwanz an, als wäre er ein Gemälde in einem Museum, über das sie eine Weile nachdenken möchte.

Es ist so sexy, dass ich wegschauen muss.

Als sie mich in die Hand nimmt, nehme ich an, dass sie das Kondom endlich überziehen will, aber als meine Spitze von feuchter, heißer Hitze getroffen wird, sehe ich ihre perfekten, rosafarbenen Lippen, die meine Eichel umschließen.

„Fuck, Baby", stöhne ich laut, aber meine Stimme erstickt in meiner Kehle, als sie mich in den hinteren Teil ihres Halses saugt. Sie fährt mit ihrer Zunge an der Unterseite entlang, streichelt eine Ader, die im Grunde auf alles empfindlich ist. „Oh fuck, Baby", sage ich wieder langsam und bin dankbar, dass ich in diesem Moment in der Lage bin, zusammenhängende Worte zu bilden.

Sie hat ihre winzige Hand um meinen Ansatz gelegt und pumpt mich in perfektem Rhythmus mit dem Wippen ihres Kopfes. Gott, sie ist sexy. Ich greife nach unten und packe ihre beiden Zöpfe, um ihre Bewegungen auf meinem Schwanz zu steuern. Als ich einmal sanft in ihre Kehle stoße, stöhnt sie laut um meinen Schwanz.

Ich glaube, ich könnte weinen.

Ich tue es wieder, und sie stöhnt noch mehr, fast so, als würde es ihr genauso viel Spaß machen, wenn ich ihren Mund ficke, wie wenn ich ihre süße Muschi ficke.

„Mercedes", warne ich, aber sie ignoriert mich.

„Mercedes", sage ich wieder, und sie ignoriert mich weiter, um stattdessen mit ihren Händen an meinen Eiern zu spielen.

„Baby!", brülle ich, ziehe meinen Schwanz aus ihrem Mund und aus ihrem Griff.

Sie schnappt nach Luft, ihr Mund steht immer noch offen. Die Lippen noch feucht und rot vom vielen Saugen und Lecken. „Was?", krächzt sie, scheinbar genervt.

„Du kannst verdammt gut blasen, aber wenn du nicht willst, dass ich in deinem Mund komme, musst du aufhören, sonst kann ich dich nicht ficken."

„Komm in meinem Mund", sagt sie und greift wieder nach mir.

Ich beuge mich vor und drücke meine Stirn an ihre Schulter. „Willst du mich verarschen?"

Ich spüre, wie sie den Kopf schüttelt. „Nein, ich meine es ernst."

Guter Gott, was soll ich nur mit diesem Mädchen machen? Ich sehe sie ernst an. „Später", schnauze ich, beuge mich vor, um nach dem Kondom zu greifen, das sie auf dem Boden liegen gelassen hat, und reiße die Folienverpackung auf.

Ich halte ihr das glitschige Gummi hin. „Zieh das über mich, damit ich dich von hinten auf deinen Knien ficken kann."

Ihre Augen weiten sich vor Erregung. Sie ist mit diesem Richtungswechsel offensichtlich einverstanden und richtet ihre ganze Aufmerksamkeit auf meinen pulsierenden, feuchten Schwanz, während sie das Magnum über mich rollt.

Ich helfe ihr, ihre Shorts und ihren Slip herunterzuziehen, und sie schüttelt schnell ihr Oberteil ab und dreht sich nur mit einem BH bekleidet auf die Knie, wobei sie den Hintern bereit in die Luft reckt.

Gott, ja, sie ist so verdammt schön. Perfekter, runder Hintern. Schmale, gewölbte Taille. Ich spreize ihre Knie weiter auseinander und hebe ihre Hüften ein wenig an. Ich drücke meine Handfläche auf ihren unteren Rücken und lasse meine Hand langsam ihre Wirbelsäule hinaufgleiten, sodass ihre Brust auf den Boden sinkt. Mit den Fingern fahre ich über ihren Schlitz und stelle fest, dass ihre Muschi bereit ist, wartet. Ich drücke meinen Schwanz in ihre Hitze, finde die richtige Stelle und stoße tief und hart hinein.

Wir stöhnen beide laut auf, eine Reaktion darauf, wie tief ich in diesem Winkel eindringen kann. Als es offensichtlich ist, dass sie nicht still sein wird, gebe ich mir selbst ein High-Five, diesen abgelegenen Zeltplatz fern vor neugierigen Nachbarn gefunden zu haben.

„Das wird nicht sanft sein, Babe. Bist du damit einverstanden?“

„Ja, Miles, fick mich!“, schreit sie mit erstickter Stimme, ihre Begierde ist offensichtlich.

Und genau das tue ich auch. Ich packe ihre sexy kleinen Zöpfe und hämmere in ihre süße Muschi, bis wir beide über den Berg stürzen …, gemeinsam.

KAPITEL 22

Kate

Miles Hudson ist wie geschaffen für die Wildnis. Er hat nicht diesen Look des Mountain Man, den so viele Männer aus Colorado haben, aber er hat das Aussehen eines Mannes, der frische Luft und weite Flächen mag. Wahrscheinlich, weil er so groß ist. Aber wenn man ihn hier draußen in seiner Jeans, Arbeitsstiefeln und einem langärmeligen, weißen Shirt mit hochgekrempelten Ärmeln vor der Kulisse großer Kiefern, Berge und Seen sieht, ist es, als hätte er seinen Platz im Himmel gefunden.

Und vielleicht haben die Orgasmen, die wir beide vorhin hatten, nicht geschadet.

Wir haben das Aufbauen unseres Zeltplatzes beendet und uns mit Angelzeug auf den Weg zum See gemacht. Ich bin wirklich froh, dass ich nicht so tun muss, als wüsste ich nicht, wie man angelt. Mein Vater ist Wirtschaftsprüfer und war eher ein „Resort-Urlauber" als ein „Lasst uns an einen Ort fahren, an dem es weder Strom noch fließendes Wasser oder Duschen gibt"-Typ.

Das ist also wirklich eine neue Erfahrung für mich.

Wir finden einen Platz auf einem großen Felsen am Ufer, um unsere Ruten auszuwerfen. Miles steckt den Wurm auf meinen Haken, dabei werden seine männlichen Hände mit Wurmdärmen und Schlamm beschmutzt, doch er wischt sie einfach an seiner Jeans ab, als wäre es nichts. Dann legt er dieselben Wurmdarmfinger um mich, während er mir zeigt, wie man auswirft.

Das ist überhaupt nicht eklig.

Es ist männlich.

Es ist sexy.

Es ist Miles.

Nachdem ich eine Weile zugesehen habe, wie mein Köder schwimmt, holt Miles die kleine Kühlbox hinter seinem Platz hervor und öffnet sie, um sich ein Bier zu nehmen. Er öffnet die Flasche und reicht sie mir.

„Danke", sage ich, nehme sie ihm ab und setze sie an meine Lippen, um zu trinken.

„Ich dachte mir, dass du durstig bist." Miles zwinkert und lächelt. „Nach dem ganzen Deepthroat."

Darüber lache ich laut auf. „Gott! Nimm dich nicht so wichtig!"

„Niemals", erwidert er und blickt mit einem Zwinkern zu mir herüber.

„Bin ich ein besserer Campingkumpel als Sam?", frage ich mit einem koketten Lächeln.

„Äh, ja. Der Wichser schnarcht", antwortet er ernst. „Und benutzt seine Zähne."

Ich lache wieder, so sehr, dass mir Tränen in die Augen steigen. Miles lehnt sich lächelnd zurück und sieht zu, wie ich die Kontrolle über mich zurückgewinne.

„Bergluft macht dich komisch", antworte ich.

„Ich bin einfach nur gut gelaunt", antwortet er und holt

seine Angel wieder ein, um sie diesmal etwas weiter auszuwerfen. „Es ist erstaunlich, wie viel schöner das Leben ist, wenn es kein Drama gibt."

Ich nicke und denke einen Moment darüber nach. „Sprichst du überhaupt noch mit deiner Ex?"

Er schüttelt den Kopf. „Kein einziges Wort. Und das ist gut so."

„Du hast mir nie erzählt, was genau euch auseinander gebracht hat."

Er zuckt mit den Schultern, als wäre das, was er sagen will, keine große Sache. „Sie wurde mit dem Kind eines anderen schwanger." Mein fassungsloser Blick wandert zu Miles, der streng und ernst auf das Wasser hinausschaut und keine Anzeichen von Emotionen zeigt.

„Das ist ja furchtbar", antworte ich und kaue kurz auf meiner Lippe, bevor ich frage: „Ihr wart also damals noch zusammen?" Übersetzung: Woher wusstest du, dass das Baby nicht von dir war?

Er schüttelt den Kopf. „Wir hatten gerade eine unserer Pausen. Und die Ironie an der ganzen Sache ist, dass wir es in den zehn Jahren, die wir zusammen waren, nie ohne Kondom getan haben. Kein einziges Mal. Dann fängt sie an, einen reichen alten Kerl zu vögeln, und plötzlich haben sie ein Hoppla. Du kannst es dir gern ausrechnen."

Ich runzle die Stirn. „Glaubst du, sie wurde absichtlich schwanger?"

„Nein", antwortet er mürrisch, während er einen Stein umdreht. „Ja. Ich weiß es nicht. Wahrscheinlich. Ich hasse es, so über sie zu denken, denn dann muss ich mich fragen, was für ein Idiot ich war, dass ich mit jemandem zusammen war, der sich als so unverhohlen geldgierig entpuppt hat."

Er seufzt schwer und fährt fort: „Aber es macht Sinn, denn Jocelyn hatte immer Probleme damit, was ich beruflich mache. Sie war der Meinung, dass der Beruf des Mechanikers zu sehr an die Arbeiterschaft gebunden ist. Sie wollte, dass ich etwas mache, womit ich mehr Geld verdiene.“

„Auf mich wirkst du, als kämst du gut klar“, sage ich entschlossen, wütend auf diese Schlampe, die so einen oberflächlichen Mist auf den Mann projizierte, in den sie angeblich verliebt war.

„Siehst du? Danke“, sagt Miles und wirft einen Stein ins Wasser. „So habe ich mich immer gefühlt. Ich will einfache Dinge. Familie, Freunde, ein Haus mit Aussicht. Einen Ort, an dem ich ab und zu Dampf ablassen kann. Alles, was ich wirklich will, habe ich. Sogar mein Haus in Jamestown … Es muss renoviert werden, und ich wusste beim Kauf, dass es ein aufwendiges Projekt ist. Aber das ist gut für mich. Ich mag es, Dinge nach meinen Vorstellungen zu gestalten, und die Grundmauern des Hauses sind fantastisch. Es ist ein großartiges Haus, und wenn ich mich jemals zum Verkauf entschließe, wird es sich wirklich gut verkaufen lassen. Aber es wäre trotzdem nie genug für sie gewesen.“

„Ich glaube, solche Leute werden nie mit irgendetwas in ihrem Leben zufrieden sein, egal, wie viel Geld sie haben“, erwidere ich und ziehe meine Baseballkappe so weit herunter, dass sie die Sonne abschirmt und ich Miles sehen kann. „Mutterschaft, Freundschaften, Beziehungen, Jobs. Wenn sie immer neidisch ist und auf das starrt, was andere Leute haben, verpasst sie, was direkt vor ihr ist.“

„Genau!“, ruft Miles mit einem Seitenblick zu mir. „Jetzt bin ich nur noch sauer, dass ich das nie gesehen und die besten Jahre meines Lebens mit ihr vergeudet habe.“

„Wer sagt, dass sie die besten waren?“, frage ich ein wenig verärgert über diese Bemerkung. „Sieh dich um, Miles. Heute ist ein verdammt schöner Tag.“ Ich werfe ihm einen ernsten Blick zu, in der Hoffnung, dass es bei ihm ankommt, denn ich meine es hundertprozentig ernst. „Dir fehlt es an nichts, und das ist eine unglaubliche Eigenschaft an einem Menschen."

Sein Stirnrunzeln verwandelt sich in ein Lächeln. „Danke."

„Jederzeit", strahle ich mit einem Zwinkern. „Und sieh dich an …, du bist verdammt heiß, du hast einen tollen Job, ein Haus, Freunde und eine wirklich sexy Fickfreundin."

Darüber lacht er laut auf. „So nennst du dich jetzt also?"

Ich zucke mit den Schultern und schenke ihm ein schiefes Lächeln. „Vielleicht. Es ist mir einfach so rausgerutscht."

„Es gefällt mir", antwortet er.

„Mir auch", sage ich und setze mich mit meiner Angel neben ihn auf den Felsen. Ich stoße ihn mit einer Schulter an. „Kümmere dich also nicht um die Vergangenheit. Konzentriere dich auf das Jetzt. Denn im Ernst, gerade jetzt brauche ich Hilfe. Mein Schwimmer ist vor ein paar Minuten verschwunden, und ich weiß nicht, was das bedeutet."

„Verdammt! Da hat einer angebissen!", ruft er, steht auf, lässt seine Angel fallen und schlingt seine Arme um mich. „Du musst den Haken setzen." Seine Hände umschließen meine an der Angelrute, und er hält inne, um zu warten, bis der Köder wieder verschwunden ist. Nach ein paar Sekunden taucht er unter, und er schreit mir ins Ohr: „Jetzt zieh ihn zurück!"

Seine Arme spannen sich um mich an, als ich die Angel zurückziehe, und die Leine wird straff. „Du hast ihn! Jetzt einholen", sagt er aufgeregt und zieht sich zurück, um mich mit einem breiten Grinsen zu beobachten.

Aber ehrlich gesagt, habe ich eine Scheißangst.

Was wird wohl am anderen Ende dieses Hakens sein? Er fühlt sich riesig und schwer an und verbiegt meine Angel viel zu sehr. Das kann nicht gut sein. Wie stark sind diese Angeln eigentlich? Welche Fische leben in diesem See? Natürlich keine Haie, so blöd bin ich nicht. Aber was ist, wenn ich eine eklige Sumpfkreatur an Land ziehe, die aussieht, als hätten ein Biber und ein Barsch bei Vollmond gevögelt und irgendein furchterregendes Sumpfding gezeugt, das Menschen wie Piranhas frisst. Oh mein Gott, gibt es Piranhas in Colorado? Ich hätte googeln sollen!

„Ich weiß nicht so recht, Miles", jammere ich, kurble und hole die Leine Zentimeter für nervenaufreibenden Zentimeter ein.

Er schnappt sich das Fischernetz hinter uns und geht vorsichtig den Felsen hinunter, um näher ans Wasser zu kommen. Er blickt auf und zeigt mir die Daumen nach oben. „Du machst das großartig! Du siehst so verdammt heiß aus!"

„Wirklich?" Ich lächle ein wenig, dann runzle ich die Stirn, weil es so oberflächlich ist, dass mich diese Aussage in diesem Moment glücklich macht. *Ich muss mehr Literatur lesen.*

Mein Gesicht verzieht sich, als das Ende meiner Leine endlich aus dem Wasser ragt. „Willst du mich verarschen?"

Miles' schallendes Gelächter hallt von den verdammten Bergen wider, als er sich hinausbeugt, um meinen Fang ins Netz zu holen. „Baby, du hast es geschafft! Du hast etwas gefangen!"

Er zieht meinen Fang auf den Felsen und lacht dabei so sehr, dass er nicht sprechen kann. Er fängt immer wieder einen Satz an und hört dann auf, während er vor Hysterie beinahe fast umfällt.

Ich lache nicht.

Mein Tonfall ist ausdruckslos, als ich genau das sage, was er rauszubekommen versucht. „Ich habe einen verdammten Fahrradreifen gefangen."

Er brüllt jetzt vor Lachen, lässt sich auf die Fersen fallen und hält sich die Hände vor die Augen.

Ich bin froh, dass er sich so gut amüsiert, denn ich bin stinksauer. Wirklich verdammt sauer. „Ein Reifen? Was zum Teufel, Colorado? Das hat ja Klasse!", rufe ich niemand Bestimmtem zu. „Gott, ich dachte, das wäre ein tolles Naturerlebnis, und ich habe wirklich gerade einen lausigen alten Reifen geangelt. Meine Hände tun weh!"

Meine letzte Bemerkung lässt Miles wieder loslegen und ich mache mir Sorgen, ob er während seines Anfalls da unten genügend Sauerstoff bekommt. Schließlich wischt er sich die Tränen aus den Augen. „Baby, wie kannst du die Ironie dieses Moments nicht erkennen? Es ist ein Reifen! Du bist Schmuddelautorin, die bei Tire Depot schreibt. Das ist verdammtes Schicksal."

Nun, wenn er das so sagt, kann ich nicht anders, als einen kleinen Silberstreif zu sehen. Ich lege meine Rute auf den Boden und gehe den Felsen hinunter, um meinen Fang zu begutachten. Ich sehe zu Miles auf und frage: „Meinst du, ich kann den in meinem neuen Büro aufhängen?"

Er nickt und lächelt. „Oh ja, das kannst du. Ich werde dir helfen."

KAPITEL 23

Miles

„Wirst du mir jemals von dem neuen Buch erzählen, das du schreibst und für das du so akribisch recherchieren musst?", frage ich Mercedes, während ich die Reste unserer Burger auf dem Rost über dem Feuer wegkratze.

Draußen ist es jetzt dunkel, die Nachtluft ist erfüllt von den Geräuschen der Natur. Das Zirpen der Grillen, das Heulen der Eulen. Der Wind raschelt in den Bäumen in der Ferne. Ab und zu hört man das sanfte Plätschern der Wellen am Ufer des Sees. Und so, wie der Wind weht, höre ich nicht einmal die anderen Camper auf ihren Plätzen, sodass ich die Illusion von völliger Privatsphäre habe. Alles in allem ein perfekter freier Tag.

Mercedes und ich campen.

Und verdammt noch mal, es hat Spaß gemacht. Sie hat eine großartige Einstellung zu so ziemlich allem. Irgendwann hat sie sogar versucht, ihren Köder selbst am Haken zu befestigen. Sie ist zwar gescheitert, aber sie hat es wenigstens versucht. Wir aßen zu Mittag, dann gingen wir wandern und kamen dabei ins Schwitzen. Zurück im Zelt haben wir dann noch mehr geschwitzt. Danach haben wir ein Nickerchen gemacht, und ehrlich gesagt war es einer dieser perfekten Sommertage, die man nie enden lassen möchte.

Aber wenn ich sie im Liegestuhl neben mir sehe, ihr rotes Haar aus den Zöpfen befreit, das Gesicht im Schein des Lagerfeuers leuchtend, ein kaltes Bier in der Hand, den Vollmond über mir – ich glaube, die Nacht wird auch ziemlich perfekt werden.

„Es geht um einen Mechaniker", antwortet sie schließlich.

„Dein Buch handelt von einem Mechaniker?", frage ich, die Augen weit aufgerissen vor lauter Unglauben. „Du verarschst mich doch."

Sie schüttelt den Kopf. „Nein. Die Idee hat mich irgendwie getroffen."

„Wann genau hat sie dich getroffen?", frage ich und nehme einen Schluck von meinem Bier, während ich sie unverhohlen ködere. Sie wird rot, richtig rot, und ich verspüre das starke Verlangen, sie auf meinen Schoß zu ziehen, nur um ihr Gewicht auf mir zu spüren. „Sag es mir", dränge ich sie.

Sie rollt mit den Augen. „Ich, ähm, habe dich vielleicht eines Tages in der Werkstatt angestarrt." Sie bedeckt ihr Gesicht mit den Händen und zieht ihr kariertes Hemd über die Wangen, um ihre Verlegenheit zu verbergen.

„An welchem Tag?"

Sie zuckt mit den Schultern. „Das war, bevor du und ich … Freunde mit Zusatzleistungen wurden. Du sahst so heiß und verschwitzt aus, dass plötzlich diese Figur in meinem Kopf explodierte, und ehe ich mich versah, hatte ich eine neue Geschichte entworfen." Sie mustert mich mit nervösen Augen.

„Es geht also um mich?", frage ich stirnrunzelnd.

„Nein", schnaubt sie. „Es geht nur um einen Mechaniker.

Nimm dich nicht so wichtig. Nicht alles in meinem Leben dreht sich um dich, Miles."

Ich lache über ihr Augenrollen, bin jedoch erleichtert über ihre Antwort. „Es wird um einen perversen Mechaniker gehen. Das gefällt mir."

„Eigentlich wird es keine extreme Erotik sein, wie meine *Bed 'n Breakfast*-Reihe."

Ich ziehe die Brauen hoch. „Nein?"

Sie zuckt mit den Schultern. „Nein. Ich meine, es wird immer noch Sex geben, viel Sex, aber es wird süßer, sanfter Sex sein. Vielleicht schreibe ich in diesem Buch auch nicht über Analverkehr."

Ich schnappe übertrieben nach Luft. „Wie wirst du damit klarkommen?"

Sie rollt mit den Augen. „Ich werde es wahrscheinlich trotzdem schreiben, aber ich werde es meinen Lesern als Bonusinhalt oder so geben."

Ich lache über diese Idee. „Du wärst nicht du, wenn du nicht etwas tätest, das ein wenig anders ist."

„Okay, genug von mir", sagt sie und schüttelt ihr Haar aus. „Lass uns ein Spiel spielen."

„Was denn?", frage ich und schaue mich um. „Ich habe keine Karten mitgebracht."

Sie rollt mit den Augen und stützt ihren Kopf auf die Hände. „Miles, wir brauchen keine Karten, um Wahrheit oder Pflicht zu spielen."

Ich lehne mich in meinem Stuhl zurück und nehme einen Schluck von meinem Bier. „Wer fängt an?"

„Ich, natürlich. Ich bin der Gast, und das ist alles noch im Interesse der Recherche, also …, Wahrheit oder Pflicht?"

Ich atme schwer aus. „Wahrheit."

Sie zuckt zurück, scheinbar überrascht von meiner Wahl.

Sie tippt mit dem Finger an ihre Lippen und sagt: „Okay, wirst du in der Werkstatt von Tire Depot jemals geil?"

Ihre Frage lässt mich schallend lachen. „Was?"

Sie lächelt verschmitzt. „Du weißt schon, arbeitest du jemals am Auto eines Kunden, deine Hände werden wirklich schmutzig, du hängst so richtig in einer Reparatur drin und bekommst einen Ständer?"

Ich lache kopfschüttelnd. „Ich fürchte nicht."

Sie sieht niedergeschlagen aus.

„Aber die Arbeit an einem Oldtimer, andererseits …" Meine Stimme wird leiser, als ihre Augen aufleuchten. Lachend füge ich hinzu: „Wenn es ein Oldtimer ist, ich bis zu den Ellbogen drinstecke, zwei Teile verbinde und jemand hinter dem Lenkrad sitzt und ich demjenigen sage, er soll versuchen, ihn zu starten …, und ein altes Auto, das seit Jahrzehnten nicht mehr gefahren ist, plötzlich zum Leben erwacht? Dann, scheiße ja, wird mein Schwanz wirklich hart."

„Ha-ha! Ich wusste es! Perverse ziehen Perverse an. Mein Schreiben macht mich viel zu geil."

Ich lache sie an und sage: „Wahrheit oder Pflicht?"

„Pflicht", antwortet sie augenblicklich.

Ich ziehe eine Augenbraue hoch. „Oh, da hat jemand Geheimnisse, die sie im Dunkeln lassen will. Interessant."

Ihr Gesicht scheint zu erröten, selbst im Schein des Feuers.

Aber ich beschließe, dass wir für eine Nacht genug geredet haben. „Okay, du musst nackt im See baden."

Ihre Augenbrauen schießen hoch bis zu ihrem Haaransatz. „In dem See, aus dem mein gesegneter Reifen stammt? Unmöglich! Wer weiß, was da noch alles drin ist?"

Ich schüttle den Kopf. „Ich wusste, dass du es nicht tun würdest."

„Oh, und du würdest es tun", brummt sie zurück.

„Ich bin schon in diesem See geschwommen. Er ist nicht eklig. Ein kleiner Fahrradreifen ändert nichts an meiner Meinung über seine Sauberkeit."

Sie schmollt. „Aber er wird wahrscheinlich kalt sein."

Ich zucke mit den Schultern. „Ist schon in Ordnung. Ich wusste, dass du es nicht tun würdest. Du redest nur und tust nichts."

„Ist das dein Ernst?"

„Ja", antworte ich, während ich sie mit meinem Blick fixiere.

„Muss ich dich daran erinnern, wer sich seit Wochen zu Tire Depot schleicht?"

Ich schnaube spöttisch. „Das nennst du gefährlich?"

„Ich trinke diese Gratisgetränke, ohne Kundin zu sein, Miles." Sie wackelt frech mit dem Kopf hin und her. „Das ist im Grunde genauso schlimm wie Diebstahl."

Ich lache über ihre Wortwahl, kneife dann die Augen zusammen und antworte mit zusammengebissenen Zähnen: „So eine kalte, harte Verbrecherin."

Ihre Augen werden schmaler, da ihr mein Sarkasmus offensichtlich nicht gefällt. „Meinetwegen, ich werde es tun, aber du musst mitkommen."

„Und warum sollte ich das tun?"

„Weil ich nackt sein werde", antwortet sie, zieht ihr Oberteil aus und wirft es mir zu. Als der Stoff von meinem Gesicht herunterfällt, sehe ich den kompletten Umriss ihrer Nippel durch den durchsichtigen rosa BH, den sie trägt.

Als ich meinen Knutschfleck sehe, erwacht mein Schwanz zum Leben. „Gutes Argument."

Ich stehe auf, und wir gehen beide den Pfad zum Wasser hinunter zu unserem vorherigen Angelplatz auf dem Felsen. Es ist die perfekte Absprungstelle.

Mercedes atmet tief ein und entledigt sich ihrer Shorts

und Flip-Flops, die sie hinter sich wegkickt, bevor sie die Arme vor sich verschränkt, um sich zu wärmen, während sie leicht gebeugt in ihrer rosa Unterwäsche vor mir steht.

Ich greife nach hinten, ziehe mein Oberteil über den Kopf und werfe es neben ihre Shorts. Sie mustert mich unverschämt und wackelt angesichts meiner Beule mit den Augenbrauen. „Jeans auch, Freundchen."

„Freundchen", ahme ich ihr Wort mit einem Kopfschütteln nach, schiebe die Jeans von meinen Beinen und ziehe sie zusammen mit meinen Schuhen aus.

Sie greift nach hinten, öffnet ihren BH und wirft ihn zum Rest unserer Sachen. Sie ist jetzt nicht mehr zusammengekrümmt und prüde. Sie steht stolz und selbstbewusst da, während sie sich bückt und ihr Höschen auszieht.

Als sie sich aufrichtet, fällt mir die Kinnlade herunter. Das Mondlicht, das Rauschen des Wassers und ihr Anblick, völlig nackt, mit ihrem roten Haar, das in der nächtlichen Brise weht …, es ist zu viel. Es ist zu sexy. Es ist verdammt traumwürdig.

„Jetzt komm schon. Wir sind schon so weit gekommen", sagt sie, wobei sie auf meine Boxershorts zeigt.

Gedankenlos schiebe ich sie nach unten, den Blick immer noch fest auf sie gerichtet.

Sie schaut nach unten. „Wird das wehtun, wenn du ins Wasser springst?"

Ich schüttle den Kopf. „Nicht, wenn du ihn hältst."

Sie lacht, und mein Gott, in diesem Moment wird sie tatsächlich noch schöner. Und ohne einen Blick zurückzuwerfen, rennt sie los und springt vom Felsen ins Wasser.

Kein eleganter Kopfsprung.

Kein zaghafter Hüpfer.

Sie macht eine verdammte Arschbombe, wie das bodenständige, magnetische, unverfälschte Mädchen, das sie ist.

Ich stürze mich auf sie und brauche drei harte Schwimmbewegungen, um sie zu erreichen. Ich ziehe sie in meine Arme, ihre harten Nippel berühren meine Brust, während sie ihre Beine fest um meine Hüften schlingt.

Sie faltet ihre Hände in meinem Nacken und küsst mich zärtlich, gibt mir eine winzige Kostprobe ihrer Zunge, während ich im Wasser trete und uns im Kreis drehe. Mit einem Lächeln zieht sie sich zurück und lässt meine Schultern los, während sie ihren Oberkörper nach hinten streckt, um zu treiben. Ihre Arme sind weit ausgebreitet. Ihre nackten, schönen Brüste glänzen im Mondlicht. Sie ist umwerfend.

Mein nackter Schwanz ist hart und zwischen uns eingeklemmt, aber ich denke gerade nicht daran, sie zu ficken. Alles, woran ich denke, ist, wie schnell ich dieses Mädchen mag. Daran, wie verwirrend diese Gefühle für mich sind, denn obwohl sie so cool, großartig, sexy und lustig ist, weiß ich immer noch nicht, ob ich für mehr bereit bin. Mein Herz und mein Kopf sind völlig zerstritten, und ich weiß nicht, wer von beiden es besser weiß.

Mein Herz sagt: *Ja, nimm mehr, nimm viel mehr. Sie ist perfekt!*

Aber mein Kopf sagt: *Sobald du das tust, wird sich alles ändern und du wirst das Drama wieder in dein Leben einladen. Genau wie früher.*

„Mercedes", flüstere ich ihren Namen, und ihr Kopf hebt sich aus dem Wasser, alle Strähnen sind perfekt zurückgekämmt, ihre blauen Augen sind groß und neugierig. „Hast du das Gefühl …"

„Hast du das gefühlt?", fragt sie und hat das Gesicht auf eine seltsame, gequälte Weise verzogen.

„Was gefühlt?", frage ich in der Hoffnung, dass sie vielleicht die gleichen verwirrenden Gedanken hat wie ich und wir sie gemeinsam besprechen können.

Und dann öffnen sich die Schleusen.

Buchstäblich, denn es schüttet auf uns herab.

„Oh mein Gott, der Regen ist eiskalt“, kreischt sie, löst ihre Beine von mir und lässt sich so tief wie möglich ins Wasser sinken, sodass nur ihr Gesicht herausschaut.

„Was du nicht sagst.“ Ich schaue mit zusammengekniffenen Augen in den Himmel. „Ich habe keinen Regen in der Wettervorhersage gesehen.“

„Sollen wir einfach im Wasser bleiben, bis es vorbei ist?“, schreit sie, denn der Regenguss auf dem Wasser des Sees ist jetzt ohrenbetäubend.

Ein Blitz erhellt uns beide in der Dunkelheit und ich schüttle den Kopf. „Schlechte Idee. Wir müssen hier raus.“

Sie nickt, und wir schwimmen beide zum Ufer und klettern vorsichtig die Felsen hinauf zu unseren klatschnassen Kleidern.

Sie kämpft mit ihren durchnässten Sachen, bevor sie ruft: „Scheiß drauf, lass uns einfach gehen. Niemand wird bei diesem Wetter rausgehen.“

Ich nicke und lege meine Hand auf ihren Rücken, um sie durch die Bäume und zurück zu dem Pfad zu führen, auf dem wir gelaufen sind. Es ist ein schlammiges, rutschiges Durcheinander, aber Gott sei Dank schaffen wir es zurück zu unserem Zelt, ohne zu stürzen. Mit nacktem Hintern hätte das wehgetan.

Wir eilen ins Zelt, und der Regen ist immer noch ohrenbetäubend laut, da er auf das dünne Nylon prallt. Aber wir knien so dicht beieinander, dass wir unsere keuchenden Atemzüge hören können, schwer und mühsam von unserem Aufstieg. Das Adrenalin des Gewitters draußen strömt durch unsere Körper.

Es ist überwältigend in der Enge des Zeltes. Es nimmt die ganze Luft und den ganzen Raum ein und schlingt sich eng um uns herum wie eine federgespannte Spule, bereit zu explodieren.

Unsere Blicke treffen sich, und als es donnert und blitzt, prallen wir aufeinander wie zwei Gewitterwolken, die am sternenlosen Himmel zusammenkommen.

Ich lege die Arme um ihre Taille, und küsse sie mit meiner Zunge so tief, wie sie es ertragen kann. Ihre Hände sind überall auf mir – meinem Gesicht, meinen Armen, meinem Kopf, meinem Rücken. Sie kann gar nicht genug bekommen. Es ist, als wollte sie jeden Quadratzentimeter meines Körpers spüren, und ich möchte ihr alles geben.

Wir sind ein Chaos aus Regen, Schlamm und Seewasser, aber das hält mich nicht davon ab, mich auf die Matratzenauflage fallenzulassen und sie mitzunehmen. Ihre Schenkel zittern unter meinen Händen, als sie sich über mir ausbreiten. Mein roter, pochender Schwanz ragt zwischen uns auf, als ich meine Hände auf ihren Hintern lege und sie an mich drücke.

„Nimm mich in dich auf, Baby", sage ich mit rauer Stimme, die fast im Regen untergeht. „Nimm mich so tief, wie du kannst."

Sie nickt und schaut im Dunkeln auf die umgekippte Schachtel mit den Kondomen, die wir heute Nachmittag liegen gelassen haben. Zittrig greift sie nach einem und öffnet es, um es über meine Länge zu ziehen.

Sie geht auf die Knie und bringt mich in die perfekte Position, bevor sie sich nach unten fallen lässt und sich in einer einzigen, glorreichen Bewegung aufspießt. Meine Finger krallen sich in ihre Hüften und sie benutzt meine Handgelenke zum Abstützen, während sie sich an mir reibt und darauf wartet, dass sich ihr Körper an die Fülle gewöhnt.

Sie hebt sich hoch, lässt sich wieder sinken und schreit meinen Namen, während sie ihr Gesicht zum Himmel neigt.

Das ist der schönste Anblick, den ich je gesehen habe.

Ihr nasses Haar und ihr nackter Körper, ihr gewölbter Rücken und ihre gerötete Haut. Das alles ist schöner als der See und die Berge. Die Bäume und der Mond. Mercedes, die auf mir reitet, ist schöner als so ziemlich alles, was ich je zu Gesicht bekommen habe.

KAPITEL 24

Kate

Gibt es unter Reitern nicht die Aussage *hart geritten und nass abgestellt*? Nun, das bin ich, als ich am nächsten Morgen aufwache, die Vögel zwitschern und die Sonne scheint. Im Zelt ist es nur halb so warm wie sonst, da neben mir kein riesiger Koloss von Mann schläft. Aber ich kann Miles draußen bei der Zubereitung des Frühstücks hören, also verblutet er offenbar nicht, nachdem er sich den Arm abgekaut hat oder so.

Dieser Gedanke bringt mich zum Kichern, also stecke ich meinen Kopf schnell unter die Decke und unterdrücke ein aufgeregtes Quieken.

Gestern war unglaublich. Die letzte Nacht war es noch mehr. Die Art und Weise, wie Miles mich ansah, als wir uns in diesem Zelt einschlossen, weit weg vom Gewitter draußen.

Wir waren das verdammte Gewitter.

Wir waren Blitz und Donner und schufen den schönsten Strudel der Leidenschaft, den ich je mit einem Mann erlebt habe.

Ich spreche hier von drei Orgasmen.

Um den ohnehin schon perfekten Tag abzurunden, haben wir gekuschelt. Wir haben richtig gekuschelt. Wir blieben völlig nackt und ließen uns von dem köstlichen Hautkontakt in den besten Schlaf meines Lebens wiegen. Es fühlte sich an, als wäre ich dazu bestimmt, auf seine Brust zu passen, und als wäre sein großer Arm dazu bestimmt, sich um mich zu legen und mich warm zu halten. Es war magisch.

Dieser Campingausflug entwickelt sich sogar noch besser, als ich es mir erhofft hatte. Ich glaube sogar, dass mir das Campen gefallen könnte!

Ich meine, klar, Miles kennt meinen richtigen Namen immer noch nicht. Und ja, streng genommen lebt mein Ex-Freund immer noch bei mir und wird irgendwann zurückkommen, und Miles hat mir deutlich zu verstehen gegeben, dass er Probleme mit Eifersucht hat.

Aber abgesehen von all dem weiß er, was wichtig ist. Er weiß, wofür ich brenne. Er weiß, wie ich meinen Kaffee trinke und wie er mich necken kann. Er weiß, wo mein G-Punkt ist, das ist verdammt sicher! Dryston hat ihn nie gefunden, selbst mit ausdrücklichen Anweisungen.

Sicherlich ist die Sache mit dem anderen Vornamen eine Kleinigkeit, die keine große Rolle spielen wird, wenn ich es ihm tatsächlich sage. Ich meine, wir haben eine echte Verbindung, also ist das sicher das Wichtigste. Nicht, bei welchem Vornamen er mich nennt.

Ich ziehe mir schnell eine Jeans und ein T-Shirt an und entscheide mich dafür, mein luftgetrocknetes Haar offen zu tragen. Ich schlüpfe aus dem Zelt, wo ich feststelle, dass Miles bereits einen Großteil unserer Sachen zusammengepackt und in den Kofferraum seines Pick-ups geladen hat.

„Guten Morgen", sage ich fröhlich, während er ein paar Eier in einer Camping-Pfanne brät.

„Morgen", antwortet er mit einem schüchternen Lächeln, fast so, als könne er keinen Blickkontakt mit mir aufnehmen.

Fühlt er sich komisch wegen gestern Abend? Gott, wenn er das tut, könnte das so schlimm sein. Ich muss die Situation entschärfen. Ich muss wieder die zwanglose Mercedes sein, damit er nicht denkt, ich würde mich in ihn verlieben oder so.

Ich gehe zu ihm hinüber, wo er am Picknicktisch arbeitet, und halte ihn am Arm fest. „Puh! Es ist keine Prothese. Er hat ihn nicht abkauen müssen, Leute!", rufe ich zu niemand bestimmtem.

Er schüttelt den Kopf und seine Schüchternheit fällt augenblicklich ab. „Noch sehr intakt. Aber ich habe keine Pfannkuchenmischung mitgebracht, also deute nicht zu viel hinein, okay?"

Ich lächle und nicke, dann sehe ich mich um und strecke mich. „Du warst heute Morgen sehr beschäftigt."

Er blickt über die Schulter zurück zu seinem Truck. „Ja, heute wird es überall schlammig sein. Ich dachte mir, wir könnten genauso gut früher losfahren."

Ich nicke und ziehe meine Lippe in den Mund, da ich ein wenig enttäuscht bin. Aber da ich cool bleiben muss, antworte ich: „Nun, ich bin am Verhungern. Wie kann ich helfen?"

Kurze Zeit später sitzen wir wieder in Miles' Truck und sind auf dem Weg zurück in die Realität. Während uns die Stille im Fahrerhaus einhüllt, kann ich nicht umhin, mich zu fragen, wie es von hier an weitergeht. Hat die letzte Nacht verändert, was wir sind? Er verhält sich jedenfalls nicht anders. Sind wir immer noch nur Freunde mit Zusatzleistungen? Gehe ich zurück nach Boulder und fange wieder an, bei Tire Depot zu schreiben?

Nach einer quälend stillen Autofahrt hält Miles schließlich vor meinem Haus an. Wir steigen beide aus und gehen zum hinteren Teil seines Wagens, wo er nach meiner Tasche greift, um sie rauszuholen.

Ich nehme sie ihm ab und unsere Hände berühren sich, als ich sage: „Danke, dass du mir bei der Recherche geholfen hast." Ich lächle ihn halb an, seine stahlblauen Augen sind intensiv auf mich gerichtet.

„Jederzeit", antwortet er mit tiefer Stimme.

„Alles okay?", frage ich neugierig und schirme die Sonne von meinen Augen ab, um ihn besser sehen zu können. „Du wirkst so still."

Er schüttelt den Kopf und schenkt mir ein schiefes Lächeln. „Nur müde."

„Du hättest nicht die Matratzenauflage holen sollen." Ich gebe ihm einen spielerischen Schubs, der ihn keinen Zentimeter bewegt.

Ein schlurfendes Geräusch von hinten lässt unsere Blicke zu meiner Haustür schweifen. Meine Angst erwacht zum Leben, als ich Dean auf der Eingangstreppe stehen sehe. Er rückt seine Brille zurecht, während er uns aufmerksam beobachtet. Seine Arme sind vor der Brust verschränkt. Sein Körper ist gegen einen Stützbalken gelehnt.

Miles räuspert sich hinter mir und ich schaue ihn an, als er murmelt: „Sieht aus, als hättest du Besuch. Wir sehen uns später, Mercedes."

„Tschüss", antworte ich und beobachte wehmütig seinen Rücken, während er wieder in seinen Wagen steigt. Für einen eifersüchtigen Kerl hat er kein Problem damit, von mir wegzugehen. Obwohl er keine Ahnung hat, dass Dean mir erst vor ein paar Tagen gesagt hat, dass er mehr als Freundschaft will.

Mein Leben wird ernsthaft kompliziert.

Mit einem Dröhnen seines Trucks fährt Miles weg und

ich atme schwer aus. Ich drehe mich auf dem Absatz um und gehe zu meiner Haustür. „Hey Dean", murmle ich, fische meinen Schlüssel heraus und schließe den Riegel auf.

„Hey Kate." Dean wirkt unbeholfen, während er sich mit den Fingern über den Bart kratzt.

Ich habe Mitleid mit ihm und frage: „Willst du auf einen Kaffee reinkommen?"

Er lächelt. „Ist er kostenlos?"

Ich fixiere ihn mit einem Blick. „Für Leute, die keine Arschlöcher sind, ja."

Er sieht nach unten. „Ich werde kein Arschloch sein, ich schwöre es."

„Bist du sicher?", frage ich und gestikuliere die Straße hinunter. „Du sagst nichts über Miles' Truck? Hast du gehört, wie laut der Auspufftopf war?"

Er zieht die Brauen hoch. „Ich bin überrascht, dass du überhaupt weißt, was ein Auspufftopf ist."

Ich runzle die Stirn über diese Bemerkung. „Ich tatsächlich auch. Ich schätze, einige meiner Recherchen haben sich bewährt."

Seine Mundwinkel verziehen sich zu einem Lächeln. „Ich werde brav sein, versprochen."

Dean folgt mir nach drinnen und ich stelle meine Tasche auf den Boden und mache uns einen Kaffee. Die Erschöpfung holt auch mich ein, aber ich weiß, dass ich mit Dean reden muss. Ich habe seine Anrufe und SMS in den letzten Tagen gemieden, und ich will nicht, dass unsere Freundschaft dadurch völlig ruiniert wird.

Er stützt sich auf einen Barhocker und nimmt mir den Kaffee aus der Hand. „Hast du letzte Nacht bei Miles übernachtet?", fragt er, die Augen auf meinen Hals gerichtet.

Ich sehe ihn an und blinzle ein paarmal. „Fragst du das wirklich?"

Er rollt mit den Augen und zeigt auf eine Stelle an seinem Hals. „Du hast da vielleicht ein bisschen was …"

Meine Augen weiten sich bei der Erinnerung an Miles, wie er heftig an meinem Hals gesaugt hat. Ich mache Anstalten, den Fleck zu verdecken, woraufhin Dean schnell sagt: „Ich verurteile dich nicht, Kate, ich mache nur Smalltalk. Mach mit, okay?"

Ich atme tief ein und ziehe mein Oberteil hoch, um es zu verdecken. „Wir waren campen."

„Campen?" Die Ungläubigkeit in seiner Stimme ist mir nicht entgangen.

„Ja, campen", antworte ich und lasse meine Hand sinken. „Es war für die Buchrecherche und hat wirklich Spaß gemacht."

Dean schüttelt den Kopf. „Ich nehme also an, du schreibst etwas, das sich von deinen anderen Serien deutlich unterscheidet?"

Ich zucke mit den Schultern. „Ich versuche es."

Er starrt auf sein Getränk hinunter. „Die Inspiration muss ja fließen."

„Sie hat ihre Momente." Auch wenn sie heimliche kleine Knutschflecke beinhaltet.

„Und Miles ist der Typ, der das in dir hervorbringt?", fragt Dean und sieht zu mir auf. Ich suche nach einem Zeichen der Verurteilung in seinem Gesichtsausdruck, aber ich sehe nichts. Es ist eine aufrichtige Frage.

„Er schadet dem Ganzen sicherlich nicht." Ich zucke mit den Schultern und stütze mich mit den Ellbogen auf dem Tresen ab, wobei ich meine Kaffeetasse zwischen den Handflächen halte. „Er ist anders als alle anderen, mit denen ich je zusammen war. Er ist ein bodenständiger Typ. Ganz anders als Dryston."

„So anders als ich", fügt er mit einem gequälten Ausdruck hinter seiner dunkel gerahmten Brille hinzu.

Ich fixiere ihn mit einem Blick. „Dean, hör mal …, ich hatte nie eine Ahnung, dass du Gefühle für mich hast. Wenn ich das gewusst hätte, hätte ich so viele Dinge anders gemacht."

„Was zum Beispiel?", fragt er, die Augenbrauen verwirrt zusammengezogen.

„Ich weiß es nicht. Vielleicht wäre ich weniger oft vorbeigekommen. Hätte mich anders verhalten." Ich fahre mir mit der Hand durch die Haare und seufze. „Ich liebe dich als Freund, aber ich sehe uns einfach nicht so und es tut mir leid, wenn ich dir etwas anderes vorgemacht habe."

„Du hast mir nichts vorgemacht, Kate. Du warst du selbst. Und das zieht die Leute an." Er starrt mich mit großen, verständnisvollen Augen an und fügt dann hinzu: „Das ist derselbe Grund, warum Miles sich nicht von dir fernhalten kann, obwohl er dir gesagt hat, dass er keine Beziehung will, denn du bist so … magnetisch."

Es ist wirklich seltsam, ein Kompliment von einem Typen zu bekommen, den man gerade zurückgewiesen hat, aber ich merke, dass Dean sich wirklich bemüht, es wiedergutzumachen, und ich bin so erleichtert. „Nun, Miles hält mich immer noch fest in der zwanglosen Ecke, also bin ich anscheinend kein ausreichend starker Magnet."

Dean denkt kurz darüber nach und nimmt einen Schluck von seinem Kaffee. „Ich denke, wenn du Miles wirklich magst, musst du ihm die Wahrheit sagen. Wenn aus euch mehr wird und er herausfindet, dass du ihm etwas verheimlichst, wird das nicht gut ausgehen, Kate."

„Ich weiß", stöhne ich und fahre mir mit den Händen durch die Haare. „Ich mag einfach, wer ich mit ihm bin. Ich mag es, keinen Ballast zu haben."

„Theoretisch lebst du immer noch mit deinem Ex zu-sammen, Kate. Das ist so ziemlich der schlimmste Ballast, den man mit sich herumtragen kann. Kein Mann wird diese Information gut aufnehmen, und je länger du wartest, desto schwieriger wird es."

„Bist du sicher, dass ich nicht weiter so tun kann, als wäre ich Mercedes? Sie wäre nie mit dem dummen Dryston ausgegangen."

„Du gibst nicht vor, irgendjemand zu sein", korrigiert Dean und rückt seine Brille zurecht, um mich mit ernstem Blick zu fixieren. „Du bist Mercedes. Du bist Kate. Du musst aufhören, sie als zwei verschiedene Menschen zu betrachten, denn sie sind beide du. Du bist die Pornoautorin und die Freundin. Du bist die Bestsellerautorin und die Nachbarin. Du musst die beiden Seiten von dir nicht getrennt halten. Lass sie miteinander verschmelzen. Vielleicht ist der von dir zurückgehaltene Kate-Teil genau das, was dich und Miles zusammenbringt."

Ich schaue über den Tresen zu Dean. Mein Freund. Mein wahrer Freund, mit dem ich mich in den letzten Jahren so gut verstanden habe. Er sitzt hier und gibt mir Ratschläge, wie ich genau den Kerl für mich gewinnen kann, wegen dem ich ihn zurückweise. Trotz seiner gelegentlichen Arschloch-Tendenzen ist er im Großen und Ganzen ein wirklich ver-dammt guter Mensch.

„Danke, Dean." Ich lächle sanft.

Er atmet schwer aus. „Heißt das, wir können wieder Freunde sein? Du bist eine von vier Leuten in Boulder, die ich wirklich mag. Dich zu verlieren, wäre ein riesiges Defizit in meinem gesellschaftlichen Leben."

„Natürlich, wir sind Freunde." Ich lächle und schüttle den Kopf. „Weil ich auf keinen Fall anfangen werde, meine eigene Dachrinne zu reinigen."

Er lacht und fährt sich frustriert mit den Händen durch die Haare. „Ich hoffe, du kannst diese Sache mit Miles klären. Ich bin es leid, Lynseys und dein verdammter Handwerker zu sein. Vor allem, weil ich kein verdammter Handwerker bin. Das habe ich euch beiden gesagt. Wenn ihr Hilfe bei Investitionen braucht, kein Problem. Aber ziemlich bald werde ich anfangen, die Grenze bei Gefallen zu ziehen, die mich ins Schwitzen bringen."

„Ja, ja ..., wie auch immer, Dean."

Mit einem Lächeln stoßen wir mit unseren Kaffeetassen an und werden wieder zu dem, was wir schon immer sein sollten. Einfach Freunde. Gute Freunde.

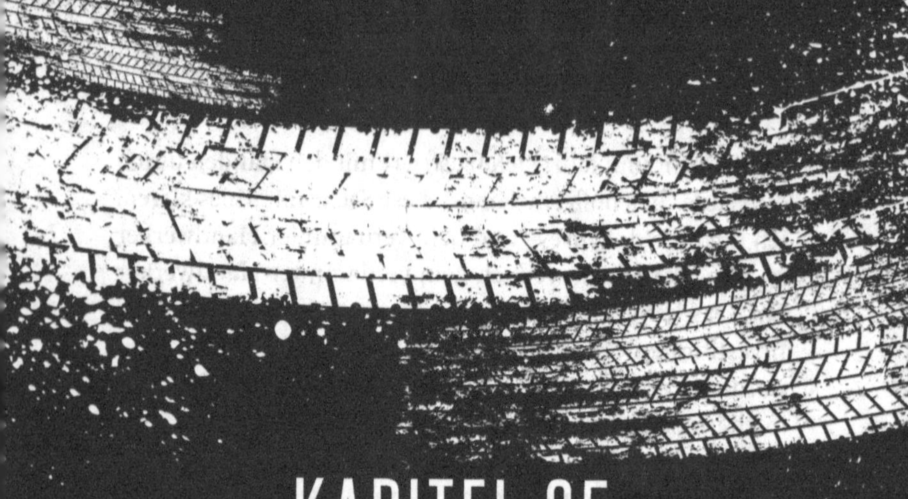

KAPITEL 25

Miles

Diese Woche bekomme ich in der Werkstatt einen Lagerkoller. Irgendetwas stimmt nicht zwischen Mercedes und mir, und ich kann es nicht genau ausmachen. Sie geht im Comfort Center ein und aus. Wir flirten regelmäßig, ich komme rein und esse Kekse, sie fragt mich nach meinem Tag. Es ist nett. Es ist freundlich. Aber es ist begrenzt. Sie hat mich nicht gebeten, ihr bei weiteren Buchrecherchen zu helfen, und ich schätze, ich frage mich nur, worauf sie wartet.

Unser Campingausflug war fantastisch. Mehr als fantastisch. Wenn man vierundzwanzig Stunden mit einem Menschen verbringt und ihn nicht umbringen will, hat man wirklich einen wahren Freund gefunden. Und so sehe ich sie immer noch. Als Freundin. Warum kommt es mir dann so vor, als würde sie immer noch einen Teil von sich vor mir verbergen?

Ich gehe zum Tresen, um Sam zu fragen, ob er am Wochenende etwas trinken gehen will. Ich muss diesen Scheiß ausdiskutieren, damit ich diese Woche nicht mit meinen abschweifenden Gedanken Fahrzeuge versaue oder Finger verliere.

Sam steht am Ende des langen, hohen Tresens, an dem die Kundenbetreuer die Leute einchecken. Ich trete neben ihn, noch immer in meinem Overall, aber nicht so schmutzig, dass ich das Gefühl hätte, ihn erst ausziehen zu müssen.

„Hey", sage ich, und er schaut von seinem Computer auf.

„Hey, Mann", sagt er mit einem Lächeln, das praktisch unter seinem roten Bart verborgen ist.

„Was machst du dieses Wochenende?", frage ich, als er das Bluetooth-Gerät aus seinem Ohr zieht.

„Nichts", antwortet er achselzuckend. „Bier?"

Ich nicke und blinzle langsam.

„So schlimm?", vermutet er.

Ich atme tief ein und taste mit dem Finger nach dem Stück roter Lakritze hinter meinem Ohr. „Ich bin nur … in einem Trott, und ich weiß nicht. Ich brauche etwas."

„Ich habe Mercedes im Comfort Center gesehen", sagt er, da er offensichtlich schon weiß, woran ich denke. „Ist sie heute hier?"

Ich schüttle den Kopf. „Ich habe sie noch nicht gesehen."

Er runzelt die Stirn. „Alles klar bei euch?"

Ich zucke mit den Schultern. „Ich denke schon? Ich weiß es nicht. Das ist mit ein Grund, warum ich einen Drink brauche."

„Ich weiß Bescheid", antwortet er mit einem mitfühlenden Lächeln.

Ein Licht spiegelt sich an der Eingangstür, als zwei blonde Jungs den Empfangsbereich betreten. Sie sehen ungefähr so alt aus wie Sam und ich. Vielleicht ein bisschen jünger. Sie sehen außerdem so aus, als würden sie nichts anderes tun als faulenzen, denn ihre Bräune ist viel zu perfekt.

Aber vor allem hat die Art ihres Auftretens etwas an sich,

das meine Alarmglocken schrillen lässt. Ich beschließe, in der Nähe zu bleiben und meinen Platz an der Theke zu halten.

Sam ist gerade damit beschäftigt, etwas in seinen Computer zu tippen, als der Mann im rosa Poloshirt seine Schlüssel auf den Tresen legt. „Ich habe einen Platten. Er muss repariert werden."

Seine Unhöflichkeit lässt mich erschaudern und ich lasse meinen Blick zu dem anderen Kerl schweifen, der ein leuchtendes, neongrünes Golfshirt anhat. Es ist fast schon blendend.

Sam lächelt Pink Polo höflich an. „Okay, wie ist Ihr Name und um was für ein Auto handelt es sich?"

„Was spielt das für eine Rolle?", schnauzt der Mann. „Es ist ein Reifen. Ich muss ihn nur schnell reparieren lassen, weil ich zur Golfrunde verabredet bin."

Der herablassende Ton des Kerls bringt mich dazu, mich aus meiner angelehnten Position zu voller Größe aufzurichten. Grünes Hemd starrt mich an.

Sam ist nicht im Geringsten beunruhigt, als er um seinen Bart herum lächelt und antwortet: „Wir müssen nur wissen, ob Sie im System sind. Denn wenn Ihr Reifen aus irgendeinem Grund nicht repariert werden kann, können wir es mit Ihrer Garantie anteilsmäßig verrechnen, um Ihnen einen neuen zu einem günstigeren Preis besorgen."

„Warum sollte mein Reifen nicht repariert werden können?", blafft Pink Polo.

„Wenn ein Loch in der Seitenwand des Reifens ist, kann man das leider nicht reparieren." Sam sieht ihn entschuldigend an.

„Was für eine Abzocke", schnauzt der Mann. „Was für ein Geschäft betreiben Sie denn?"

Ich schaue auf die Schuhe dieses Arschlochs und weiß sofort, dass Geld hier nicht das Problem ist. Privilegien sind es.

„Hey, Brah, wer ist die Braut?", fragt Grünes Hemd und lehnt sich über den Tresen zu mir, als wären wir Kumpel oder so.

Ich schaue hinüber zu Alexa, die zwei Computer weiter arbeitet.

Ich zucke unverbindlich mit den Schultern. „Sie ist Kundenbetreuerin."

Grünes Hemd lächelt. „Perfekt, wir nehmen sie."

Sam räuspert sich. „Ich fürchte, Sie haben keine Wahl. Und Sie sind bereits bei mir."

Pink Polo will offenbar da weitermachen, wo Grünes Hemd aufgehört hat. „Ich denke, wir könnten wählen, wenn wir wirklich wollten."

„Und glauben Sie mir, wir wollen sie wählen." Grünes Hemd starrt Alexa so anzüglich an, dass ich mit den Zähnen knirsche.

Ich schlage mit der Faust auf den Tresen vor mir und sage: „Hey! Das hier ist nicht ‚Bestell dir ein Mädchen aus dem Internet‘, Idiot. Willst du deinen Scheißreifen repariert haben oder nicht?"

Pink Polos Augen werden groß. „Wer ist der verdammte Manager? Ich will mit ihm sprechen."

Sam mischt sich ein und bittet uns zur Ruhe, während Grünes Hemd und ich uns über den Tresen hinweg anstarren. Er ist gut zehn Zentimeter kleiner als ich, aber seine Privilegien lassen ihn denken, dass er unantastbar sei, und ich kann solche Mistkerle nicht ausstehen. Das ist genau die Art von Kerl, die Jocelyn gesucht und offenbar gefunden hat.

„Manager. Sofort", sagt Pink Polo wieder, und Sam drückt mir eine Hand auf die Brust.

„Geh einfach zurück in die Werkstatt", sagt er, dreht den beiden Idioten den Rücken zu und schubst mich ein paar Schritte zurück. Mit zusammengebissenen Zähnen fügt er hinzu: „Ich überlasse es meinem Onkel, sich um diese Wichser zu kümmern."

Ich schaue die beiden noch einmal mit zusammengekniffenen Augen an, atme schwer aus, drehe mich auf dem Absatz um und gehe aus dem Empfangsbereich zurück in die Gasse, um Luft zu schnappen.

Ich atme tief die laue Sommerluft ein und beiße die Enden meiner Lakritze ab. „Ich wünschte wirklich, das wäre eine Zigarette", murmle ich vor mich hin, während ich Luft durch das Loch sauge.

Frustriert darüber, dass es keine Wirkung hat, werfe ich die blöde Süßigkeit an die gegenüberliegende Wand. Ich bin so in Gedanken versunken, dass ich nicht einmal höre, wie Mercedes sich mir nähert, als ihre Stimme sagt: „Wow, wow, wow, was hat das Lakritz dir nur angetan?"

Ich wende meinen Blick zu ihr und betrachte ihr Outfit. Es ist dieses blaue Sommerkleid mit den rosa Blumen. Das, bei dem man ihren ganzen Hintern sieht, wenn sie sich darin dreht.

„Nichts", antworte ich mit zusammengebissenen Zähnen.

„Was ist los mit dir?", fragt sie, während sie mich mit ihren blauen Augen von Kopf bis Fuß mustert. „Du siehst aus, als wolltest du jemandem den Kopf abreißen."

Ich schüttle den Kopf und lasse meinen Blick auf ihr Kleid fallen. „Schönes Kleid."

Sie lächelt halb. „Ich dachte, es würde dir gefallen."

„Solange du dich nicht darin drehst", sage ich entschieden.

Sie zieht die Brauen zusammen. „Was ist los mit dir?"

„Was ist los mit *dir*?", gebe ich zurück.

Sie runzelt verwirrt die Stirn. „Wie bitte?"

„Was ist in letzter Zeit mit dir los? Stehst du nicht mehr auf mich? Ist jemand Besseres gekommen, um dir bei deinen Recherchen zu helfen?" *Dean vielleicht?*

„Miles, du verhältst dich verrückt. Ich wollte dich eigentlich fragen, ob du mir heute Abend dein Haus zeigen würdest."

„Heute Abend?", frage ich, drücke eine Hand gegen die Mauer und versuche, mich ein wenig zu beruhigen.

„Ja, nach der Arbeit vielleicht. Ich möchte dein Haus sehen, insbesondere deine Garage. Du weißt schon …, Recherche. Uns die Hände schmutzig machen." Sie wackelt anzüglich mit den Augenbrauen.

Ich nicke, mein Kiefer ist angespannt. „Gut."

„Na, zeig bloß nicht zu viel Begeisterung", erwidert sie.

Ich blinzle langsam, in dem Wissen, dass sie das nicht verdient hat. Diese beiden Idioten haben mich auf die Palme gebracht, und ihr Timing war einfach zu nah an diesem Schwachsinn. „Tut mir leid …, damit bin ich einverstanden."

„Gut!", sagt sie und schüttelt meinen Arm. Mit dieser einfachen Berührung ihrer Hand auf mir hellt sich meine Stimmung auf, als sie hinzufügt: „Aber ich muss sagen, es ist wirklich heiß, dich in dieser Stimmung zu sehen … Ich hoffe, das ist später zu unserem Vorteil."

Sie zwinkert mir zu, und schon fallen mir fünf verschiedene Orte ein, an denen ich mich bei mir zu Hause in ihr verlieren möchte. Ich spüre dieses seltsame Verlangen, sie weiter zu beanspruchen. Ich fixiere sie mit ernstem Blick und antworte: „Babe …, dich in meinem Haus zu haben, bringt uns alle möglichen Vorteile."

Ihre Augen leuchten vor Vorfreude, als sie antwortet. „Ich kann es kaum erwarten. Und jetzt geh, lass deine Wut an einem armen Auto aus und hol mich hier ab, wenn du fertig bist."

Ich nicke und beobachte, wie ihr Rock im Wind flattert, während sie zurück in Richtung des Mitarbeitereingangs des Comfort Centers schreitet.

KAPITEL 26

Kate

Ich hätte sein Haus aus einer Meile Entfernung erkannt. Wortspiel beabsichtigt. Während ich meine Arme fest um seine Taille schlinge, fährt Miles eine kurze Schotterpiste hinunter, die von der Hauptstraße durch Jamestown abzweigt. Als eine rostige Ranch im Shabby Chic inmitten wunderschöner Gebirgsausläufer in Sicht kommt, weiß ich, dass es sein Haus ist. Es schreit geradezu nach Miles: männlich, rustikal und ein wenig verwildert.

Das Haus ist mit gebeizten Zedernholzplanken verkleidet und hat zwei unterfahrbare Garagen unter einer riesigen, umlaufenden Veranda. Er hat ein paar Adirondack-Stühle neben seiner Haustür aufgestellt, und ich kann mir gut vorstellen, wie er eine Tasse Kaffee trinkt und auf den Bach schaut, der durch sein Grundstück fließt.

Er hält sein Motorrad vor der Garage an und kickt den Ständer aus, bevor er den Motor abstellt.

„Oh mein Gott, Miles!", rufe ich und schüttle ihn ein

wenig an den Schultern, um ihm meine Begeisterung zu zeigen.

„Was?", fragt er, zieht seine Pilotenbrille herunter und schaut über seine Schulter zu mir. Seine Stimmung scheint etwas besser zu sein als vorhin, aber ich habe das Gefühl zu wissen, was ihn völlig umstimmen wird.

„Dein Haus ist atemberaubend!", rufe ich aus, während ich sein Gesicht in der untergehenden Sonne betrachte. Die goldenen Farben bringen seine blauen Augen richtig zur Geltung.

„Ach." Er zuckt mit den Schultern, steigt vom Motorrad und dreht sich um, um mir den Helm abzunehmen.

Ich kämme mein Haar mit den Fingern aus, die Augen sind ungläubig geweitet. „Machst du Witze? Es ist umwerfend!"

Er klemmt sich den Helm unter den Arm und schaut auf den Bach hinaus. „Ich konnte in Boulder nichts finden, zumindest nichts, was ich mir leisten konnte, das mir ein bisschen Land und etwas Privatsphäre bietet. Ich hasse Nachbarn wirklich."

Ich lache und schaue mich um, um festzustellen, dass er hier völlig abgeschieden ist. Sein eigenes kleines privates Refugium in einem Stück Wildnis, nur zwanzig Minuten von Boulder entfernt. „Nun, das ist perfekt. So etwas würde in Boulder locker zwei Millionen kosten."

„Was du nicht sagst", antwortet er sofort und reibt sich den Nacken. „Wie ich schon sagte, es ist noch in Arbeit, aber es ist meins."

Ich lächle strahlend und steige vom Motorrad. „Zeig es mir von innen!" Ich muss mich davon abhalten, wie eine Idiotin auf und ab zu springen.

Er gluckst leise. „Okay, aber dann machen wir uns in der Garage schmutzig."

„Okay", schimpfe ich, bevor ich mich von ihm die Treppe hinauf und durch seine Haustür ziehen lasse.

Er hat es eilig, wieder in die Garage zu kommen, aber als ich mir das Haus bei seiner hastigen Tour ansehe, kann ich erkennen, dass Miles eine Vision hat. Die meisten Leute hätten diese Immobilie wahrscheinlich keines zweiten Blickes gewürdigt, aber er hat sie bereits in etwas wirklich Einzigartiges und Besonderes verwandelt.

Als Erstes zeigt er auf die Stelle, an der letzten Sommer eine große Wand herausgerissen wurde, die ursprünglich das Esszimmer vom Wohnzimmer getrennt hat. Da es sich um eine tragende Wand handelte, brachte er Stützbalken aus Astholz an, die in einem tiefen Espresso-Farbton gebeizt wurden, der einen schönen Kontrast zu der weißen Überfälzung an zwei Wänden des Wohnzimmers bildet. Der gewünschte Effekt ist eine rustikale Bauernhausatmosphäre, die Charme und natürliches Licht versprüht.

Seine Möbel sind minimalistisch. Maskulin. Ein Ledersofa und eine Couch stehen vor einem riesigen Großbildfernseher. Seine Küche ist derzeit noch in Arbeit, aber die neuen Schieferarbeitsplatten wurden erst letzte Woche eingebaut, und jetzt ist er dabei, die Schränke neu zu lackieren. Die Schranktüren sind alle ausgebaut und warten in der Garage auf ihren nächsten Anstrich.

Er zeigt mir sein Schlafzimmer, in dem sich ein riesiges Bett befindet, das nach praktischem Komfort schreit. Aber als er mich um die Ecke zu seinem Hauptbad führt, ist klar, wohin sein ganzes Geld geflossen ist.

Eine riesige, zweiköpfige Wasserfalldusche nimmt eine ganze Wand des Badezimmers ein, mit einer vollkommen durchsichtigen Glastür, die seine unglaublichen Fliesenarbeiten zur Schau stellt. Es ist möglich, dass mein Slip ein wenig feucht wurde, als er mir erzählte, dass er diese

Arbeit selbst gemacht hat. Er hat außerdem die Wand entfernt, die das Bad vom Gästezimmer trennte, damit er diesen Raum in einen begehbaren Kleiderschrank verwandeln kann.

Ehrlich gesagt, seine Ex ist eine verdammte Idiotin. Dieser Mann wäre der perfekte Ehemann.

Schnell zeigt er mir ein Gästezimmer mit Flauschteppich und holzvertäfelten Wänden. Er sagt, das stünde als Nächstes auf seiner Liste, aber der Anblick ist irgendwie toll, denn er zeigt, wie viel Arbeit er bereits in dieses Haus gesteckt hat. Miles ist eindeutig niemand, der tatenlos herumsitzt.

Als wir die Innentreppe hinuntergehen und er die Tür zu seiner Garage öffnet, lächelt er mir über die Schulter zu und sagt mir, dass *hier* die Magie passiere.

Wer kennt die Art von Sex, bei der es fummelig und chaotisch zugeht, bei der viel umgeworfen wird und man sich die ganze Zeit für alles entschuldigt, man es aber trotzdem irgendwie schafft, einen epischen Orgasmus zu haben und etwas kaputt zu machen?

Niemand?

Ja, ich auch nicht …, bis heute Abend.

Miles zeigte mir nicht nur seine schmutzige Garage und zählte all seine Werkzeuge auf, die sich anhören, als wären sie für ein Sexspielzeugzimmer gedacht. Er hat mir auch einen harten und rauen Quickie gegeben, bei dem er mich über seinen Werkzeugkasten beugte und meine Arme mit verschütteter Bremsflüssigkeit ganz schmutzig machte. Ich musste mich danach an seinem mit Farbe bespritzten Arbeitsbecken waschen, um den Geruch loszuwerden.

Was auch immer Miles vorhin beunruhigt hat, der Rundgang durch sein Haus und der Quickie haben ihn anscheinend sehr beruhigt. Und wenn man bedenkt, dass ich einen erschütternden Orgasmus hatte, kann ich mich auch nicht beschweren.

Bevor ich nach oben gehe, um mich in dieser umwerfenden Dusche zu waschen, führt Miles mich in seine zweite Garage, um mir ein Projekt zu zeigen, an dem er gerade arbeitet.

Er zieht an ein paar Metallkettenschaltern an der Decke, die Glühbirnen schwingen über unseren Köpfen und offenbaren einen beeindruckenden Oldtimer-Truck.

„Er hat meinem Großvater gehört", erklärt er und lässt die Hände in die Taschen gleiten. Seine Muskeln sind von der Anstrengung in der anderen Garage besonders geädert. „Es ist ein 65er Ford Pick-up. Ich habe ihn erst vor ein paar Monaten weiß lackiert und die Innenausstattung letzte Woche fertiggestellt. Jetzt fehlt nur noch dieser spezielle Vergaser, der nur in diesem Modell funktioniert. Er ist wirklich schwer zu finden und deshalb auch wahnsinnig teuer. Das meiste Geld habe ich in die Renovierung meines Hauses gesteckt, also warte ich, bis ich die Mittel habe, um ihn wieder zum Laufen zu bringen."

„Er sieht also hübsch aus, aber er ist nicht funktional", sage ich, während ich meine Hände über die glänzende weiße Farbe gleiten lasse. Der Wagen ist perfekt. Das Chrom glänzt mehr als ein Spiegel. Ich lächle und füge hinzu: „Er ist wie Kunst."

„Das kann man wohl sagen", antwortet er und beobachtet mich neugierig von der Tür aus.

Ich fahre mit meiner Betrachtung fort. „Er sieht aus, als gehöre er in einen Pixar-Film", denke ich lächelnd, schaue mir die Front an und stelle mir vor, wie sich der Kühlergrill zum Sprechen öffnet.

Das bringt Miles zum Lachen, was schön ist, denn ich habe seine fröhliche Art vermisst, die er beim Campen hatte. Ich hätte mir denken können, dass Oldtimer für Kfz-Mechaniker erektionswürdig sind.

„Du hast gesagt, er hat deinem Großvater gehört?", frage ich und gehe um die Motorhaube herum zur Beifahrertür, um mir den Innenraum genauer anzusehen. Die weiße Ledersitzbank im Inneren des Fahrerhauses ist wunderschön.

„Ja", nickt Miles, dessen Haltung sich sichtlich versteift, als er hinzufügt: „Er ist vor zwei Jahren gestorben."

Ich hebe den Blick zu ihm und sofort überkommt mich Mitleid. „Es tut mir so leid, das zu hören."

Er atmet schwer aus und schenkt mir ein trauriges Lächeln. „Ja, es war für uns alle ein Schock. Ich meine, er war siebenundsiebzig, es ist also nicht so, dass er nicht ein gutes, langes Leben hatte. Aber er war einer von denen, die schienen, als würden sie ewig leben."

„Niemals alternd? Immer nur in diesem perfekten Opa-Look?"

„Ja", stimmt Miles zu. „Hast du auch solche Großeltern?"

Ich lache leise. „Meine Oma, die für mich Termine mit ihrem Priester vereinbart. Sie wird ewig leben, da bin ich mir sicher. Und wenn sie stirbt, wird sie mich bestimmt von ihrem Grab aus weiterhin heimsuchen." Miles schüttelt den Kopf, aber ich wehre sein Mitgefühl ab. „In gewisser Weise habe ich Spaß daran, das alte Mädchen zu ärgern. Es ist wie unsere besondere Verbindung, weißt du?"

Er nickt, geht zur Vorderseite des Trucks und starrt auf die Motorhaube. „Das verstehe ich. Bei meinem Großvater und mir waren es Autos. Ich weiß noch, wie ich als Kind mit ihm daran gearbeitet habe. Er hat mir so viel beigebracht. Ich kannte die Namen der Werkzeuge noch vor den Namen meiner Cousins. Das hat meine Mutter wahnsinnig gemacht."

Ich kichere. „Gott, ich wette, du warst ein süßes Kind.

Dunkle Haare, helle Augen. Ich wette, du hast von deinem Großvater alles bekommen, was du wolltest."

Miles hebt die Brauen. „Na ja, er hat immer Süßigkeiten für mich im Handschuhfach aufbewahrt." Er geht zu mir hinüber und schiebt mich aus dem Weg, damit er die Beifahrertür öffnen kann. Er beugt sich hinein, drückt den Knopf für das Fach und holt eine Tüte mit runden, rosa Bonbons heraus.

„Willst du eins?", fragt er mit einem schiefen Lächeln, und der Duft von Beeren steigt mir in die Nase.

Ich lache kopfschüttelnd. „Nein. Wenn das die von deinem Opa waren, sollten sie bleiben, wo sie sind."

Er nickt und antwortet: „Sie sind so alt, aber ich kann mich nicht dazu durchringen, sie zu essen oder wegzuwerfen." Er lehnt sich in den Wagen und legt sie dorthin zurück, wo er sie gefunden hat.

Als er sich zurückzieht, um die Tür zu schließen, glaube ich, einen Glanz in seinen Augen zu sehen, der vorher nicht da war. Er stützt sich an der Tür ab und kneift sich in den Nasenrücken. „Ich glaube, die Bremsflüssigkeit brennt mir immer noch in den Augen."

Ich strecke meine Hand aus und streiche mit einer sanften, beruhigenden Bewegung über seinen Arm, wobei sich ein Kloß in meinem Hals bildet, weil er so sehr versucht, den Schmerz zu verbergen.

„Was ist?", frage ich, während mein Daumen langsame, sanfte Kreise über die Innenseite seines Handgelenks streicht.

Er schüttelt mit einem traurigen Lächeln den Kopf. „Nichts."

„Miles", wiederhole ich und sehe ihn aufmunternd an. „Sag es mir einfach."

Er atmet aus und lehnt sich mit dem Rücken gegen die offene Tür. „Ich wünschte, er würde schon laufen." Er schaut zur Decke, als wolle er die aufsteigenden Tränen zurück in seinen Körper treiben. „Es war eine Art Sterbeversprechen, das ich ihm gegeben habe, und ich fühle mich schlecht, dass ich es noch nicht vollendet habe.“

„Miles“, sage ich mit einem traurigen Lachen. „Sieh dir das Ding an. Es ist wunderschön. Es ist Kunst! Du hast schon so viel damit gemacht.“

Er schüttelt den Kopf und schenkt mir ein Lachen. „Aber er würde mir eine Standpauke halten, weil ich es noch nicht geschafft habe. Er tat gerne so, als wäre er ein mürrischer alter Mann, aber er hatte auch eine weiche Seite, die er nur ein paar von uns zeigte.“

Dieses Bild bringt mich zum Lächeln. „Das sind die besten. Es bedeutet mehr, wenn man zu den Glücklichen gehört, die diese Seite von ihnen zu sehen bekommen.“

„Genau“, antwortet Miles, der wieder zu mir hinunterschaut.

„Hat er deine Ex gemocht?“, frage ich. Die Frage kommt mir unerwartet über die Lippen.

Miles scheint darüber verwirrt zu sein, schüttelt es aber ab. „Nein, er hat sie regelrecht gehasst. Das erste Mal, dass ich ihn das Wort Miststück sagen hörte, bezog er sich auf sie.“

Das bringt mich so sehr zum Kichern, dass ich mir den Mund zuhalten muss. „Ich glaube, ich hätte deinen Opa sehr gemocht.“

Miles neigt nachdenklich den Kopf und mustert mich einen Moment lang von Kopf bis Fuß. „Aus irgendeinem Grund glaube ich, dass er dich auch gemocht hätte.“

„Ach?“, antworte ich, verschränke die Arme vor der Brust und lehne mich an das Auto. „Was denkst du, warum ich eine Sonderbehandlung bekommen würde?“

Er zuckt mit den Schultern. „Ich denke, weil du so bodenständig bist, Mercedes. Du ziehst keine Show für die Leute ab, und alles, was du sagst, ist genau das, was du bist. Es ist eine seltene Eigenschaft – genau das zu sein, was man den Leuten zeigt."

Schuldgefühle erdrücken mich bei seinen Worten. Und dann kommen noch Deans Worte von neulich dazu. Ich muss ihm meinen Namen nennen. Das war der Sinn des heutigen Abends. Es hat lange genug gedauert. Ich spiele Spielchen, und wenn man Spielchen spielt, verliert immer jemand.

Miles' atemberaubende blaue Augen sind voller Schmerz und Leidenschaft und so offen zu mir, dass ich das Gefühl habe, seine ganze Seele sehen zu können. Ich weiß, dass die Zeit für die Wahrheit jetzt gekommen ist. Ich möchte, dass er alles von mir kennt. Das Langweilige und das Mutige. „Miles, ich muss dir sagen …"

Ich kann meinen Satz nicht beenden, denn sein Mund ist auf meinem. Seine riesige Gestalt beugt sich über mich, und mein Gesicht liegt in seinen Händen, während seine Zunge zwischen meine Lippen wandert, um die meine zu liebkosen.

Meine Hände greifen nach oben und halten sich an seinen Armen fest, während seine Lippen so zärtlich von mir Besitz ergreifen, dass ich spüre, wie sich Schmetterlinge in meinen Zehen, in meinen Beinen, in meinem Bauch und in meinem Kopf bilden. Sogar in meiner Brust. Besonders in meiner Brust, genau an der Stelle, die heftiger pocht, als er meinen Hintern an das kühle Metall hinter mir presst.

Er neigt den Kopf und vertieft den Kuss, wobei er sorgfältig meiner Ober- und Unterlippe huldigt, bevor seine Zunge in meinen Mund eintaucht, die meine massiert und kunstvoll gibt und nimmt. Ebbend und wogend. Ein sanftes Einfordern.

Ich spüre, wie sich sein Arm unter meiner Hand bewegt und anspannt, bevor ich höre, wie sich die Tür des

Trucks öffnet. Ohne seine Lippen von meinen zu lösen, schiebt er mich rüber, sodass mein Hintern auf die weiche Sitzbank des Trucks trifft. Er küsst mich den ganzen Weg in den Wagen hinein, bis ich flach auf dem Rücken liege und meine Schenkel sich fest um seine Seiten pressen, während sein Gewicht hart und schwer auf mich drückt.

Schließlich löse ich mich, während sich unsere Körper unkontrolliert aneinander reiben. „Miles, bist du sicher?", krächze ich, weil ich will, dass er sich bewusst ist, wo wir gerade sind. „Du willst es hier tun?"

„Schhhh, Mercedes", flüstert er und drückt mir einen sanften Kuss auf die Lippen, bevor er mich mit flehenden Augen ansieht. „Gib mir nur diesen Moment. Bitte. Keine Recherche. Kein Nachdenken. Ich … du fühlst dich so gut an, und ich muss mich jetzt gut fühlen." Er atmet schwer aus und fügt hinzu: „Ich brauche das."

Ich schlucke die Qual seiner Stimme hinunter, meine eigene Schuld verzehrt mich völlig, als er sich zurückzieht, meine Jeansshorts öffnet und sie zusammen mit meiner Unterwäsche langsam nach unten und von meinen Beinen zieht. Er drückt seine Handfläche auf meinen Schamhügel und streicht zwischen meinen Schamlippen hindurch. „Du bist immer bereit für mich. Immer." Er sagt es mit einer solchen Ehrfurcht, dass ich mich fast schuldig fühle.

Er lässt sich wieder auf mich sinken, nimmt meine Lippen und küsst mich fieberhaft, schiebt mein Oberteil hoch und zieht meine BH-Körbchen herunter, um einen Nippel tief in seinen Mund zu ziehen.

Meine Hände gleiten durch sein Haar, streichen durch die dicken, kurzen Strähnen, während ich meine Hüften an ihn drücke und die köstliche Bestrafung, die er meinem Körper verpasst, genieße.

Wir reiben uns so sehr aneinander, dass meine Klitoris

von seiner Jeans fast wund ist. „Miles, ich brauche dich", flüstere ich leise, nicht mehr in der Lage, einen weiteren Moment dieser schmerzhaften Folter zu ertragen.

Er gibt ein tiefes Grummeln von sich. „Ich habe kein Kondom dabei." Er drückt seine Stirn auf meine Brust, offensichtlich gequält von der Vorstellung, nach oben gehen zu müssen.

Ich will nicht, dass er mich so verlässt, also antworte ich schnell: „Ich nehme die Pille." Miles' Kopf hebt sich, sein Blick ist ernst auf den meinen gerichtet. Es macht mich nervös, weshalb ich schnell hinzufüge: „Und ich vertraue dir."

Er starrt mich an, blinzelt mehrmals und nimmt mich einen Moment lang wahr, bevor er langsam fragt: „Bist du sicher?"

Ich nicke, denn ehrlich gesagt bin ich hier diejenige, der man nicht trauen kann. Miles ist perfekt.

Ich greife zwischen uns hinunter und fange an, zittrig an seiner Jeans herumzufummeln. Mit jeder Minute, die verstreicht, ohne dass er diese Sehnsucht in mir stillt, überkommt mich ein Wahnsinn. Ich brauche ihn genauso sehr, wie er mich braucht. Das Vergnügen wird mir die Schuldgefühle und die Qualen nehmen, die mich verzehren. Ich muss mich in seinem Gewicht und seinem Körper verlieren, statt daran zu denken, was ich vor ihm verberge und wie schlimm das alles enden könnte.

Ich schiebe seine Jeans über seine Pobacken und nehme seine Länge fest in die Hand, um sie zwischen meinen Schlitz und die Stelle zu schieben, wo ich ihn brauche.

„Miles", rufe ich flehend. „Tu es."

„Mercedes", knurrt er und stößt in mich hinein. Tief. So tief.

„Ja", rufe ich, denn die Berührung von Haut an Haut

ist wunderbar. Die Fülle ist wundervoll. Der Druck ist lebensbejahend.

„Mercedes", stöhnt er wieder und wieder, wobei er zwischen meinem Namen und Küssen auf meinen Hals sowie mein Schlüsselbein wechselt. Und es dauert nicht lange, bis ich spüre, wie mir die Tränen in die geschlossenen Augen steigen. Tränen über meinen bevorstehenden Untergang.

Er wird mir nie verzeihen.

KAPITEL 27

Miles

Stirnrunzelnd schaue ich auf mein Telefon, das ich fest in der Hand halte, in der Hoffnung, es würde vibrieren. Klingeln. Irgendetwas. Egal, was. Es ist schon Tage her, dass ich Mercedes zu mir nach Hause gebracht habe, und ich habe kein Wort von ihr gehört.

Ich weiß, dass das Vögeln ohne Gummi gefährlich ist, aber hat sie Angst, sich bei mir etwas geholt zu haben? Ich bin sauber. Wir haben danach sogar noch weiter darüber gesprochen. Ich mache es nie ohne Kondom. Selbst in all den Jahren mit Joce haben wir immer Kondome benutzt. Sie war so paranoid darüber, schwanger zu werden – was ironisch ist, wenn man bedenkt, dass sie von diesem reichen Mistkerl versehentlich schwanger wurde.

Und ich weiß, dass ich seitdem ein wenig rumgeschlafen habe, aber ich war immer vorsichtig. So verdammt vorsichtig. Ich weiß nicht, was an jenem Abend im Truck meines Großvaters über mich kam. Ich schätze, da sind einfach zwei Welten aufeinandergeprallt. Die alte und die neue, und es fühlte sich so richtig an, so natürlich, so … echt. Ich musste sie haben. Dort. In diesem Truck.

Mein Opa wäre auch verdammt stolz gewesen. Er hätte mir auf die Schulter geklopft und mir wahrscheinlich gesagt, ich solle jedem Mädchen einen Ring an den Finger stecken, das in einem Oldtimer-Truck die Beine spreizt.

Bei diesem Gedanken lache ich und nehme einen langen Schluck von meinem Bier, dann bitte ich den Barkeeper mit einer Geste um ein weiteres.

„Alter, hast du mir die ganze Zeit überhaupt zugehört?“, fragt Sam und dreht sich zu mir um. Sein rothaariger Bart ist lang und struppig, seine Augen schmal und wütend.

„Ja, ich habe dir zugehört. Dein Onkel will, dass du ihn bei Tire Depot auskaufst. Das ist fantastisch, Mann.“

„Das ist für uns beide fantastisch, Dumpfbacke.“

„Hm?“, antworte ich, während ich gedankenlos den Untersetzer des Pearl Street Pub zerreiße. „Was habe ich denn damit zu tun?“

„Wenn ich Tire Depot leite, möchte ich dich an meiner Seite haben. Vielleicht als Manager oder als verdammter Ersatzteilleiter. Ich weiß nicht, Mann. Scheiße, vielleicht kannst du diese Oldtimer-Werkstatt unter dem Dach von Tire Depot eröffnen. Dann kannst du endlich öfter an Oldtimern arbeiten. Wir können Werbung dafür machen und so. Kannst du dir vorstellen, wie cool der Truck deines Opas in unserem Showroom aussehen würde? Verdammte Weißwandreifen. Gottverdammt, ich kriege allein beim Gedanken daran einen Steifen.“

Ich schüttle den Kopf und reiche dem Barkeeper meine leere Flasche, als er mir eine neue hinhält. „Ich schätze, das wäre nicht übel.“

„Da hast du verdammt recht, das wäre es nicht“, brüllt Sam und stößt unsere Flaschen an. „Mein Gott, dann hätten wir alles in einem Laden. Reifen, Autoreparaturen und Oldtimer-Restaurierungen. Damit könnten wir in Denver werben, denn du weißt, dass Leute mit Oldtimern für gute Arbeit weit fahren. Und bei den Klassikern bist du ein verdammter Profi, Bro. Das weißt du doch."

Ich nicke gedankenlos, in dem Wissen, dass er etwas sagt, wovon wir schon oft zusammen geträumt haben, aber aus irgendeinem Grund kann ich meine Gedanken nicht von Mercedes abwenden.

„Alter!" Sam schlägt mir fest auf die Schulter.

In Windeseile bin ich auf den Beinen, meine Wut entlädt sich schneller als erwartet. Mein Kiefer ist so fest angespannt, dass ich glaube, meine Zähne knacken zu hören.

Sam zieht seine Hand kapitulierend zurück. „Beruhige dich, verdammt noch mal. Ich versuche nur, dich aus dieser miesen Stimmung herauszuholen. Du musst flachgelegt werden."

„Fick dich", knurre ich, als ich mich wieder auf meinen Barhocker fallen lasse.

„Es ist wahr. Du schmachtest einer Fickfreundin hinterher, und das ist dumm."

„Sie ist keine Fickfreundin", knurre ich und stoße ihn gegen den Arm. „Pass verdammt noch mal auf, wie du über sie sprichst. Ich mache keine Witze, Mann."

„Okay, okay. Aber du musst deine Prioritäten richtig setzen. Lass nicht zu, dass dieses Mädchen dir in den Kopf steigt und dich zwingt, eine großartige Gelegenheit zu verpassen. Ich sage, dass wir in naher Zukunft Geschäftspartner sein können. Ich sage, dass wir uns Boulder unterwerfen werden, und es wird verdammt fantastisch werden."

Ich nicke feierlich und lasse seine Worte auf mich wirken. Es ist klar, dass Mercedes heute Abend alle meine Gedanken in Beschlag genommen hat, und das ist genau die Art von

Scheiße, die ich in meinem Leben nicht brauche. Wenn sie mich nicht anruft, werde ich mich nicht darüber aufregen. Wir sind zwanglos. Genau das wollte ich.

Ich wollte *kein* Drama.

Mit neuer Zielstrebigkeit schlage ich mit der Hand auf die Theke. „Du hast verdammt recht, Sam. Das wird der Hammer."

„Da hast du verdammt noch mal recht!" Er stößt sein Bier mit meinem an und sieht mich verwirrt an, als ich aufstehe. „Was machen wir?"

„Wir gehen."

„Gehen? Wohin gehen wir?"

„Wir feiern, Bro. Wir haben eine neue Zukunft vor uns, und es wird Zeit, dass wir aus der alten Szene herauskommen. Lass uns die Pearl Street runtergehen und sehen, in welchen Ärger wir geraten können."

Sam lacht schallend und klopft mir auf die Schulter. „Ich bin dabei!"

KAPITEL 28

Kate

„Oh, ich sehe einen Tisch, der gerade frei geworden ist!", kreischt Lynsey, eilt mit ihrem Long Island Iced Tea davon und stürzt praktisch über einen Edelstahltisch, noch bevor das Pärchen, das ihn gerade besetzt, seine Jacken angezogen hat, um zu gehen.

Ich erschaudere bei diesem Anblick und schaue mich um, um zu sehen, wie viele Leute zuschauen. Nicht allzu viele. Könnte schlimmer sein. Aber ich weiß Lynseys Bemühungen zu schätzen, denn in der West End Tavern ist es schwer, einen Tisch zu ergattern. Es ist eine Bar in Boulder mit drei Etagen voller Sitzplätze im Freien, und die Dachterrasse ist im Sommer immer voll. Die Aussicht auf die Berge ist atemberaubend, und es ist einer dieser Orte, an denen es immer laut ist, sodass man das Gefühl hat, Teil von etwas zu sein.

Mit einem verlegenen Gesichtsausdruck gehe ich zu dem Paar, das sich langsam zurückzieht und flüstere ihnen eine Entschuldigung zu. Lynsey rutscht schließlich von der Tischplatte herunter auf einen Stuhl.

„Okay, mach da weiter, wo du aufgehört hast", sagt sie, als ich mich ihr gegenüber hinsetze.

„Wo war ich stehengeblieben?", frage ich, während ich an einem Glas Wein nippe, da Bier nach der Woche, die ich hinter mir habe, nicht mehr ausreicht.

„Nun, Dryston ist zurück …", beginnt sie, meine vorherige Geschichte wiederholend.

Ich stoße ein Lachen aus. „Ja, nun, das ist so ziemlich alles, was ich weiß. Ich habe vor ein paar Tagen eine SMS von ihm bekommen, als ich im Supermarkt war, in der in Großbuchstaben stand: WO IST MEIN ZEUG. Und er hat einen Punkt anstelle eines Fragezeichens gesetzt …, Idiot."

„Dann war er offensichtlich wieder im Haus", sagt Lynsey mit großen, besorgten Augen.

Ich zucke mit den Schultern. „Ich denke schon. Er sagte, er wohne bei seinem Freund Mitchell."

Sie schüttelt den Kopf, kleine Strähnen ihres braunen Haares fallen aus dem unordentlichen Dutt auf ihrem Kopf. „Das ist unheimlich."

„Super unheimlich", stimme ich zu, greife in mein eigenes Haar und ziehe es zur Seite, um meinen Nacken zu kühlen. „Dryston sollte erst in einem Monat zurückkommen. Ich dachte, ich hätte noch Zeit, ihm zu sagen, dass ich seine ganzen Sachen in ein Lagerhaus gebracht habe." Übersetzung: Ich dachte, ich hätte Zeit, Miles die Wahrheit über meinen Mitbewohner zu sagen.

„Und was hast du gesagt?", fragt Lynsey und nimmt noch einen Schluck von ihrem Long Island.

„Ich habe ihm gesagt, wo der Container ist und dass ich ihn dorthin liefern lassen kann, wo er zu wohnen gedenkt, denn jetzt, wo er wieder in der Stadt ist, werde ich die Schlösser austauschen."

Ihre Augen leuchten vor Aufregung. „Oh mein Gott, das hast du nicht getan!"

Ich nicke. „Das habe ich. Scheiß auf ihn. Er schleicht sich ohne Ankündigung zurück in die Stadt und denkt, er kann einfach in mein Haus schreiten, als hätte er den ganzen Sommer über Miete bezahlt? Das ist Blödsinn, denn er hat mir ganz sicher keine Schecks geschickt. Ich zahle ihm seinen Anteil der Kaution fürs Reihenhaus zurück, wenn es das ist, was nötig ist. Ich werde nicht umziehen!"

„Gut gemacht!", ruft Lynsey, wobei sie aufgeregt auf den Tisch schlägt. „Endlich setzt du dich für dich selbst ein."

„Verdammt richtig, das tue ich", antworte ich lächelnd und nehme einen Schluck von meinem Wein. „Also erzähl mir von dir. Wo warst du in den letzten paar Tagen? Ich habe vorbeigeschaut, aber du bist nie zu Hause."

Lynseys Gesicht errötet, als ich plötzlich das Thema wechsle. Ihre Augen glitzern förmlich in den überdimensionalen Edison-Lampen. „Du wirst so stolz sein."

„Sag es mir."

Sie seufzt schwer. „Na ja, meine Abschlussarbeit lief furchtbar, also beschloss ich, zurück in die Krankenhauscafeteria zu gehen, um zu sehen, ob ich einen Tire-Depot-Moment haben könnte."

Mein Lächeln ist enorm. „Und? Hast du?", quieke ich fast.

„Ja", quiekt sie zurück und verdeckt ihr Gesicht wie das Affen-Emoji.

„Warum tust du so, als sei dir das peinlich? Das ist großartig!"

Sie rollt mit den Augen. „Na ja, meine Güte, ich esse jetzt jeden Tag dort und habe das Gefühl, dass die Leute in der Cafeteria denken, ich sei aus irgendeinem tragischen Grund dort. Normalerweise schreien sie ‚Nächster', wenn man an der Reihe ist zu zahlen, aber immer wenn sie mich sehen, sagen sie ‚Komm, Schätzchen‘. Es ist so seltsam offensichtlich. Ich glaube, die Leute fangen an, das zu bemerken.“

Ich schnaube: „Wer denn? Die Familien der anderen Patienten, die alle nur vorübergehend dort sind? Die sind in einer Woche wieder weg.“

„Na ja …, nicht nur die Familien der Patienten. Da gibt es diesen älteren Arzt, der irgendwie ein Arschloch ist. Er guckt mich jedes Mal finster an, wenn er mich sieht. Ich kann nicht sagen, ob das sein Gesicht ist oder ob er mich für einen Freak hält.“

„Ignoriere ihn einfach. Wenn er Arzt ist, ist er sicher viel zu beschäftigt, um sich um dich zu kümmern.“

„Ja, du hast wahrscheinlich recht. Ich nehme ihn nur wahr, weil er *verdammt* heiß ist. Wie wenn man McDreamy und McSteamy nimmt und ihre Penisse aneinander reibt. So heiß ist er.“

Ich spucke fast Wein aus der Nase. „Lynsey! Das war skandalös!“

Sie zuckt mit den Schultern. „Ich kenne ein Mädchen, das die besten perversen Bücher schreibt. Du solltest sie mal lesen, um deinen Horizont zu erweitern.“ Sie zwinkert und fügt hinzu: „Jetzt, wo Dryston endlich offiziell weg ist, heißt das, dass dich nichts mehr davon abhalten kann, mit Miles den nächsten Schritt zu machen?“

„Abgesehen von dieser ganzen lästigen Sache mit dem Vornamen“, antworte ich und schürze die Lippen, weil ich ihn schon jetzt wie verrückt vermisse. Ich bin Miles aus dem Weg gegangen, aus Angst, Dryston könnte unerwartet vorbeikommen. Aber viel länger werde ich mich nicht mehr fernhalten können. Ich muss mit allem ins Reine kommen. Alles rauslassen und hoffen, dass er es versteht.

Sie schüttelt das ab, als wäre es nichts und trinkt den Rest ihres Drinks. Es ist kurz vor elf, aber ich merke schon, dass dies einer der Abende sein wird, an denen wir mit dem Taxi nach Hause fahren müssen.

Lynsey schaut sich mit verkniffener Miene um. „Bekommen wir hier keine Kellnerin?" Sie gibt ein kleines Knurren von sich und steht auf. „Ich geh mal pinkeln und hol mir was an der Bar. Noch einen Wein?"

„Bitte!", brülle ich ihr hinterher, als sie sich zurückzieht.

Und kaum habe ich mich in meinem Stuhl zurückgelehnt und überlegt, was ich Miles schreiben soll, nachdem die Sache mit Dryston nun erledigt ist, setzt sich der Mann selbst neben mich.

„Schatz, ich bin zu Hause!" Dryston lacht unausstehlich und schnappt sich mein Weinglas. Er setzt es an die Lippen, trinkt die letzten Tropfen aus und starrt mich mit halb geöffneten Augen an. „Wie geht es dir, Katie?"

Ich rolle mit den Augen und schüttle den Kopf. Er ist der Einzige in meinem Leben, der mich jemals Katie genannt hat, und ich kann nicht glauben, dass ich das jemals süß fand. „Mir geht's gut, Dryston. Und wie geht es dir?"

Ich mustere ihn eine Minute lang von Kopf bis Fuß und stelle fest, dass er eindeutig betrunken ist. Sein Körper schwankt leicht, während er sich mit den Armen auf dem Metalltisch abstützt. Es ist jetzt zwei Monate her, dass er für den Sommer abgereist ist, und ich habe ihn kein bisschen vermisst.

Und er versucht offensichtlich immer noch, wie ein großes Tier aus den Hamptons zu wirken, was in Boulder absolut nichts bedeutet. Ich werfe einen Blick nach unten und sehe, dass er seine typischen Bootsschuhe ohne Socken und seine khakifarbenen Standard-Chinos anhat. Darüber trägt er ein weißes Hemd, bei dem mindestens fünf Knöpfe geöffnet sind, um seine lächerlich perfekte Sommerbräune zu zeigen. Sein blondes Haar ist zu einem Wirrwarr aus Spitzen voller Gel gestylt, und er hat seine Sonnenbrille auf den Kopf gesetzt, obwohl es schon seit Stunden dunkel ist.

Er ist in jeder Hinsicht das genaue Gegenteil von Miles.

Was zum Teufel habe ich mir nur dabei gedacht?

Meine einzige Verteidigung ist, dass das war, bevor ich überhaupt wusste, dass es Typen wie Miles gibt. Und obwohl Dryston die meiste Zeit ein aufgeblasener Arsch war, hatten wir trotzdem eine schöne Zeit zusammen. Das kann ich nicht leugnen. Wir reisten um die Welt, gingen auf verrückte Partys und erlebten eine Menge. Ich glaube, er behielt mich in seiner Nähe, weil mein Job so flexibel war, dass wir am Wochenende an den Strand fliegen konnten, wenn er wollte. Es war leicht, sich von der Aufregung des Reisens mitreißen zu lassen und alles andere, was zwischen uns fehlte, zu ignorieren.

Die Verbindung. Die Gefühle. Die Leidenschaft.

So etwas hatten wir nie. Ich kenne Miles erst seit einem Bruchteil dieser Zeit, und wir haben das in Hülle und Fülle.

„Verdammt noch mal, Katie. Hast du so gut ausgesehen, als ich gegangen bin?", fragt er, senkt seine braunen Augen und betrachtet mein enges olivgrünes Kleid. Es ist an den Seiten gerafft, und der Rundhalsausschnitt geht tief genug, um ein wenig Dekolleté zu zeigen, aber ich liebe es vor allem wegen seiner Farbe. Grün steht Rothaarigen, und ich hatte die verrückte Hoffnung, heute Abend bei Miles zu landen.

„Das ist so typisch."

„Was?", erwidert er.

„Du kommst in die Stadt zurückgekrochen und glaubst, du könntest alles bekommen, was du willst." Ich schüttle angewidert den Kopf.

Er scheint nicht im Geringsten beunruhigt zu sein. „Was? Ich kann mich nicht erinnern, dass deine Titten so gut ausgesehen haben. Ich brauche eine Auffrischung."

„Sei kein Schwein, Dryston."

„Sei kein Miststück, Katie."

Ich mustere ihn mit kaltem Blick, meine Haltung versteift sich bei seinem kampflustigen Tonfall. Mit zusammengebissenen Zähnen frage ich: „Was willst du?"

Er lehnt sich über die Ecke des Tisches und fährt mit einem Finger an meinem Oberarm entlang. „Ich möchte nach Hause kommen."

„Nein!", rufe ich und reiße mich von seiner Berührung los. „Dryston, wir haben uns getrennt. Dein Zeug ist eingelagert. Es gibt absolut keinen Grund für dich, ins Haus zurückzukommen."

„Nun, es ist verdammter Mist, dass du es ohne meine Erlaubnis verräumt hast. Wenn etwas beschädigt wird, lasse ich dich dafür bezahlen."

„Gut! Schick mir die Rechnung. Mir doch egal."

Er lacht hochmütig. „Ich nehme an, du fickst jetzt einen anderen und zeigst mir deshalb die kalte Schulter?"

„Das ist nicht der Grund", fauche ich, meine Augen scharf auf seine gerichtet. „Ich will, dass du gehst, weil ich dich nicht ausstehen kann und keine Lust habe, mit meinem Ex zusammenzuleben, der sich als totaler Idiot entpuppt hat."

„Inwiefern war ich ein Idiot?", fragt er, den Mund vor Empörung geöffnet.

„Viele, viele Gründe!", rufe ich und spüre, wie die Adern in meinem Hals vortreten. „Aber mein absoluter Lieblingsgrund ist, dass du dich vor deiner Familie für mich schämst. Wir waren fast zwei Jahre zusammen, und du wolltest, dass ich sie über meinen Beruf anlüge."

Er schüttelt den Kopf. „Nun, meine Familie ist religiös, und was du machst, ist nicht gerade mustergültig, Katie."

Ich verdrehe die Augen und murmle leise: „Verdammter Schwächling."

Er knurrt zurück: „Nun, du kannst mich nicht einfach

aus unserem Haus werfen. Unser Mietvertrag läuft erst in sieben Monaten aus.“

„Dann lass mich dich auszahlen!“, rufe ich, meine Augen weit und anklagend auf ihn gerichtet. „Meine beste Freundin wohnt nebenan. Der einzige Grund, warum ich dieses Haus überhaupt gefunden habe, ist sie. Hör auf, so egoistisch zu sein und such dir eine andere Bleibe! Oder zieh bei deinem Kumpel ein. Deine Sachen sind alle gepackt und bereit.“

Er lehnt sich in seinem Stuhl zurück und blafft: „Ich habe nicht einmal ein Auto, das einen Lagercontainer ziehen kann.“

Ich verziehe das Gesicht vor Unverständnis über seine idiotische Bemerkung. „Sie liefern ihn, Dryston. Und keine Sorge, ich werde auch dafür bezahlen. Der Himmel bewahre, dass du deinen Treuhandfonds anzapfen musst.“

Er wirft mir einen bösen Blick zu. „Du kannst eine richtige Schlampe sein, weißt du das?“

„Und schmutzig, also renn lieber weg, bevor du meinen Erotika-Gestank einfängst!“ Ich wackle zum Abschied dramatisch mit den Fingern, als eine tiefe, vertraute Stimme neben mir ertönt.

„Wie zum Teufel hast du sie gerade genannt?“

Ich schaue auf und mein Herz klopft bis zum Hals, als ich Miles Hudson direkt neben mir stehen sehe.

KAPITEL 29

Miles

Normalerweise meide ich Orte wie die West End Tavern. Sie sind in der Regel überfüllt mit Leuten, die alle zu sehr versuchen, sich zu amüsieren. Eine schöne Zeit sollte nicht etwas sein, für das man sich sehr anstrengen muss. Sie sollte sich von selbst einstellen.

Aber heute Abend muss ich mich unbedingt von Mercedes und ihrem Mangel an Kommunikation ablenken, also folge ich Sam die Treppe hinauf auf das Dach der West End Tavern. Der Lärm und die Musik sind lebhaft, und es ist viel los, aber nicht so viel, dass ich meine Entscheidung, mich hinauszuwagen, bereue.

Sam sieht ein paar Jungs, die wir aus der Werkstatt kennen, und so gehen wir zur Bar hinüber. Nachdem wir ein paar Bier bestellt haben, schaue ich nach rechts und sehe eine vertraute Brünette unten am Ende der Bar.

Die Augen von Mercedes' Freundin treffen genau zur gleichen Zeit auf meine und werden vor Überraschung groß. „Miles?", sagt Lynsey mit einem Lächeln und Winken.

Ich nicke ihr zu und bleibe an der Theke stehen, während sie zu mir herüberkommt. Der Barkeeper reicht mir gerade eine Flasche, als sie mich erreicht.

Aufgeregt strahlend drängt sie sich neben mich. „Was machst du denn hier?"

„Ich bin mit meinem Kumpel hier", antworte ich und gestikuliere hinter mir zu Sam. „Was ist mit dir?", frage ich, während ich gegen den Drang ankämpfe, die Terrasse nach der Rothaarigen abzusuchen, die ich mehr vermisse, als ich zugeben will.

Lynsey pikst mich in den Bauch und antwortet: „Ich bin mit Kate hier! Was für ein Zufall!"

Ich sehe sie stirnrunzelnd an. „Wer ist Kate?"

Ihre Augen weiten sich und ihr Lächeln wird schwächer, als sie einen Moment lang zu Boden schaut. Langsam hebt sie den Blick auf einen Bereich hinter meiner Schulter und ich drehe mich um, um zu sehen, was sie so erschreckt hat.

In diesem Moment sehe ich rot.

Im wörtlichen und übertragenen Sinne.

Meine Hand verkrampft sich um meine Bierflasche, als ich Mercedes mit einem Typen an einem Tisch sitzen sehe. Unter normalen Umständen würde mich das ärgern. Aber die Tatsache, dass ich dieses Arschloch aus der Reifenwerkstatt erkenne, Mr. Grünes Hemd Verdammtes Arschloch, bedeutet, dass ich nicht nur verärgert bin. Ich bin stinksauer.

Und sie sitzen sich nicht nur gegenüber wie ein paar alte Freunde, die sich zufällig getroffen haben. Er sitzt direkt neben ihr, sein Stuhl ist so weit nach vorne gerückt, dass sich ihre Beine berühren. Und er lehnt sich so verdammt nah zu ihr, dass er ihren Lipgloss riechen kann.

Sam muss meinen Stimmungsumschwung bemerkt haben, denn er mustert mich mit einem verwirrten

Stirnrunzeln. Ich nicke mit dem Kopf zu dem, was ich sehe, in dem Wissen, dass auch er das Arschloch sofort wiedererkennt.

Sam sieht zu mir zurück. „Ist das …?"

Ich nicke langsam.

„Und spricht sie mit …?"

Ich nicke wieder langsam.

„Was zum Teufel, Bro?"

Mein Kiefer ist angespannt und ein Muskel in meiner Wange zuckt reflexartig wie ein Verrückter, der bereit ist, die ganze Bar zu zerstören.

Als die Hand des Deppen Mercedes' Gesicht berührt, bewege ich mich mit großen, harten Schritten über die Terrasse.

„Miles, es ist nicht so, wie du denkst", ruft Lynseys Stimme hinter mir, während ich mich durch eine Menschenmenge kämpfe. Lynseys Hände schlingen sich um meinen Bizeps, in dem Versuch, mich zurückzuhalten.

Ich drehe mich zu ihr um und erwidere: „Für mich sieht es ziemlich glasklar aus."

„Er ist niemand", sagt sie und kaut nervös auf ihrer Unterlippe.

„Warum hältst du mich dann zurück?", schnauze ich und sehe auf ihre Hand auf meinem Arm hinunter. Sie lässt mich klugerweise los, woraufhin ich ein Dankeschön murmle und mich wieder auf den Weg mache.

Ich habe nicht wirklich die bewusste Entscheidung getroffen, hierherzukommen und sie anzusprechen. Es war eine instinktive, reflexartige Reaktion, gegen die ich nicht ankämpfen konnte.

Die Stimme von Grünes Hemd dringt an mein Ohr, gerade als ich nah genug dran bin, um sie zu hören: „Du kannst eine richtige Schlampe sein, weißt du das?"

Mercedes antwortet etwas schnippisch und wackelt mit den Fingern vor seinem Gesicht, bevor ich hinzufüge: „Wie zum Teufel hast du sie gerade genannt?" Ich knurre fast und stelle mich dicht an Mercedes heran, um auf der anderen Seite zu stehen.

Grünes Hemd sieht mich mit verärgertem Gesichtsausdruck an. „Entschuldigung?"

„Du solltest dich entschuldigen", erwidere ich, beuge mich vor und breite meine Hände auf dem Tisch aus.

„Miles", sagt Mercedes mit angestrengter Stimme. Ich spüre ihre Augen auf mir, aber ich kann meinen Laserfokus nicht von dem Mistkerl hier abwenden.

„Wie zum Teufel hast du sie gerade genannt?", wiederhole ich meine Frage von zuvor und füge hinzu: „Ich werde nicht noch einmal fragen."

Grünes Hemd, der heute eigentlich ein weißes Hemd trägt, lacht nur. „Diese Unterhaltung hat nichts mit dir zu tun, Schmiermaxe. Warum verziehst du dich nicht? Du hast eindeutig zu viel Benzin geschnüffelt."

„Dryston!", zischt Mercedes ihn an, und allein die Art, wie sie seinen Namen sagt, kommt mir bekannt vor. Als könnte es sich um eine Person handeln, die sie besser kennt, als ich glauben möchte.

„Du kennst diesen Wichser, Mercedes?", frage ich und lasse meinen Blick zu ihr gleiten. Sie ist unruhig, nervös und hat Mühe, Augenkontakt mit mir herzustellen. Ihre Brust ist so gerötet, wie ich es noch nie gesehen habe.

Der Kerl stößt ein unerträgliches, aufgeblasenes Lachen aus. „Mercedes?" Er sieht mich mit hochgezogenen Augenbrauen an. „Du glaubst, sie heißt Mercedes?"

Ich runzle die Stirn und schaue Mercedes an. Sie schüttelt schnell den Kopf und stößt hervor: „Ich wollte dir alles erzählen."

„Mir was erzählen?", blaffe ich, die Hände auf dem Tisch zu Fäusten geballt. „Wer zum Teufel ist dieser Kerl?"

„Er ist niemand“, sagt sie mit zusammengebissenen Zähnen. Ihr Blick wandert über mein Gesicht, während sie meinen Arm berührt.

Grünes Hemd stößt ein weiteres unausstehliches Lachen aus und sagt: „Nein, ich habe nur zwei Jahre mit dir zusammengewohnt.“

„Mit dir zusammengewohnt?“, frage ich, völlig verwirrt, denn dieser Wichser hat bei Tire Depot auf mich nicht schwul gewirkt. „Ist das dein schwuler Mitbewohner, den du rausgeschmissen hast?“

Grünes Hemd lehnt sich über den Tisch und murmelt: „Ich habe sie nicht gefickt, als wäre ich schwul, Bruder.“

Wut. Pure Wut schießt durch meinen Körper und ich richte mich schwer atmend auf. Mercedes erhebt sich, um meinen Arm zu packen und mich davon abzuhalten, um den Tisch herumzugehen und diesem Arschloch die Kehle herauszureißen.

„Miles, bitte, lass es mich doch erklären“, stößt sie mit zittriger und erstickter Stimme hervor.

„Ja … *Katie*“, fügt Grünes Hemd hinzu, „erklär ihm, wie ich zwei Jahre lang dein fester Freund war und im Grunde immer noch bei dir wohne.“

„Du wohnt nicht bei mir, Dryston!“, schreit sie, während sie mit dem Fuß aufstampft und die eigenen Hände an der Seite zu Fäusten geballt hat.

Ich verziehe verwirrt das Gesicht und drehe mich mit den Schultern zu ihr um. „Warum nennt er dich Katie?“, presse ich zwischen zusammengebissenen Zähne hervor, die sich anfühlen, als könnten sie jeden Moment brechen. „Dein Name ist Mercedes.“

„Ihr Name ist Kate Smith, du Idiot. Mercedes ist im Grunde der Prostituiertenname, den sie sich ausgedacht hat, um diese grässlichen Dinger zu schreiben, die sie Bücher nennt."

Jetzt bin ich fertig. Ich bin fertig mit diesem Mistkerl. Er hat die letzten widerlichen Worte ausgesprochen, die ich ertragen kann.

Ich greife über den Tisch und ziehe ihn am Kragen seines Hemdes auf die Beine. Mit einem Schritt zur Seite reiße ich ihn so heftig zu meinem Gesicht, dass er sich auf die Zehenspitzen stellen muss, um mein Kinn zu erreichen. „Wenn du noch einmal so etwas sagst, wirst du es bereuen."

Der Kerl hängt wie ein Sack Kartoffeln in meinen Armen, die Augen halb geschlossen und die Oberlippe nach hinten gezogen, als er flüstert: „Du kannst die billige Fotze haben. Sie ist sowieso nicht für gute Gesellschaft geeignet."

Meine Augen weiten sich, und ehe ich mich versehe, reiße ich meinen Arm zurück und schlage meine Faust in die aufgeblasene Nase dieses Arschlochs. Ein befriedigendes Knacken vibriert gegen meine Knöchel und Blut spritzt über sein ganzes Gesicht.

Er heult vor Schmerz auf und sinkt zu Boden, eine Hand vor der Nase. „Du verdammter Affe!", schreit er, und seine Stimme bricht am Ende. „Ich glaube, du hast mir die Nase gebrochen!"

„Gut", zische ich mit zusammengebissenen Zähnen, als Sam seine Arme um mich legt und mich nach hinten zerrt. Meine Schultern heben und senken sich schnell, während ich tief Luft hole und meine Finger an der Hand, die zugeschlagen hat, an- und wieder entspanne.

„Du wirst nicht mehr gut sagen, wenn ich dich verklage!", brüllt Grünes Hemd auf den Knien.

Aber seine Worte werden mir gar nicht bewusst, denn ich lasse meinen Blick nach links gleiten und sehe Mercedes dastehen, die Hände vor ihrem weit geöffneten Mund. Tränen stehen ihr in den Augen.

Sind die für diesen Mistkerl?

Sie sieht zu mir auf, lässt die Hände sinken und ihr Kinn bebt unkontrolliert, als sie meinen Namen krächzt. „Miles."

Sie streckt eine Hand aus, um mich zu berühren, aber ich zucke zurück und schüttle Sams Griff ab. Ich starre sie mit ernstem Blick an. „Rede nicht mit mir."

„Miles!", ruft sie. „Ich muss es dir erklären."

„Es mir erklären?", brülle ich und zeige auf den Idioten von Ex, der in eine Cocktailserviette weint. „Erklären, warum ich einen Typen für ein Mädchen geschlagen habe, dessen Namen ich nicht einmal kenne?"

Ein Schluchzen entweicht ihr und ich kann sie nicht einmal mehr ansehen. Ich drehe mich um und bahne mir einen Weg durch die Menschenmenge, die sich um uns herum gedrängt hat. Ich komme an Lynsey in der Nähe der Bar vorbei, die mich ansieht wie ein getretener Hund, zum Glück aber nichts sagt.

Als ich mich durch die Tür zur Treppe begebe, beginnen meine Gedanken zu rasen. Du denkst, dass du jemanden verdammt gut kennst. Du denkst, dass du dich vielleicht die ganze Zeit geirrt hast, und dass es da draußen gute Menschen gibt, die ehrlich und offen zu dir sein können. Aufrichtig.

Aber dann stellst du fest, dass du dich geirrt hast, und zwar so verdammt stark, dass du die blutigen Knöchel hast, um es zu beweisen.

Ich bleibe im Treppenhaus stehen und schlage meine blutige Faust gegen die Betonwand. Die Wand wird nicht beschädigt, aber es lindert den Schmerz in meiner Brust, und das ist besser als nichts.

„Verdammt", knurre ich und schüttle meine Hand, wobei

meine Knöchel schmerzhaft knacken, als ich meine Finger ausstrecke.

„Miles, warte", hallt Mercedes' Stimme durch das dunkle Treppenhaus, das nur von einer Lampe an der Wand beleuchtet wird.

Ich bin versucht, sie zu ignorieren und weiterzugehen, aber dann sehe ich, wie sie in ihren hohen Keilsandalen die Treppe hinuntertappt. Sie sieht aus, als könnte sie jeden Moment stürzen, also bleibe ich stehen, nur damit sie aufhört, mich zu verfolgen.

„Was, Mercedes?", knurre ich. Meine Hand umklammert das Metallgeländer so fest, dass es schmerzt. „Oder Katie?"

Sie bleibt zwei Schritte vor mir stehen, ihr Brustkorb hebt und senkt sich schnell. Ihre blauen Augen sind traurig, als sie krächzt: „Kate. Ich wollte es dir sagen."

„Wann?", frage ich mit rauer Stimme, jetzt, da mein Adrenalinspiegel gesunken ist und ich die Frau anstarre, der ich in den letzten Wochen meine Seele offenbart habe. Ich schaue ihr direkt in die Augen und füge hinzu: „Nachdem ich mich in dich verliebt habe?"

Sie holt scharf und zittrig Luft und antwortet eilig: „Ich bin immer noch dieselbe Person, Miles. Ich bin genauso sehr Mercedes wie Kate. Mercedes ist immer noch mein Name, er wird nur in meinen Büchern verwendet."

„Er ist ein Pseudonym?", frage ich, und sie nickt zur Bestätigung. „Warum lügst du dann?"

„Ich weiß es nicht", erwidert sie mit einer Handbewegung. „Weil ich mich mit meinem Ex daran gewöhnt habe, diesen Teil von mir zu verstecken. Aber mit dir musste ich das nicht tun, niemals. Kate Smith ist die, die ich bin, wenn ich den Leuten nicht erzähle, was ich tue. An einem unserer ersten gemeinsamen Abende hast du deiner Schwester von mir erzählt. Das ist etwas, das ich noch nie erlebt habe, Miles."

Ich schüttle ungläubig den Kopf. „Wenn ich so offen und akzeptierend bin, warum versteckst du dann deinen richtigen Namen? Du hattest so viele Gelegenheiten, ihn mir zu nennen. Weißt du, wie blöd ich mich fühle, dich die ganze Zeit Mercedes genannt zu haben? Jedes Mal, wenn wir miteinander geschlafen haben. Ich fühle mich wie ein verdammter Witz für dich!"

„Du bist kein Witz, ich bin einer!" Sie tritt eine Stufe herunter, sodass sie auf Augenhöhe mit mir ist, und streckt ihre Hände aus, um mein Gesicht zu umfassen. „Ich mochte dich so sehr. Die ganze Zeit über mochte ich dich als mehr als nur einen Freund mit Zusatzleistungen. Ich bin der Witz an der Sache, weil ich dachte, ich könnte die coole, zwanglose Mercedes ohne weitere Verpflichtungen sein, aber das war die größte Lüge von allen. Ich bin einfach die alte, langweilige Kate Smith, und ich bin total in dich verknallt, Miles."

Ihre Worte bringen mich dazu, mein Gesicht aus ihrer Berührung zu lösen und ein paar Schritte rückwärts zu gehen. Es ist mir egal, ob sie sich in mich verliebt. Ich meine, man muss sich nur ansehen, was heute Abend passiert ist. Sie ist schlimmer als Jocelyn. Sie wird die alte Scheiße von Neuem durchziehen, und wenn ich den ganzen Mist ein zweites Mal durchgemacht habe, wird nichts mehr von mir übrig sein.

Ich drehe mich um und wende meinen Blick von ihrem emotionalen, gequälten Gesicht ab. „Ich habe dir gesagt, dass ich kein Drama will, Kate. Meine Ex hat mir das immer wieder angetan, und ich bin fertig mit diesem Scheiß." Ich blicke zurück und zeige auf die Tür am oberen Ende der Treppe. „Ich habe noch nie in meinem Leben einen anderen Kerl geschlagen, und ich habe diesem Arschloch gerade die Nase gebrochen."

„Es tut mir leid!", ruft sie, hält sich am Geländer fest und drückt so fest zu, dass ihr Arm zu zittern beginnt. „Aber ich bin nicht perfekt. Ich werde Dramen in meinem Leben haben. Und du kannst mir nicht wegen deines verdammten Ballasts eine Null-Toleranz-Politik für Dramen aufzwingen!"

Ich schüttele den Kopf, da ich mich weigere, noch mehr zu hören. Mein Kopf ist heute Abend voller Schwachsinn, und ich kann keine weitere Sekunde mehr ertragen. „Ich bin raus, Kate, Mercedes, wer auch immer du bist. Du kannst dein Drama und deine Lügen behalten. Leb weiter dein Leben unter deinem Autorennamen, deinem echten Namen, mit deinem Freund oder Ex-Freund. Schwul, nicht schwul. Wie auch immer."

„Miles, bitte …"

„Nein, ich bin fertig." Ich zeige auf den Bereich zwischen uns, als stünde er für alles, was seit dem Moment passiert ist, als sie mir in der Hintergasse von Tire Depot über den Weg lief. Mein Tonfall ist tief und endgültig, als ich hinzufüge: „Das … ist offiziell das Ende unserer Geschichte."

Und dann drehe ich mich um und gehe die Treppe hinunter, weg von dem Mädchen, das ich zu kennen glaubte, das aber in Wirklichkeit die ganze verdammte Zeit über Fiktion schrieb.

KAPITEL 30

Kate

Wer kennt die Stelle in einem Liebesroman, an der das Mädchen dem Mann ihr Herz ausschüttet und er ihr sagt, dass er sie vom ersten Moment an geliebt hat, als er sie erblickte?

Meine Geschichte mit Miles verlief nicht so.

Tatsächlich wurde meine Geschichte mit Miles von einer epischen Liebesgeschichte zu einem tragischen Frauenroman. Denn wie nennt man eine Liebesgeschichte, die kein Happy End hat?

Verdammt erbärmlich, so nennt man sie.

Es gibt zwei schwarze Momente in meiner Geschichte mit Miles Hudson. Und wenn ich dachte, dass der erste schwarze Moment – als er mich vor dem Walrus Saloon abwies – schlimm war, dann ist er nichts im Vergleich zum zweiten schwarzen Moment.

Ich mache mir die geistige Notiz, nie wieder eine Streitszene außerhalb einer Bar in einem Buch zu schreiben.

Ich starre auf den blinkenden Cursor in meinem Manuskript, in der Hoffnung, meine Finger zum Tippen bewegen zu können. Ich rutsche unbehaglich im Liegestuhl auf der Terrasse von Lynseys Reihenhaus herum und versuche nur, den richtigen Punkt zu finden, an dem die Dinge anfangen, sich zu fügen.

Es ist sinnlos.

Ich habe jeden Platz in Lynseys Haus ausprobiert, um meine Schreiblust wiederzufinden, aber nichts fließt. Nichts. Und die Tatsache, dass ich Drystons dummes Gesicht oben im Fenster des Schlafzimmers sehen kann, in dem ich einst mein Mojo hatte, lässt mich vor Wut vibrieren.

Am Ende gab ich Dryston das Reihenhaus, damit er aufhört, Miles mit rechtlichen Schritten zu drohen, weil er ihm auf die Nase geschlagen hatte. Es war eine klare Sache, denn ohne mich hätte Miles Dryston nie geschlagen. Aber jetzt habe ich die letzten zwei Wochen damit verbracht, meinen Vibe zu finden, während ich mit Lynsey zusammenlebe. Was Mitbewohner angeht, ist sie großartig. Aber sie inspiriert mich nicht so, wie Miles es getan hat. Nicht mal annähernd.

Zum Teufel, einmal bin ich sogar mit Lynsey in die Krankenhauscafeteria gegangen, in dem Versuch, einen neuen Vibe zu finden. Als das nicht funktionierte, versuchte ich es in der Bäckerei bei Deans Büro.

Nichts hat funktioniert.

Denn ich habe bereits den Ort meines Vibes gefunden.

Tire Depot.

Aber diese Brücke habe ich abgebrochen. Miles hat weder auf meine Anrufe noch auf meine SMS geantwortet, und das war's dann auch schon.

In meinen Gedanken habe ich gerade einen Rita-Hayworth-Moment. Sie war eine atemberaubende, alte Hollywood-Schauspielerin, die sagte, dass Männer mit Gilda, der schönen Ikone, ins Bett gehen und in der Realität aufwachen würden, einer viel weniger glamourösen Version des Traums.

Mercedes Lee Loveletter ist Gilda. Kate Smith ist die Realität.

Ich war nicht mutig genug, um herauszufinden, ob Miles Geringeres als Gilda akzeptieren würde, und jetzt habe ich meine Chancen ruiniert, es jemals mit Sicherheit zu wissen.

Ich klappe meinen Laptop zu und stoße ein kräftiges Knurren aus, gerade als Lynsey und Dean mit Getränken in der Hand auf die hintere Terrasse kommen.

Dean lächelt mich an, als er mir einen Margarita reicht. „Trink aus, das wird dir helfen."

Ich nehme ihm das Glas ab und beobachte, wie Lynsey zu ihrer Tiki-Bar schreitet und einen riesigen, vollen Krug mit Margaritas abstellt. Sie sieht mich aufgeregt an und sagt: „Wir machen ein Brainstorming!"

„Wir planen", korrigiert Dean mit einem Augenzwinkern, während er den Liegestuhl neben mir in Beschlag nimmt.

Lynsey lässt sich auf den anderen fallen, sodass ich jetzt mit Drinks in der Hand zwischen meinen Freunden sitze, was eine deutliche Verbesserung gegenüber meinem Zustand vor ein paar Minuten ist.

„Ihr habt recht", antworte ich und nehme einen Schluck. „Vielleicht ist eine neue Buchidee genau das, was ich brauche, um meinen Mojo wiederzubekommen. Vielleicht etwas über einen Piloten oder eine Reihe mit britischen, soccerspielenden Brüdern! Ihr wisst doch, dass ich den britischen Akzent liebe."

„Kate", unterbricht Dean mich.

„Tut mir leid", sage ich verlegen. „Es wäre Fußball, wenn sie Briten sind."

Er rollt mit den Augen. „Wir planen keine neue Buchreihe. Wir planen, wie du Miles zurückbekommen kannst."

Ich erschlaffe augenblicklich und trinke einen Schluck. „Der Zug ist abgefahren, meine Freunde. Miles hat das ziemlich deutlich gemacht."

„Oh, hör auf", schimpft Lynsey. „Er war wütend. Kerle mögen es nicht, wenn man sie zum Narren hält, und du hast ihn wie einen Idioten dastehen lassen. Er wird darüber hinwegkommen."

„Er ruft mich nicht zurück", korrigiere ich. „Es sind schon zwei Wochen vergangen."

„Das liegt daran, dass du deine große Geste noch nicht gemacht hast", sagt sie, zieht sich die Sonnenbrille vom Kopf und über die Augen, während sie sich zurücklehnt.

„Wie bitte, was?"

„Kate!", ruft Lynsey und schlägt frustriert gegen die Seite ihres Stuhls. Sie fuchtelt mit den Händen, während sie fortfährt: „Du schreibst dieses Zeug, jetzt musst du es auch leben. Du musst eine große Geste machen, die deinem Helden zeigt, dass er dir am Herzen liegt, und zwar auf eine sehr persönliche Art und Weise, die deutlich macht, dass du zwar weißt, dass du großen Mist gebaut hast, aber dass du ihn trotzdem kennst. Du kennst ihn und sorgst dich um ihn, und die Großartigkeit dieser Geste wird das beweisen."

„Wow, das war ein ganz schöner Mundvoll", witzle ich und nehme noch einen Schluck.

„Sie hat recht, Kate", wirft Dean ein, woraufhin ich zu ihm hinüberschaue und die Ernsthaftigkeit in seinen Augen sehe. „Du weißt, dass er sich um dich sorgt, also wird es nicht reichen, nur mit ihm zu reden. Du musst es zu etwas Großem machen."

Ich beiße einen Moment lang auf einen Eiswürfel, während ich darüber nachdenke. „In der Erotik sind die großen Gesten normalerweise wie eine Machtübernahme. So wie, oh, okay, ich lasse dich einen Pferdeschwanz-Plug in mich stecken, nur dieses eine Mal."

Lynsey und Dean brechen in Gelächter aus, und ich erwidere mit einem Stirnrunzeln: „Ich meine es ernst."

Sie verdrehen die Augen, und Dean sagt: „Denk mehr an Romantik und weniger an Bauernhoftier."

Ich schweige ein paar Minuten lang, während ich alles durchgehe, was ich an Miles liebe. Dann denke ich an alles, was er liebt, und meine Augen leuchten auf, als ich mich an die Nacht erinnere, die wir im Truck seines Großvaters verbracht haben.

„Sein Opa hat einen alten Truck, den er unbedingt reparieren will. Aber er steckt sein ganzes Geld in die Renovierung seines Hauses, also hält er es vorerst zurück. Er sagte, der Vergaser müsse ausgetauscht werden."

Deans Augen leuchten bei dieser Enthüllung auf. „Du sparst gerade sieben Monate Miete."

„Hältst du das für eine gute Idee?", frage ich und kaue nervös auf meinem Daumennagel. „Kann man einfach einen Vergaser für ein Auto kaufen? Müsste er ihn nicht …, ich weiß nicht …, reparieren oder so?"

„Dafür ist Google doch da!", quiekt Lynsey und greift nach meinem Computer.

„Warte, wird das entmannend sein?", sage ich, womit ich sie mitten im Googeln stoppe. „Wenn ich ein teures Teil für den Truck seines Großvaters kaufe, wird er dann sagen: ‚Fick dich, du Miststück, ich zahle selbst‘?" Lynsey und ich schauen beide Dean an, um eine Antwort zu erhalten.

„Nicht, wenn du es ihm nackt gibst." Er zuckt nur mit den Schultern.

Meine erste Reaktion ist es, zu lachen, aber als Dean nicht mitmacht, verzieht sich mein Gesicht. „Warte, ernsthaft?"

Er zieht die Augenbrauen hoch und wirft mir einen Blick

zu. „Ich stehe nicht mal auf Autos, aber wenn du nackt mit einem Vergaser in der Hand auf mich zukämst, wäre ich wahrscheinlich hin und weg."

Ich sehe zu Lynsey hinüber, die ebenfalls mit den Schultern zuckt.

„Das klären wir später", sage ich lachend. „Lasst uns diesen Orgasmusmacher finden!"

KAPITEL 31

Miles

„Bruderherz, was zum Teufel ist los mit dir?", dringt die Stimme meiner Schwester Megan durch die Telefonleitung und weckt mich aus einem tiefen Schlummer.

Ich reibe mir mit den Händen über das Gesicht und schaue auf meinem Handy nach der Uhrzeit. „Mein Gott, warum bist du wach? Es ist sechs Uhr dreißig morgens. Mein Wecker hat noch nicht einmal geklingelt."

„Ich dachte, du arbeitest für deinen Lebensunterhalt", erwidert sie.

„Ich verlasse mein Haus nicht vor viertel nach sieben. Ich habe gut dreißig Minuten Zeit, bevor ich aufstehen muss, du Göre."

Sie seufzt schwer. „Mom macht sich Sorgen um dich."

Ich strecke meine Arme und rutsche mit den Füßen von der Bettkante, um mich auf den Weg ins Bad zu machen. „Warum?", frage ich, während ich mich aus meinen Boxershorts befreie.

„Weil du ihr seit zwei Wochen keine E-Mail mehr geschickt hast. Bist du am Pinkeln?"

„Nein", lüge ich.

„Lügner."

„Ich pinkle nicht. Das ist nur der Bach bei meinem Haus. Morgens fließt er sehr schnell und stark."

„Du bist ekelhaft. Hab den Anstand, das nächste Mal die Telefonleitung stumm zu schalten."

„Aber dann würdest du mich nicht mehr pinkeln hören." Ein träges Grinsen breitet sich auf meinem Gesicht aus, während ich das Telefon an meine Schulter lege, um mir die Hände zu waschen. „Was ist mit Mom los?"

„Du schreibst ihr jeden Sonntagabend E-Mails und dann herrscht plötzlich zwei Wochen lang Funkstille. Wir haben das besprochen, Miles. Eine E-Mail pro Woche bedeutet, dass du dir die zweistündigen Telefonate mit ihr sparen kannst, in denen sie dir droht, eine Woche lang bei dir zu wohnen. Warum bist du so nachlässig?"

Ich atme schwer aus und mache mich auf den Weg durch den Flur in meine Küche. Meine Kaffeemaschine mit Zeitschaltuhr ist fertig und ich schenke mir eine Tasse ein. „Ich war beschäftigt."

„Blödsinn", zischt sie, als ich meine Haustür öffne und auf die Veranda trete. Der Himmel ist eine Mischung aus blau und goldenem Sonnenaufgang, der die Baumkronen vor meinem Haus beleuchtet.

„Mir ist nicht nach Reden zumute, Meg."

Sie stöhnt laut auf. „Sag mir nicht, dass du wieder mit Jocelyn zusammen bist. Ich sage dir, Miles, unsere Familie wird das nicht mehr ertragen können. Ich dachte, sie wäre sowieso verheiratet und hätte ein Kind."

„Es ist nicht Joce", blaffe ich, rolle mit den Augen und nehme einen Schluck. „Es ist dieses … Autorenmädchen", gebe ich zu, denn wie ich meine Schwester kenne, wird sie nicht aufgeben, bevor ich es zugegeben habe.

„Die, wegen der du mich aus der Bar angerufen hast?“

Ich räuspere mich und antworte mit zusammengebissenen Zähnen. „Ja.“

„Oh Mann! Ich wusste nicht, dass du dich mit ihr triffst!“

„Das tue ich nicht … Ich meine, ich habe es getan. Aber das ist jetzt vorbei.“

„Warum?“

„Weil sie mich angelogen hat, und so einen Mist bringe ich nicht wieder in mein Leben zurück. Das habe ich schon hinter mir.“

Megans leises Knurren in der Leitung überrascht mich. „Denk nicht, dass jedes Mädchen mit ein paar Macken genau wie Jocelyn ist, okay? Ich kenne diese Autorentussi nicht, aber ich kenne dich, und du klangst so wahnsinnig glücklich in der Nacht, als du mich angerufen hast, um über sie zu reden, Miles. So glücklich wie seit … Ewigkeiten nicht mehr. Ich würde sagen seit Joce, aber ganz ehrlich, du warst nie glücklich mit diesem Mädchen. Nicht einen Tag in deinem Leben. Ich weiß, dass ich diese Autorin nicht kenne, aber ich habe Mom gleich am nächsten Tag angerufen, um ihr zu erzählen, wie du dich angehört hast, weil es so ganz anders war als sonst. Wir waren aufgeregt.“

„Ernsthaft?“, frage ich mit heruntergefallener Kinnlade. Ich wusste, dass meine Familie Probleme mit Jocelyn hatte, aber sie haben sie mir gegenüber selten geäußert. Sie haben meine Entscheidungen immer blindlings unterstützt. „Ihr habt nie etwas gesagt.“

„Miles, Joce war die Schlimmste, sie hat dich unglücklich gemacht. Du warst jahrelang launisch wegen dieses Mädchens. Gott, jedes Mal, wenn ihr euch getrennt habt, haben wir gebetet, dass es das letzte Mal war.“

„Warum habt ihr mir das nicht gesagt?“, rufe ich, lege eine Hand um das Geländer meiner Veranda und drücke frustriert zu.

„Weil wir nie wussten, wann du wieder mit ihr zusammenkommen würdest! Und wenn wir zugegeben hätten, was wir wirklich denken und du bei ihr geblieben wärst, hätte das unsere Beziehung zu dir ruinieren können. Wir haben sogar Opa benutzt, um dir zu sagen, dass sie ein riesiges Miststück ist, weil wir wussten, dass du ihn nicht hassen kannst.“

„Oh mein Gott“, rufe ich kopfschüttelnd aus. „Opa hat mitgemacht?“

„Oh ja“, antwortet sie kichernd. „Ich weiß noch, wie er einmal zu Mom sagte … ‚*Wenn ihr zu schwach seid, Miles zu sagen, dass er das Mädchen fallen lassen soll, dann mache ich es eben.*‘ Mom war super beleidigt, aber es war Opa …, du weißt schon.“

Darüber lache ich laut auf. „Gott, ich kann mir vorstellen, wie er das sagt.“

„Ich bin natürlich froh, dass dein Schweigen nicht an ihr liegt. Was ist denn nun mit dem Autorenmädchen los? Wie heißt sie noch mal?“

Ich schüttle den Kopf und antworte: „Kate.“ Es fühlt sich komisch an, es laut auszusprechen, wo sie doch in meinen Gedanken schon so lange Mercedes ist, aber ehrlich gesagt passt es viel besser zu ihr als Mercedes Lee Loveletter.

„Worüber hat sie dich angelogen?“

„Ein paar verschiedene Dinge“, antworte ich, ohne wirklich ins Detail gehen zu wollen, da ich mich dann erbärmlich fühle.

„Und was ist passiert, als du es herausgefunden hast?“

Ich ziehe die Brauen hoch. „Ich habe einen Typen geschlagen.“

Am anderen Ende der Leitung herrscht Schweigen.

„Megan?", frage ich. „Megan!", sage ich noch etwas lauter.

„Tut mir leid, ich war am Verarbeiten. Du hast also tatsächlich einen Kerl geschlagen?"

Ich nicke. „Ja. Ich bin nicht stolz."

„Meine Güte, ich bin … beeindruckt. Dad hat immer gesagt, dass ich die einzige Frau bin, die dich jemals anderen gegenüber gewalttätig machen würde. Du bist einer von diesen Typen, die nur bellen und nicht beißen. Dein Bellen ist normalerweise schon beängstigend genug, weil du im Grunde ein Riese bist. Die Tatsache, dass du einen Mann wegen dieses Mädchens geschlagen hast, lässt mich glauben, dass sie dir wirklich am Herzen liegt."

Das ist ein Konzept, über das ich in den letzten Wochen nachgedacht habe. „Ich glaube, ich habe wirklich damit angefangen", gebe ich zu. „Aber jetzt ist es vorbei. Sie hat gelogen, und ich mache den Joce-Scheiß nicht noch einmal mit."

„Es gibt hier einen großen Unterschied, den du nicht bedenkst, Miles."

„Welchen?"

„Joce hat dich unglücklich gemacht, und dieses Mädchen macht dich glücklich, wahr oder falsch?"

Ich schlucke um den Kloß in meinem Hals herum. „Wahr."

„Du willst also zulassen, dass ein schlechter Abend mehrere glückliche Momente zunichtemacht?"

„Ich weiß nicht, ob das so einfach ist, Meg."

„Es ist nur so kompliziert, wie du es machst, Bruderherz. Ich denke, du überreagierst, weil du verletzt wurdest. Und das ist verständlich. Aber wirf wegen deiner Vergangenheit nicht eine gute Sache weg. Sie hat dir schon genug genommen."

Ich fahre mir mit einer Hand über den Kopf und seufze schwer. „Wie bist du so verdammt einsichtig geworden?"

„Ich bin weiser, als ich aussehe." Sie kichert, und ich höre ein Rascheln im Hintergrund. „Ich bin gerade auf dem Weg zu meinem Kickbox-Kurs. Ich muss jetzt los. Ruf mich an, nachdem du aufgehört hast, ein Idiot zu sein und dich mit diesem Mädchen versöhnt hast!"

Sie legt auf, ohne ein weiteres Wort zu sagen, und ich kann mir ein Lächeln nicht verkneifen. Und ein Teil meines Lächelns kommt daher, dass ich zum ersten Mal seit zwei Wochen denke, dass ich mich vielleicht geirrt habe. Nicht darüber, dass ich sauer auf Kate bin, da sie mich wegen einer ziemlich großen Sache angelogen hat, sondern über die Tatsache, dass ich sie nie wirklich ihre Seite der Dinge erklären ließ. Ich habe nie mit ihr gestritten. Ich habe sie ausgeschlossen, so wie ich mich entschieden habe, Dramen in meinem Leben auszuschließen, nachdem ich mit Joce so verbrannt wurde.

Aber die Tatsache, dass ich bis zu der Nacht mit Kate noch nie einen anderen Mann geschlagen hatte, sagt einiges aus.

Sie sagt aus, dass Kate Smith eine Frau ist, für die es sich zu kämpfen lohnt.

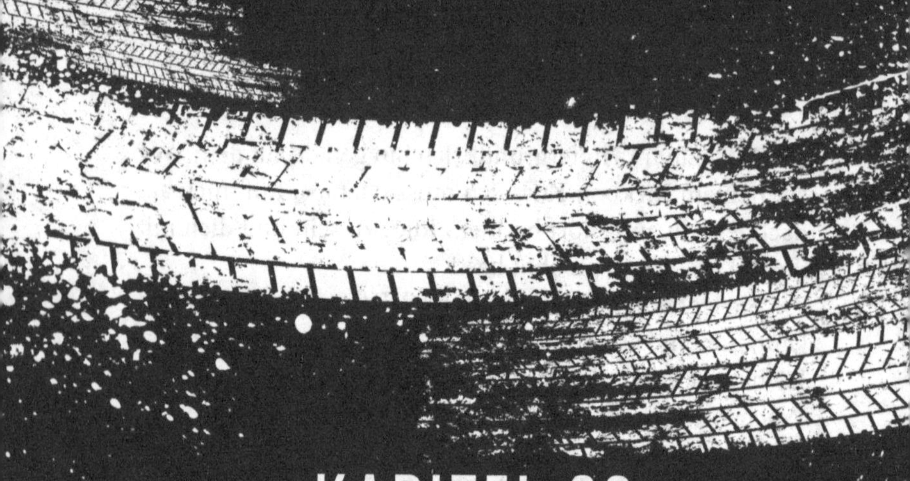

KAPITEL 32

Kate

„Ich bin verschwitzt. Ich bin müde. Und ich stinke an Stellen, an denen ich eigentlich nicht stinken sollte", jammere ich und funkle Dean an, der mit verlegener Miene auf dem Beifahrersitz sitzt.

„Was?", ruft er mit erhobenen Händen. „Ich wusste nicht, dass wir eine verdammte Autopanne haben würden. Dein Auto ist nicht einmal ein Jahr alt."

„Ich weiß!", schnauze, schlage mit der Hand auf das Lenkrad und knurre frustriert. „Dummes Altdamenauto!", rufe ich und drücke meinen Kopf näher ans Fenster, um eine Brise zu erhaschen. „Die verdammte Klimaanlage funktioniert nicht einmal mehr. Ich und dieses Auto sind offiziell im Streit."

„Ich glaube, wir müssen alle ruhig bleiben", zwitschert Lynsey vom Rücksitz aus und lehnt sich nach vorne, sodass ihr Kopf zwischen dem von Dean und meinem ist. „Denn so schrecklich dieser Ausflug auch war, nach allem, was in den letzten Jahren zwischen uns dreien passiert ist, denke ich, dass er wirklich heilsam war."

Ich schließe die Augen, schüttle den Kopf und bereue den Moment, in dem ich zugestimmt habe, in die Rocky Mountains zu fahren, um diesen Viertausend-Dollar-Vergaser von einem Hinterwäldler abzuholen, der offenbar nicht weiß, wie man ,*Dinge verschickt, damit sie nicht verloren gehen*'."

Ganz ehrlich! Wie kann es Leute geben, die nicht die Post nutzen? Obwohl, zugegeben, als wir in dem Haus des Mannes in den Bergen ankamen, wurde mir klar, dass er wahrscheinlich eher mit dem Ponyexpress vertraut war. Und ich konnte nicht sicher sein, ob seine Frau nicht auch seine Cousine ist. Aber ich habe einfach geurteilt. Trotzdem ist es kein Wunder, dass er mir nicht erlaubte, ihm das Geld zu überweisen. Ich musste einen echten Bankscheck von einer echten Bank besorgen.

Auf dem Rückweg vom Berg hatte ich dann eine Reifenpanne. Dean, Lynsey und ich machten uns gemeinsam daran, ihn zu wechseln, weil wir dachten, dass drei Köpfe besser herausfinden könnten, wie man einen Ersatzreifen aufzieht als einer.

In der einen Minute schnauze ich Dean an, dass er mir das Radkreuz geben soll, und in der nächsten Minute fragt er mich, ob ich ein Miststück bin, weil er mir gesagt hat, dass er Gefühle für mich hat. Dann meldet sich Lynsey zu Wort, verletzt und bestürzt darüber, dass keiner von uns ihr von unserem Gespräch in der Bäckerei erzählt hat, und es war ein Chaos. Zu allem Überfluss sprang mein Auto nicht mehr an! Es war eine Katastrophe.

Wir drei, wie wir am Straßenrand miteinander stritten, sahen aus wie eine schlechte Folge von Sister Wives: Colorado Edition.

Ich sollte wahrscheinlich mehr Freunde finden.

„Gott, ich hoffe, das Ding ist echt", sagt Dean, während er den Vergaser in seinen Händen dreht.

„Nimm das Ding runter. Du machst mich nervös", schnauze ich und mustere ihn vorsichtig.

Wir sind nur fünf Meilen von Tire Depot entfernt, und die schließen in zehn Minuten, also sind meine Nerven völlig durcheinander. „Ich will das Ding einfach nur abgeben und vergessen, dass diese ganze Reise jemals stattgefunden hat."

„Nein!", ruft Lynsey aus. „Halte dich an den Plan. Das ist deine große Geste! Deine *Du kommst aus dem Gefängnis frei*-Karte."

„Ich will aber keine *Du kommst aus dem Gefängnis frei*-Karte", schreie ich zurück. „Je länger wir auf dem heißen Highway versucht haben herauszufinden, was mit meinem Auto los ist, desto lächerlicher wurde dieser Plan in meinem Kopf. Ich will Miles' Zuneigung nicht zurückkaufen. Ich will, dass er mich um meiner selbst willen will. Mit allen Fehlern."

„Und was wirst du jetzt tun?", fragt Dean, dessen besorgten Blick ich auf mir spüre.

„Ich werde diesen teuren Metallklotz auf den Tresen legen und gehen. Ich überreiche ihn nicht nackt und halte das Ding auch nicht über meinen Kopf wie John Cusack in *Teen Lover*. Ich lege ihn an der Kasse ab, und dann gehen wir. Ende der Geschichte."

Lynseys Stimme ertönt von hinten. „Das klingt nach dem schlechtesten Ende eines Buches, das ich je gehört habe."

„Das ist kein Buch!", schreie ich. „Das ist mein Leben, und es ist kein Wunder, dass dieser Plan so ein Chaos geworden ist. Hier ist Verzweiflung im Spiel. Ich will einfach nur nach Hause gehen, Pizza essen und ein bisschen weinen, okay?"

Als wir in Boulder einfahren, herrscht Totenstille im Auto, bis Dean den Mund aufmacht. „Hey Kate, ich weiß, dass du gerade ein wenig wütend bist, aber ich denke wirklich, dass du nicht mehr mit diesem Ersatzreifen fahren solltest. Sie sind nur für eine bestimmte Anzahl von Meilen ausgelegt, weißt du."

Ich drehe mich, um ihn finster anzusehen. Er schrumpft in seinem Sitz ein wenig zusammen. „Gut, ich lasse ihn über Nacht bei Tire Depot stehen. Einer von euch muss ein Taxi rufen, wir sind fast da."

„Sie haben ein Ersatzfahrzeug, das uns nach Hause bringt!", zwitschert Lynsey hilfsbereit vom Rücksitz.

„Gut", murmle ich, als wir auf den Parkplatz von Tire Depot fahren. Ich werfe einen Blick durch die Glasfront des Gebäudes und sehe Sam allein am Schalter. „Ihr geht und sucht den Fahrer des Ersatzwagens. Ich bin in einer Minute da, okay?"

Sie nicken beide und lassen ihre verschwitzten Körper mit eingezogenem Schwanz aus meinem Auto gleiten. Nach dieser beschissenen Fahrt schulde ich ihnen Unmengen an Alkohol.

Als ich reinkomme, macht Sam bei meinem Anblick große Augen. Ich habe in letzter Zeit nicht in den Spiegel geschaut, aber ich wette, ich sehe ein bisschen aus wie Ronald McDonald nach einer Sauftour.

Ich hebe die Hände und sage: „Frag nicht", während ich den Vergaser und meinen Schlüsselbund vor ihm auf den Tisch lege.

„Das kann nicht von deinem Caddy sein", sagt Sam mit verwirrter Miene, während er den Metallklumpen in seinen Händen umdreht.

„Ist es nicht", antworte ich barsch. „Es ist der Vergaser, den Miles braucht, um den Truck seines Großvaters zum Laufen zu bringen. Kannst du ihn ihm geben, aber bitte ohne ihm zu sagen, dass er von mir ist?"

„Willst du mich verarschen?", fragt Sam ungläubig.

„Mer… Kate, dieses Ding kostet einen Haufen Geld. Wo hast du es gefunden?"

„Das ist eine lange Geschichte. Pass einfach gut darauf auf und sorg dafür, dass er zu Miles kommt, okay? Oh, und mein Cadillac braucht einen neuen Reifen und eine Inspektion. Er ist mir ausgegangen. Ich rufe dich morgen an und erzähle dir die Einzelheiten."

Ich ignoriere seinen verwirrten Gesichtsausdruck und wende mich zum Gehen, aber bevor ich mehr als ein paar Schritte weiterkomme, ruft er mir zu: „Hey, Kate?"

Ich drehe mich auf dem Absatz um, die verschwitzten Hände in die Hüften gestemmt. „Ja?"

„Warum willst du ihm den Vergaser nicht selbst geben?" Er kratzt sich nervös am Bart.

Ich zucke mit den Schultern. „Weil ich ihn so nicht zurückbekommen will." Ich wende mich wieder zum Gehen, aber er hält mich noch einmal auf.

„Hey, Kate."

„Ja?", frage ich und drehe mich wieder zu ihm um.

„Du weißt, dass Miles meinen Onkel für jede Woche bezahlt hat, in der du hier warst und das Comfort Center genutzt hast, oder?" Sams verlegener Gesichtsausdruck sagt mehr aus, als seine Worte es im Moment könnten.

„Er hat was?", frage ich. Die Verwirrung steht mir ins Gesicht geschrieben.

„Mein Onkel ist der Besitzer von Tire Depot, und Miles hat mit ihm einen Deal ausgehandelt, damit er wegschaut, während du im Comfort Center arbeitest."

Meine Augen werden groß. „Ich dachte, ich würde unter dem Radar fliegen."

Sam lacht. „Jeder hat gesehen, wie du durch den Mitarbeitereingang rein- und rausgegangen bist, Kate. Du weißt, dass du nicht unsichtbar bist, oder?"

Ich sacke innerlich zusammen.

Sam zuckt mit den Schultern. „Zuerst hat mein Onkel Miles nur aufgezogen. Er ließ ihn oben im Lagerraum Reifen stapeln, nachdem eine große Lieferung eingetroffen war. Er sagte, er wolle sehen, wie weit er für ein hübsches Mädchen gehen würde.“

Mir fällt die Kinnlade runter.

Sam reibt sich verlegen den Nacken. „Aber jetzt glaube ich, dass mein Onkel ihn ausnutzt, denn er lässt Miles immer noch Scheiße machen, sogar heute Abend.“

„Ist Miles noch da?“, frage ich, während meine Stimme ansteigt und mein Bauch wieder dieses Feuerwerk veranstaltet, das wie Durchfall klingt, sich aber wie köstliche Vorfreude anfühlt.

Sam nickt. „Er ist oben.“

„Oben“, wiederhole ich, die Stirn in Falten gelegt.

Sam kommt auf mich zu und geht nach links zu der Tür, die in die Werkstatt führt. Er zeigt auf eine Industrietreppe. „Er stapelt da oben Reifen. Du solltest ihm das selbst geben.“ Er überreicht mir den Vergaser, wobei sich seine Mundwinkel zu einem Lächeln verziehen. „Er weiß, dass du nicht wie Jocelyn bist, Kate. Geh und erlöse den Jungen von seinem Leid.“

Ich nehme Sam den Vergaser ab, wobei mir das Herz buchstäblich bis zum Hals schlägt. Ich bin sehr nervös angesichts dessen, was ich gleich tun werde, aber Miles hätte das nicht getan, wenn ich ihm nicht wichtig wäre. Das muss ihm mehr als nur etwas Zwangloses bedeuten.

Ich mache mich auf den Weg in die ruhige Werkstatt, aber bevor ich zur Treppe gehe, rufe ich Sam zu: „Da warten ein paar verschwitzte Freunde von mir am Ersatzwagen. Kannst du ihnen sagen, dass sie ohne mich losfahren sollen?“

Sam schaut stirnrunzelnd auf den Parkplatz, gibt mir aber einen Daumen hoch. Ich wende mich wieder der Treppe zu und atme tief ein.

Ich bin ein Wrack, ich bin abstoßend und ich hatte einen schrecklichen Tag. Es gibt nur eine Person, die ihn besser machen kann. Zeit für meinen buchwürdigen Moment.

KAPITEL 33

Miles

Während meines Arbeitstags bei Tire Depot war ich voller Konzentration, weil ich nur daran denken konnte, hier fertig zu werden und danach direkt zu Mercedes nach Hause zu fahren. Oder zu Kate, sollte ich sagen. Ich muss mit ihr reden. Ich muss sicherstellen, dass das, was wir hatten, echt war. Ich muss ihr außerdem sagen, dass ich auch nichts Zwangloses mehr will. Ich will sie. Nur sie.

Ich bin fertig mit diesem halbherzigen Versuch, meine verpassten Zwanziger nachzuholen. Ich will nur sie. Sie hat recht, ich kann ihr Drama nicht mit dem von Jocelyn vergleichen. Ich habe aus den falschen Gründen gegen meine Gefühle für Kate angekämpft, und jetzt bin ich fertig mit diesem Scheiß.

Ich lege einen Reifen auf einen Stapel von acht, die morgen früh auf einen Sattelschlepper geladen werden sollen, als ich eine Stimme hinter mir höre. „Ich frage mich, ob du mir bei einer weiteren Buchrecherche helfen kannst. Es hat mit einem Happy End zu tun."

Ich drehe mich um und sehe Kate, die etwa fünf Meter von mir entfernt an der Treppe steht. Ihr rotes Haar ist zu einem Knoten auf ihrem Kopf gebunden. Lockige Strähnen fallen ihr rund ums Gesicht. Sie trägt ein T-Shirt, das an der Seite verknotet ist und einen Streifen Haut über ihren Hotpants zeigt. Sie sieht schmutzig, verschwitzt und erschöpft aus.

Sie sieht perfekt aus.

Mit einem sanften Lächeln greife ich an den unteren Rand meines weißen Tanktops, das vom Reifengummi schwarz gefärbt ist, und wische mir den Schweiß von der Stirn. „Was machst du denn hier?", frage ich, lecke mir über die Lippen und versuche, meinen Blutdruck nicht außer Kontrolle geraten zu lassen.

Sie bewegt etwas Metallenes in ihrer Hand hin und her, das ich aus dieser Entfernung nicht sehen kann, während sie antwortet: „Hast du Sams Onkel dafür bezahlt, dass ich im Comfort Center schreibe?"

Mein Gesicht fällt und ich runzle die Stirn, als mir klar wird, dass sie mit Sam gesprochen haben muss. „Nicht mit Geld, aber mit Arbeit, also ja, ich denke schon." Als Antwort schaue ich mich in dem Meer von Reifen um, das mich umgibt.

Sie nickt und kaut auf ihrer Unterlippe, während sie näher zu mir kommt. „Weißt du, was das ist?"

Ich blicke stirnrunzelnd auf den Metallklumpen in ihren Händen hinunter. „Das sieht aus wie ein Vergaser."

„Weißt du, für welche Art von Fahrzeug?", fragt sie, ihre blauen Augen auf die meinen gerichtet.

Ich schüttele den Kopf und zucke mit den Schultern. „Das kann ich von hier aus nicht sagen."

Sie hält inne und legt ihn auf einen Rollwagen neben das

Klemmbrett mit den Reifenbestellungen, die ich während des Stapelns abhake. „Der ist für einen Ford F100 von 1965.“

Mir fällt die Kinnlade herunter.

„Das ist doch der, den du zu Hause hast, oder?“, fragt sie und blinzelt mich mit ihren großen Augen an.

Ich nicke.

Sie lächelt.

„Woher hast du den?“, murmle ich, wobei meine Stimme vor Schock und Unglauben rau ist.

„Es ist eine lange, verrückte Geschichte.“ Ich sehe an ihrem Hals, wie sie langsam schluckt. „Aber ich hoffe, sie hat ein gutes Ende.“

Mein fassungsloser Gesichtsausdruck verwandelt sich in Verwunderung. „Was für ein Ende?“, frage ich und wische mir die Hände an meiner Jeans ab, als sie zwei Meter vor mir stehen bleibt. Ich kann das leuchtende Blau ihrer Augen und den leichten Schweißschimmer auf ihrem Körper sehen.

Sie ist umwerfend.

Sie atmet schwer durch die Nase aus und wird rot, als sie antwortet: „Die Art, bei der ich mich dafür entschuldigen darf, dass ich dich angelogen habe.“ Sie wirft mir einen ernsten Blick zu und sagt: „Ich bin Kate Smith aus Longmont, Colorado, deren Ex eigentlich noch bei ihr wohnte, bis sie vor zwei Wochen bei ihrer besten Freundin Lynsey einzog. Ich bin eine mutlose Autorin von erotischen Liebesromanen, die auf Perversionen steht und einen Mechaniker für ‚Buchrecherchen‘ nutzt. Ich bin ein Mädchen, das sich in einen Typen verknallt hat, der bei Tire Depot arbeitet, und am liebsten mit ihm nach Hause gehen und einfach nur duschen würde.“

Sie atmet schwer aus, deutlich außer Atem von ihrem langatmigen Geständnis.

Ich bin ebenfalls außer Atem.

Denn plötzlich, mit einem intensiven Blick, werde ich in jene Nacht zurückversetzt, als ein Gewitter über uns tobte und ich in sie stieß, als wäre ich der Donner zu ihrem Blitz. Alles um uns herum verschwand.

Jetzt sehe ich in einem Meer von Reifen nur noch sie.

Blitzschnell schreite ich auf Kate zu, und sie kommt mir entgegen. Wir kommen zusammen, und innerhalb eines einzigen Atemzugs liegt sie in meinen Armen, wir sind beide mit Schweiß und Dreck bedeckt, mein linker Arm umschließt ihre Taille, meine rechte Hand liegt weit ausgebreitet auf ihrem Rücken und hält sie an mich gedrückt, während sich ihre Beine um meine Hüften schlingen und anspannen.

In meinen Armen fühlt sie sich gut und leicht an. Warm und weich. Die Hitze einer Frau, die wie für mich gemacht ist. Zuerst drücke ich meine Stirn an ihre und atme ihren Geruch ein. Unter all den Gerüchen im Laden gibt es nichts Besseres als den Duft dieses Mädchens. Ich presse meine Lippen auf ihre feuchte Stirn, dann auf ihre Schläfe, dann auf die Kurve ihres Ohrläppchens. Ich fahre mit meinen Lippen an ihrem Kiefer entlang und koste ihren Mundwinkel.

Sie gibt ein leises Stöhnen von sich, das ihre Lippen zu mir hin öffnet, was ich als Einladung auffasse, unsere Lippen direkt miteinander zu verbinden. Meine fordernde Zunge stößt zu ihr vor, und beide tanzen vor Verlangen miteinander. Vor Entschuldigung. Vor den Ängsten, dem Stress und der Verwirrung von zwei Wochen.

Sie streicht mit den Fingern durch mein kurzes Haar, summt mir ihre Anerkennung in den Mund und drückt mich so fest an sich, dass ich vor Verlangen in meiner Jeans pulsiere.

Ich ziehe mich zurück und sehe sie an. „Hast du das mit der Dusche ernst gemeint?"

Ihr Mund verzieht sich zu einem gehauchten Lachen. „Gott, ja."

„Gut, denn ich bin ekelhaft und würde mich am liebsten sofort in dir vergraben."

Sie lacht, löst ihre Beine von meinen Hüften und lässt sich zu Boden gleiten. Ich nehme ihre Hand und ziehe sie hinter mir her, während ich mich dem Vergaser nähere, den sie auf den Wagen gelegt hat.

„Ich kann nicht glauben, dass du das getan hast", sage ich ungläubig, als ich das seltene Teil in die Hand nehme. „Das muss ein Vermögen gekostet haben."

Sie hebt die Schultern. „Ich wollte, dass du weißt, dass all unsere gemeinsamen Erlebnisse keine Fiktion waren. Die wichtigen Dinge waren mir wichtig. Sehr sogar."

Meine Augen werden weich vor Rührung, als ich die Aufrichtigkeit in ihrem Gesicht sehe. Ich hätte nie an ihr zweifeln dürfen. Ich hätte sie nie in dieselbe Kategorie wie alle anderen stecken dürfen. Kate Smith spielt in einer ganz eigenen Liga.

Ich schiebe meinen Finger unter ihr Kinn und streife ihre Lippen mit meinen. Es ist keine sexy Rückeroberung, wie ich es will, sobald wir in meinem Haus sind. Es ist ein zärtliches Dankeschön.

„Du bist fantastisch", murmle ich gegen ihre Lippen.

Sie lächelt sanft. „Das bist du auch."

Ich lasse meine Hand in ihre gleiten, während wir die Treppe hinunter zu meiner Werkstattstation gehen, wo ich meinen Helm und die Schlüssel für mein Motorrad hole.

„Wo ist dein Auto?", frage ich, als wir in die Gasse gehen, in der mein Motorrad geparkt ist.

„Es bleibt über Nacht hier. Es braucht eine Inspektion und ich habe einen Platten."

Meine Augen fixieren sie mit neugierigem Blick.

Sie winkt ab. „Ich erzähle dir später alles. Jetzt möchte ich unbedingt hinten auf dein Motorrad aufsteigen."

Mit einem Grinsen reiche ich ihr meinen Helm und helfe ihr aufzusteigen. Donnernd erwacht mein Motorrad zum Leben und ich rolle vom Parkplatz, verlasse Boulder und fahre zu dem kleinen Ort, den ich mein Zuhause nenne.

Unsere Lippen sind den ganzen Weg über meine Garagentreppe, durch mein Wohnzimmer, meine Küche, den Flur hinunter und in mein Schlafzimmer aufeinandergepresst. Wir unterbrechen unseren Kuss kurz, um unsere Oberteile auszuziehen. Wir setzen den Kuss fort, als meine Hände hinter Kates Rücken greifen und ihren BH öffnen. Mit einer schnellen Bewegung sind ihre Brüste entblößt, und ich drücke sie an meine Brust. Ich hebe ihre Füße vom Boden, damit ich unsere Lippen wieder zusammenbringen und ihre nackte Haut an meiner spüren kann.

Sie fummelt an dem Knopf meiner Jeans herum, also setze ich sie ab und helfe ihr, sich ihrer Shorts und ihres Slips zu entledigen. Ich drehe mich um, um die Duschköpfe in Gang zu setzen, küsse sie noch eine Minute lang und ziehe mich dann von ihr zurück, um sie mit mir in die Dusche zu führen. Ich stelle sie unter ihre eigene Brause, mich selbst unter meine und starre auf sie herab, während das heiße Wasser über ihr Gesicht und ihren Körper läuft.

Sie neigt den Kopf nach hinten, ihr rotes Haar fällt ihr über den Rücken. Sie senkt das Kinn, ihre blauen Augen leuchten und blinzeln schnell gegen das Wasser, während sie mich ansieht.

Ich trete unter ihren Strahl und fahre mit meinen Händen an ihrem Schlüsselbein und ihren Schultern entlang. „Ich habe dich verdammt vermisst, Kate." Meine

Hände gleiten tiefer, um über die Rundungen ihrer nackten Brüste zu fahren und sie zu umschließen, um ihr Gewicht zu testen. „Es ist seltsam, dich Kate zu nennen."

Ihr Atem geht schneller, als ich ihre rosa Nippel zwischen Daumen und Zeigefinger kneife. „Du kannst mich Mercedes nennen, wenn du willst", sagt sie mit einem leisen Stöhnen.

Ich schüttle langsam den Kopf, lasse meine Hände über ihre Rippen und ihren Unterbauch gleiten und streichle den Schlitz an ihrem Schamhügel. „Ich mag Kate. Es steht dir."

Sie beißt sich auf die Lippe, als ich den Druck erhöhe und krächzt dann: „Findest du es nicht langweilig?"

Ich schüttle den Kopf und warte, bis sie die Augen öffnet und mich anschaut, bevor ich antworte: „Nein, ich finde es sexy. Und Sex unter der Dusche mit Kate ist genau das, was ich will."

Sie quietscht überrascht auf, als ich sie an mich heranziehe und ihren Rücken gegen die kühle Fliesenwand drücke. Ihre Beine umschlingen mich, während ich mich zwischen ihren Schenkeln positioniere.

Ich finde, wo ich sein muss, und mit einem kräftigen Stoß dringe ich in sie ein, hart und nackt, mein Kopf auf ihrer Schulter, während ich sie dehne.

Sie schreit auf und ihre Stimme hallt von den Wänden wider. „Oh Gott, Miles!"

Meine Finger graben sich in ihren Hintern, während ich mich zurückziehe und wieder hineingleite. „Kate."

„Miles!", schreit sie wieder.

Ich stoße noch tiefer in sie hinein und knurre noch einmal: „Kate." Es ist eine Beanspruchung. Ein Besitzanspruch auf ihren Namen in meinem Mund. Und es fühlt sich richtig an. „Kate", sage ich wieder heiser und lecke eine Spur an ihrem Hals hinauf zu ihrem Ohr. „Kate, das ist nicht zwanglos."

„Nein?", schreit sie fragend gegen einen weiteren harten Stoß an.

„Nein", bestätige ich knurrend. „Das ist keine Fiktion, und ich will nicht mehr zwanglos sein. Ich will, dass du mir gehörst."

„Okay!", schreit sie und spannt ihre Hände an meinem Hals an, während sie die Augen zusammenkneift und versucht, Erlösung in der Enge zwischen ihren Beinen zu finden.

Ich ziehe mich zurück und sehe sie an. „Babe, öffne die Augen und sieh mich an."

Sie rollt ihren Kopf gegen die Wand und hebt schließlich flatternd die Augenlider, aber sie sieht nicht glücklich darüber aus. „Ja, Miles", sagt sie und streicht mit ihren Händen über meine Wangen, als wolle sie mich besänftigen.

„Ich meine es ernst. Ich will dein Mann sein. Und ich will, dass du meine Frau bist."

Das Lächeln in ihrem Gesicht ist umwerfend, und das Kichern, das ihren Körper durchströmt, stellt fantastische Dinge mit meinem Schwanz an. „Du willst mein fester Freund sein?"

„Ja", antworte ich mit einem Stirnrunzeln über ihre Wortwahl. „Aber nichts von diesem Buch-Boyfriend-Mist. Ich bin so real, wie es nur geht, und ich werde alle deine fiktiven Hengste in den Schatten stellen, hast du das verstanden?"

Sie beißt sich auf die Lippe und fährt mit ihren Fingerspitzen über mein Gesicht. „Das hast du eh schon getan."

„Gut", antworte ich, während ich weiter meine Hüften an ihr reibe. „Wir sind uns also einig?"

„Total", stöhnt sie laut, bevor sie seltsame, unkontrollierbare Laute von sich gibt.

Aber sie wird immer stiller, während ich wieder und wieder in sie stoße, bis wir beide irgendwo oben in dem heißen Duschdampf schweben, der an der Decke hängt und schließlich wie Regen herunterfällt.

Gemeinsam, als Einheit.

KAPITEL 34

Kate

Sauber und mit feuchtem Haar dreht Miles mich auf die Seite in seinem großen, männlichen Bett, das köstlich nach ihm riecht, und zieht meinen nackten Rücken an seine nackte Vorderseite. Er küsst den oberen Teil meiner Schulter, sein Mund ist warm und verweilend, während er sich an mich drückt und absolut keinen Raum zwischen uns lässt.

„Gehen wir schon ins Bett?", frage ich mit leiser Stimme in seinem gemütlichen Zimmer, während das schwache Licht der untergehenden Sonne draußen immer dunkler wird.

„Das ist nur eine Unterbrechung", antwortet er, und seine tiefe Stimme vibriert in meinem Rücken. „Wir sind noch lange nicht fertig mit der Versöhnung."

Ich ziehe mir die Decke vor den Mund, um mein aufgeregtes Kichern zu unterdrücken. „Ist es das, was in deiner Dusche passiert ist? Versöhnungssex?"

Er stöhnt bestätigend und drückt seine Hüften gegen meinen Hintern. „Wenn du das fragen musst, dann habe ich es nicht gut genug gemacht."

Ich drehe mich so, dass ich auf dem Rücken liege und zu ihm hochschauen kann. „Das hast du hervorragend gemacht. Aber ich denke, ich hätte das eher als eine Willkommen-zu-Hause-Runde bezeichnet.“

Seine Augen sind geschlossen, aber er legt die Stirn in Falten. „Ziehst du ein?“

Meine Wangen gehen in Flammen auf. „Nein … Gott, das habe ich nicht gemeint. Ich … ich meinte nur, dass wir eine Weile getrennt waren und jetzt wieder zusammen sind und …“

„Babe“, sagt er, womit er mich unterbricht. „Schh. Du verkrampfst dich, und nach dem besten Sex meines Lebens will ich nicht, dass du meinen Vibe zerstörst.“

Ich kichere und ziehe mir die Decke über den Mund, bevor ich murmle: „Der beste Sex deines Lebens?“

Er öffnet ein Auge und sieht auf mich herab, nimmt seine Hand von meinem Bauch und zieht die Decke von meinem Gesicht herunter. Er streicht eine lose Haarsträhne zurück und bestätigt seine Aussage mit einem sexy „Verdammt, ja. Und jetzt erzähl mir von deinem Reihenhaus. Warum wohnst du mit Lynsey zusammen?“

Ich stöhne laut auf. „Jetzt zerstörst du meinen Vibe.“

Er fixiert mich mit einem Blick.

Ich atme aus. „Dryston hat gedroht, dich zu verklagen, weil du ihm die Nase gebrochen hast. Ich habe ihm das Haus angeboten, wenn er verspricht, dich nicht rechtlich zu verfolgen.“

Miles’ ganzer Körper wird hart, seine Hand packt meine Schulter, während er mich ernst ansieht. „Du hast dein Haus für mich aufgegeben?“

Ich zucke mit den Schultern. „Es war meine Schuld, dass du überhaupt überrumpelt wurdest. Ich hätte von Anfang an ehrlich zu dir sein sollen.“

„Oh, du meinst, nicht darüber zu lügen, dass dein Ex-Freund noch bei dir wohnt und in Wirklichkeit nicht schwul, sondern ein Super-Trottel ist?"

Meine Schultern beben mit einem traurigen Lachen. Ich stöhne und versuche, mein Gesicht zu verbergen, aber Miles lässt mich nicht. „Es tut mir so leid. Das war total idiotisch von mir. Ich mochte dich einfach sehr, sehr gern und hatte an jenem Abend solche Angst, dass du abhauen würdest. Du hast ständig davon gesprochen, dass du eifersüchtig bist."

Seine Lippen bilden eine dünne Linie, ein Ausdruck der Enttäuschung verdunkelt seine Züge. „Ich hätte dich damit nicht erschrecken dürfen. Ich habe dich mit dem Gerede über meine Vergangenheit viel zu sehr unter Druck gesetzt. Ich bin ein beschützender Typ, Kate, aber ich hoffe, du weißt, dass ich dir vertraue."

Ich schenke ihm ein kleines Lächeln und atme tief ein. „Gut, denn ich muss noch etwas beichten."

„Mein Gott, was?", fragt Miles, während er sich mit einer Hand durch die Haare fährt.

„Dean hat mir gesagt, dass er mich mehr als nur als Freund mag."

„Was?", blafft Miles und stützt sich auf seinen Ellbogen, damit er mich besser sehen kann. „Ist das dein verdammter Ernst? Verdammt noch mal, ich wusste es!"

Ich setze mich auf, umklammere mit einer Hand das Laken an meinen Brüsten und streiche mit der anderen über seinen Trizeps. „Wir haben darüber geredet, und er weiß, dass ich nicht so empfinde. Wir sind nur Freunde. Das weiß er jetzt."

„Gott, stehen da noch andere Typen an, auf die ich achten muss? Ich sollte vielleicht anfangen, Boxhandschuhe zu tragen!", murmelt Miles trocken.

„Nein, nur Dean", antworte ich mit einem unbeholfenen

Schulterzucken. „Und du wirst ihn nicht schlagen, weil er immer noch mein Freund ist. Und er hat es mir nur gesagt, weil er keine Ahnung hatte, dass ich total in dich verliebt bin."

Miles' hellblaue Augen blitzen auf und treffen auf meine. Sein Körper ist noch angespannter als zuvor. „Was hast du gerade gesagt?"

Mein Herz schlägt mir bis zum Hals, aber ich weiß, dass es jetzt kein Zurück mehr gibt. „Ich bin in dich verliebt, Miles. So richtig."

Sein Mund steht offen, als er die ganze Luft in seinen Lungen ausstößt. „Jetzt muss ich dich wieder ficken", murmelt er und bewegt sich auf mich zu, zwischen meine Beine. Seine harte Erektion stößt an meinen Eingang, während er seine Ellbogen auf beiden Seiten von mir abstützt und mir direkt in die Augen schaut. „Wie schaffst du es, dass du immer besser und besser wirst?"

Ich schürze die Lippen und umfasse sein Gesicht. „Ich bin endlich ich selbst."

Sein Mundwinkel verzieht sich zu einem kleinen Lächeln, dann fällt er zurück, als er nur antwortet: „Ich liebe dich auch, Kate."

Und ohne einen Moment zu zögern, ziehe ich sein Gesicht zu meinem hinunter und küsse ihn. Ich küsse ihn, als hinge mein Glück davon ab. Denn in diesem Moment tut es das absolut. Miles Hudson ist die Sonne, die Luft, der Mond und die Sterne. Er ist verdammt wunderbar, und er liebt mich.

Wie viel buchwürdiger kann es noch werden?

KAPITEL 35

Kate

3 Monate später

Ich höre das vertraute Schnurren des 65er Ford, der unter meinen Füßen in die Garage fährt, gerade als ich die selbstgemachte Pizza aus dem Ofen hole, mit deren Zubereitung ich ewig viel Zeit verbracht habe. Ich weiß, dass es nicht unbedingt ein romantisches Essen ist, aber so hat unsere Beziehung begonnen. Ich gab ihm die übrig gebliebene Pizza als Gegenleistung für sein Schweigen darüber, dass ich mich zum Schreiben zu Tire Depot schlich. Am Ende war er der Mann meiner Träume und die Art von Mann, mit der ich die Dreimonatsmarke feiern muss.

Ich kann nicht anders.

Zum Nachtisch gibt es sogar Lakritzstangen, denn wie in jedem guten Roman machen die Momente, in denen sich der Kreis schließt, eine Szene zu etwas ganz Besonderem. Und da ich gerade meine romantische Komödie über einen

Kfz-Mechaniker abgeschlossen habe, bin ich bereit, das Ende mit dem Mann, den ich liebe, zu feiern.

Aber ich nenne den heutigen Abend spaßeshalber „Date-Recherche", und Miles war sofort einverstanden.

Die letzten Monate waren ein einziges Durcheinander einer wunderbar unkomplizierten Beziehung, die aus Morgenkaffee auf seiner Veranda, ruhigen Abendessen und Sex so ziemlich überall, wo wir ihn bekommen können, besteht. Oh, und Worte. So viele Worte! Ich mache mir ständig Notizen, während Miles sich nachts um mich legt. Er ist nicht einmal mehr überrascht, wenn er vor seinem Wecker aufwacht und mich nur mit seinen Klamotten bekleidet vorfindet, während ich auf meinem Laptop herumhämmere und den Sonnenaufgang auf seiner Veranda beobachte.

Das Haus von Miles Hudson lässt Tire Depot kümmerlich aussehen.

War nur ein Scherz! Ich nehme es zurück. Ich schleiche mich immer noch mindestens drei Tage pro Woche zur Arbeit dorthin. Diese kostenlosen Getränke und Kekse verbrauchen sich nicht von selbst! Und Sams Onkel hat sich endlich bei mir vorgestellt und mir gesagt, ich könne so oft kommen, wie ich wolle.

Das Leben ist schön. Und mit Miles zusammen zu sein, ist großartig. Aber heute Abend wird es Spaß machen, zurückzublicken und sich daran zu erinnern, wie seltsam unsere Beziehung begonnen hat.

Ich bin schockiert, als ich die Türklingel an Miles' Haustür läuten höre. Ich schätze, er nimmt diese „Recherche" ernst. Mit einem Lächeln eile ich in meinen Plateausandalen hinüber, um die Tür zu öffnen, und falle fast tot um, als ich meinen Mann in einem verdammten Hemd und mit einer Rose in der Hand vor mir stehen sehe.

Eine einzelne, rote Rose.

Aber ich schaue jetzt darüber hinaus, denn er hat eindeutig viel mehr getan, als sich nur in der Werkstatt zu waschen. Sein dunkles Haar sieht aus, als hätte er es gegelt, und seine dunkle Jeans ist an den richtigen Stellen abgenutzt. Die Stellen, an denen sich die Jeans eines Mannes abnutzen, wenn er hart darin arbeitet. Und guter Gott, er hat sogar schicke Schuhe an.

Ich könnte ihn glatt vernaschen.

„Verdammte Scheiße", sagt Miles, während er mein kurzes rotes Kleid betrachtet. Es war ein Spontankauf und viel zu nuttig, um es in der Öffentlichkeit zu tragen. Aber heute Abend bin ich meinen Recherchen verpflichtet.

Miles sieht aus, als wüsste er das äußerst zu schätzen, als er eintritt und die Rose auf den Beistelltisch legt. Mit einem langen Schritt stößt er die Tür mit dem Absatz zu und nimmt mein Gesicht in seine Hände.

Er beugt sich über mich und flüstert gegen meine Lippen: „Eine Sache muss ich direkt darüber loswerden, was ich über deine Recherche denke. Wenn ein Mädchen, das du seit Monaten vögelst, deinen Schwanz immer noch hart macht, indem sie nur ein süßes Kleid trägt, macht es das einem anständigen Kerl wirklich schwer, ein Gentleman zu sein."

Mit einem sanften Ruck an meinem Haar zieht er meinen Kopf nach hinten und presst seinen Mund auf meinen. Meine Hände krallen sich seitlich in sein Hemd, als ich meine Lippen öffne und seine heiße, feuchte Zunge in mir willkommen heiße. Er reibt seine Zunge gegen meine und ich spüre ein so intensives Kribbeln in meinem Bauch, dass ich in seinen Mund stöhne.

Seine Antwort besteht aus einem wilden und animalischen Knurren, während er uns rückwärts an die nahe gelegene Wand führt. Er presst mich gegen die Wand, eine Hand lässt meine Wange los, während er mein Bein auf seine Hüfte zieht und mein Kleid bis zur Taille hochrutscht. Er senkt seinen Körper und drückt seine Vorderseite an meine Mitte, und ich schreie auf, als er sich an mir reibt, was mir zeigt, wie hart er bereits ist.

Ganz im Ernst! Wie konnte er so schnell so hart werden?

„Heilige Scheiße!", rufe ich aus, als er unsere Lippen voneinander löst, um mit seinem bärtigen Kiefer meinen Hals hinunterzufahren, wobei seine Zunge den ganzen Weg über eine herrliche Gänsehaut hinterlässt. Er nähert sich meinen Brüsten und taucht in mein Dekolleté ein, um kräftig zu saugen.

„Oh!", schreie ich und stoße sanft gegen ihn.

Er zieht sich mit einem stolzen Lächeln zurück. „Das wird Spuren hinterlassen."

„Du Trottel", murmle ich, während ich ihn wegstoße. Mein Mann hat eine Vorliebe dafür, Spuren auf mir zu hinterlassen, und obwohl ich so tue, als würde ich es hassen, liebe ich es in Wirklichkeit.

Seine Brust vibriert vor Lachen, als er mich an sich drückt. „Ich kann nicht anders. Ich mag es, dich zu markieren."

Ich rolle mit den Augen. „Was hast du gesagt, als du reingekommen bist? Anständige Jungs sind Gentlemen oder so."

Er hebt die Brauen. „Wer sagt, dass ich anständig bin?"

Ich werfe einen Blick auf mein Dekolleté und ziehe mein Kleid zurück, um den roten Fleck zu sehen, der bereits sichtbar wird. „Offensichtlich nicht du."

Der hungrige Blick in seinen Augen ist ganz und gar nicht entschuldigend, und ich kann nicht anders, als ihn dafür noch ein bisschen mehr zu lieben. Auf wackeligen Beinen löse ich mich aus seiner Umarmung und schnappe mir meine Blume von dem Tisch, auf den er sie kurzerhand geworfen hat.

„Du hast mir eine Blume mitgebracht." Ich lächle und

halte sie an meine Nase, während ich zurück in die Küche gehe.

Er grinst verlegen, während er sich den Nacken reibt. „Ich dachte, die Blume passt zu einem Date. Eines Buch-Boyfriends würdig, wie du sagst." Er zuckt mit den Schultern, als wäre es keine große Sache.

Ich schüttle den Kopf. „Hör auf, so zu tun, als wärst du zu cool für dieses Zeug. Du liebst die Buchrecherche."

Er lacht leise und stützt sich auf dem Tresen neben dem Herd ab, während ich nach einem Pizzaschneider suche. „Eigentlich liebe ich es einfach, dir bei der Arbeit zuzusehen."

„Ja?", antworte ich und verlasse meine Aufgabe, um mir ein paar Biere aus dem Kühlschrank zu holen. Ich reiche ihm eines, das er öffnet und mir zurückgibt, damit ich ihm das andere geben kann.

Er stößt mit mir an, nimmt einen Schluck und zeigt auf seine Haustür. „Und die Tatsache, dass du auf *meiner* Veranda sitzen und dir deine Geschichten ausdenken kannst, reicht aus, um meinen Schwanz hart zu machen."

„Bremsflüssigkeit macht deinen Schwanz hart", antworte ich mit einem dramatischen Augenrollen.

Er wirft mir einen warnenden Blick zu, stellt sein Bier ab, streckt die Hand aus und zieht mich an sich. Er wirbelt uns herum, sodass seine Arme mich am Tresen fixieren und er sich auf diese wirklich köstliche, große Art an mich presst.

Er sieht mir aufrichtig in die Augen, als er sagt: „Ich mache keine Witze. Ich mag es, dass du hier schreibst, Kate."

„Nun, der Vibe hier ist gut. Sogar besser als bei Tire Depot."

Er schnappt nach Luft und lächelt. „Und wenn ich möchte, dass du deine Tage und Nächte hier verbringst?"

„Na ja, du hast ja schon so ziemlich alle meine Nächte in Beschlag genommen", sage ich lachend. Lynseys Haus ist nicht gerade praktisch für lauten Sex, also landen wir unweigerlich meistens bei Miles.

„Ich meine dauerhaft." Sein Lächeln schwindet, seine Augen werden ernst.

Ich sehe ihn stirnrunzelnd an. „Ich soll bei dir einziehen?"

„Es sei denn, du schläfst lieber nebenan von deinem Ex-Freund?"

„Warte, ist das der einzige Grund, warum du mich bittest, bei dir einzuziehen? Weil du versuchst, mich weit weg von meinem Ex zu halten?"

„Nein", antwortet er locker, legt seine Hände auf meine Hüften und zieht mich zu sich. „Ich bitte dich, bei mir einzuziehen, weil ich dich jede Nacht in meinem Bett haben will, Kate. Nicht nur, wenn es für dich passt. Ich will, dass wir zusammen zu Tire Depot fahren, wo du den ganzen Tag schreiben kannst, und ich kann reinkommen und dich küssen, wann immer ich will. Und wenn ich von der Arbeit komme, steigst du hinten auf mein Motorrad und drückst dich an mich, während wir zusammen nach Hause fahren. Ehrlich gesagt, kann ich mir keine bessere Art vorstellen, *einen Teil* meiner Zeit mit dir zu verbringen."

„Wie würdest du deine übrige Zeit verbringen?"

„Vergraben in deiner süßen kleinen Muschi."

Bei seinem schmutzigen Versprechen atme ich scharf ein. Es klingt perfekt. Es klingt, als hätte er gerade den Himmel beschrieben, und ich stehe an der Pforte und warte auf Einlass.

Aber ich versuche, cool zu bleiben, als ich antworte: „Ich glaube, die Idee, mit dir zusammenzuziehen, könnte mir gefallen." Ich beiße mir auf die Unterlippe und fahre mit meinen Händen über seine Brust, wobei ich seine vollen Brustmuskeln bewundernd streichle. „Du bist auf jeden Fall meine bisher beste Inspiration zum Schreiben."

„Du solltest mich besser nicht für deine fiktiven

Geschichten benutzen, Babe", murmelt er, bevor er mir einen zärtlichen Kuss auf die Lippen drückt. Er ist voller Wärme, Respekt und Bewunderung. Er ist kein Knutschfleck, kein beanspruchender Kuss. Er ist kein sexbesessener, lusterfüllter Kuss. Er hat nichts mit Buchrecherche zu tun.

Er ist einer, von dem ich mir vorstellen kann, dass er ihn mir jeden Tag für den Rest unseres Lebens schenkt.

„Niemals, Miles", murmle ich gegen seine Lippen und fahre mit den Händen durch sein Haar. „Obwohl mir das Zusammenleben mit dir auf jeden Fall helfen wird, mein Buch schneller als erwartet fertigzustellen."

Er zieht sich lächelnd zurück und fragt: „Wirst du mir jemals sagen, worum es in diesem Buch geht?"

Ich zucke mit den Schultern. „Es ist unsere Liebesgeschichte. Keine große Sache."

Er lacht an meinem Körper. „Interessant, wie wird es enden?"

Ich lächle ihn strahlend an. „Glücklich, natürlich."

ENDE

Sonderankündigung: Ein Mechaniker zum Verlieben –
Wait With Me ist ein Film bei Passionflix! Finde auf meiner
Website heraus, wie du diesen heißen Film schauen kannst:
www.amydawsauthor.com/deutsch

Und melde dich für meinen deutschen Newsletter an,
um alle Updates darüber zu erhalten, wann die anderen
Charaktere der Wait-With-Me-Reihe auf Deutsch
erscheinen werden! https://www.subscribepage.com/
amydaws_deutscher_newsletter
Sam, Lynsey, Dean und Max kommen alle ganz bald!
Bis dahin kannst du die komplette Harris-Brüder-
Reihe durchsuchten, und zwar hier: https://geni.us/
HarrisBrosGermanSeries

WEITERE BÜCHER VON AMY DAWS

Die Harris-Brüder-Reihe:

Challenge – Ein Bad Boy zum Verlieben: Camdens Geschichte

Endurance – Ein Feind zum Verlieben: Tanners Geschichte

Keeper – Ein bester Freund zum Verlieben: Bookers Geschichte

Surrender – Ein Boss zum Verlieben und *Dominate – Ein Fußballstar zum Verlieben*: Gareths Geschichte

Ein Mechaniker zum Verlieben - Wait With Me

Wait With Me als Verfilmung

Für weitere Informationen zu allen Büchern von Amy, schau hier auf Amys Website nach: amydawsauthor.com/deutsch/

Und wenn du einfach per E-Mail informiert werden möchtest, wenn das nächste Buch erscheint, abonniere Amys deutschen Newsletter: www.subscribepage.com/amydaws_deutscher_newsletter

MEHR ÜBER DIE AUTORIN

Amy Daws ist eine Amazon-Bestsellerautorin der Harris-Brüder-Reihe und vor allem für ihre wortwitzigen, fußballspielenden britischen Playboys bekannt. Die Harris-Brüder und ihre London-Lovers-Reihe fachen ihre Leidenschaft für alles an, das mit London zu tun hat. Wenn Amy nicht gerade schreibt, schaut sie Gilmore Girls oder singt mit ihrer Tochter Karaoke im Wohnzimmer, während Dad hilflos lächelnd aus der Ferne zusieht.

Mehr von den deutschen Ausgaben von Amys Büchern findest du unter: amydawsauthor.com/deutsch/und generell alles von Amy unter den unten stehenden Links.

www.facebook.com/amydawsauthor
www.instagram.com/amydaws.deutsch
www.tiktok.com/@amydaws_deutsch

Abonniere auch den deutschen Newsletter, um keine Neuigkeit zu den deutschen Veröffentlichungen von Amy zu verpassen:
www.subscribepage.com/amydaws_deutscher_newsletter